W0328051

UN PEU DE RESPECT, J'SUIS TA MÈRE !

Né en 1971, Hernán Casciari est un écrivain, pionnier de l'écriture virtuelle en Argentine et chef de file d'une nouvelle génération d'auteurs argentins caustiques et désinhibés. En 1991, il reçoit le premier prix à la Biennale d'Art de Buenos Aires pour son premier roman, *Chevaucher la vie*, et le prix Juan-Rulfo quelques années plus tard pour *Nous, on lave notre linge sale*. En 2000, il quitte l'Argentine en plein marasme économique et s'installe à Barcelone pour y travailler au sein du quotidien *El País*. Très vite, il devient un habitué des émissions espagnoles.

HERNÁN CASCIARI

Un peu de respect, j'suis ta mère !

ROMAN TRADUIT DE L'ESPAGNOL (ARGENTINE)
PAR ALEXANDRA CARRASCO

Ouvrage traduit avec le concours
du Centre national du livre

CALMANN-LÉVY

Titre original :

MÁS RESPETO QUE SOY TU MADRE
Première publication : Random House Mondadori S.A., Barcelone, 2005

© Hernán Casciari, 2005.
© Random House Mondadori S.A., 2005.
© Calmann-Lévy, 2009, pour la traduction française.
ISBN : 978-2-253-12991-2 – 1re publication LGF

À Chichita et Roberto

Prologue

Ce livre recueille une à une les confessions de Mirta Bertotti, mère de famille de cinquante-deux ans qui habite avec son mari, ses trois enfants et son beau-père dans la ville argentine de Mercedes. Mirta écrit sur sa famille et sur sa vie, elle évoque également sa peur de vieillir et son ennui conjugal. Ne s'agissant pas d'une œuvre majeure, il n'y a pas grand-chose à en dire, en réalité. L'ouvrage est composé d'environ deux cents chapitres qu'elle a publiés sur un blog entre septembre 2003 et juillet 2004. Elle les a rédigés elle-même avec l'assistance technique de Nacho, son fils aîné, et les a postés jour après jour, sans autre objectif que de lutter contre la dépression, persuadée que nul n'aurait envie de lire les scribouillages d'une « grosse dame » de province.

Pourtant, peu de temps après qu'elle a commencé à publier son journal et pour des raisons que Mirta ne s'est jamais vraiment expliquées, des dizaines de milliers de curieux ont surgi d'un peu partout. Ce modeste carnet de bord, semblable à tant d'autres, fut assailli par des hordes de lecteurs qui, en se levant le matin, étaient curieux de savoir ce qui s'était passé dans la vie des Bertotti. Mirta commença à recevoir des courriers et des messages d'encouragement, puis des cadeaux et des visites dans sa pizzeria. Bon nombre de chapitres de son journal furent traduits en d'autres langues, reproduits dans la presse, photocopiés, lus à la radio, passés de main en main.

À mon grand honneur, on m'a chargé de compiler les textes qui composent ce livre. D'abord en tant qu'originaire, moi aussi, de Mercedes, ensuite parce que, comme tant d'autres, j'ai été un fidèle lecteur de cette histoire qui se déroulait dans la réalité virtuelle d'un écran d'ordinateur. J'ai essayé d'effectuer le moins de coupes possible afin de rester fidèle à l'original, mais il se peut que par moments le lecteur déplore l'absence d'une transition ou de tout autre élément fréquent sur les pages Web mais impossible à reproduire sur papier. J'ai cependant voulu que ce livre soit, non pas une adaptation littéraire, mais la retranscription scrupuleuse de ce qui a été écrit, sorte de documentaire autour de la vie quotidienne et parfois un peu triste d'une dame de ma ville qui aurait pu être ma mère.

Hernán CASCIARI,
16 mars 2006.

25 septembre 2003
Une journée pourrie

Comme si l'argent nous tombait du ciel, Caio a grillé un feu rouge et on lui a collé une amende. Cent dix pesos pour le feu grillé et deux cent cinq sous prétexte qu'il est mineur. Trois cent quinze pesos en tout qu'il faut débourser sous peine de nous voir saisir la mob, qui est malheureusement l'unique moyen de transport de Nacho pour se rendre au travail.

Mon mari écumait de rage. Il a poussé Caio jusqu'au fond de la maison et lui est tombé dessus à bras raccourcis. Il s'est un peu défoulé sur lui, en fait. Moi, je lui criais : « Zacarías, lâche le gamin ! » mais il n'y a pas eu moyen. En période faste, Zacarías ne se serait pas donné tant de mal pour rattraper Caio. Il lui aurait tout au plus lancé une godasse à la figure sans bouger de son fauteuil. Seulement, voilà : on n'est pas en période faste.

Il s'est fait virer de chez Plastivida SA avant-hier, le pauvre. Après vingt ans de loyaux services, le voilà au chômage et il ne trouve même pas de petit boulot.

Il est tout retourné et un rien suffit à le faire sortir de ses gonds.

26 septembre 2003
Les ennuis continuent

Je viens de téléphoner à la mairie pour dénoncer la vieille Monforte qui habite à côté. Elle est atteinte d'Alzheimer et ne cesse de cracher sur les passants depuis sa fenêtre. Je crois que le conseil municipal devrait prendre des mesures à l'encontre de cette femme… Mais Dieu sait quand ils vont me répondre, ces gens de la mairie !

Pour couronner le tout, je viens de perdre deux clientes qui ne veulent plus entendre parler des petits beignets à la pâte de coings que je leur préparais le dimanche. Elles disent qu'elles ont entamé un régime à base de sirop d'érable et de jus de citron. Je doute qu'elles tiennent bien longtemps vu qu'elles sont goinfres comme tout.

Aujourd'hui, il a fait au moins trente et Sofi nous a ramené un deux en instruction civique.

27 septembre 2003
Enfin une bonne nouvelle !

Zacarías s'est branché sur DirecTV en bidouillant sur le toit des Schafetti, de sorte que maintenant on capte près de huit cent sept chaînes. C'est génial parce qu'on peut voir des vidéos qui passaient dans les cinémas du centre-ville il y a à peine un mois. Le problème, c'est qu'il y a une chaîne, la 52, qu'on est obligés de zapper vite fait, vu que Sofi est à l'âge où elle veut être au courant de tout.

Tout ne peut pas être rose, non plus. À midi, on regardait une chaîne de documentaires quand Caio n'a rien trouvé de mieux que de déclarer que les joints, c'était plus sain que le régime crétois : Zacarías lui a retourné un revers qui l'a fait saigner du nez.

Mon mari est une brute, c'est vrai, je ne dis pas le contraire, mais quel besoin avait le gamin de chercher des noises à son père ? Emilia me dit que c'est l'âge, que quand il aura dix-huit ans, il prendra ses cliques et ses claques et qu'on ne le verra plus. Puisse Dieu l'entendre.

28 septembre 2003
Ça n'a pas traîné

Teresa Gómez et Bocha Blandini, les deux voisines qui avaient arrêté de m'acheter les beignets de pâte de coings et de patate douce le dimanche, sous prétexte qu'elles avaient entamé un régime à base de sirop d'érable et de citron, sont revenues voir bibi ce matin et m'en ont commandé deux douzaines pour leur fête de ce soir. Le jeûne des grosses mémères n'a pas tenu deux jours. Bocha est même tombée dans les pommes en sortant de la banque, et on a dû se mettre à quatre pour la faire grimper dans un taco. Mon commerce de beignets redémarre donc du feu de Dieu.

29 septembre 2003
Conflit de générations

Depuis qu'on a le câble, on voit l'émission de Susi deux fois par jour. D'abord en direct sur la 11, puis le soir sur une chaîne d'Amérique centrale, mais avec deux jours de retard. Du coup, don Américo est persuadé que les concours télévisés sont truqués et prétend que la même dame a gagné deux fois le gros lot de deux cent cinquante mille pesos.

Caio a tenté d'expliquer à son grand-père qu'on rediffusait les émissions et tout ça. Je ne sais pas s'il est bègue ou s'il a une case en moins, mais, quand il explique quelque chose, il bafouille et il embrouille tout. Après quoi, il boude. À mon avis, Caio doit déjà être à l'âge où on s'enferme toute la journée dans la salle de bains.

Après avoir été à 1,99 peso pendant une semaine, la pizza surgelée du supermarché est revenue à 3,80… Je crois qu'ils font ça pour qu'on y prenne goût et qu'on continue ensuite à en acheter. Je ne vois pas d'autre explication. Nacho dit que ça s'appelle de la stratégie marketing. D'après Zacarías, pas du tout, ils font ça juste pour emmerder le monde. Même si Nacho est le seul de cette maison à lire des livres, pour une fois je suis d'accord avec son père.

1er octobre 2003
Adieu, petite mob !

On s'était faits à l'idée, mais on a quand même eu un choc : comme on n'a pas pu payer l'amende, la police municipale est venue tout à l'heure avec un camion et nous a embarqué la mob. (J'en suis encore toute tremblante.)

Ils disent que maintenant il faudra payer une majoration pour la sortir de la fourrière. D'après Nacho, ça nous coûtera moins cher d'en racheter une d'occasion. Ce qu'il faudrait trouver, dit Zacarías, c'est plutôt un fusil pour buter ce couillon de Caio. La cerise sur le gâteau : la pizza du supermarché est revenue à 1,99. Ils cherchent à nous rendre fous.

1er octobre 2003
Coupures de courant

J'ai dû avaler une très mauvaise nouvelle, au petit déjeuner. Le journal de ce matin annonce que Mère Teresa de Calcutta est morte à cause d'une coupure de courant. La sainte femme était dans un hôpital de la ville pour un problème au cœur, les plombs ont sauté et la pauvre a clamecé. C'est pas pour faire du mauvais esprit, mais est-ce que l'agonie du pape Jean-Paul ne serait pas en rapport avec la panne d'électricité qu'il y a eu avant-hier en Italie ? Allez savoir, mais maintenant je comprends mieux l'expression « à chaque saint son cierge ». C'est une mesure de précaution.

1er octobre 2003
Tête de linotte

Ce soir, Negro et Aurora Peroti viennent dîner. Comme ils sont un peu snobinards, tout à l'heure je suis sortie acheter une vingtaine de choses au supermarché du coin. Une fois dans la rue, je me suis rendu compte que j'avais oublié ma liste et mes clés à l'intérieur. Je n'ai pu ni faire les courses ni rentrer chez moi. Quelle merde !

Je suis maintenant dans l'appartement de Nacho et j'écris ceci sur son ordi pendant qu'il cherche un double de mes clés. Jusqu'ici, je pensais que le principal, quand on reçoit à dîner, c'était de bien cuisiner et d'avoir une maison propre, mais j'ai compris que je me trompais.

Le principal, quand on invite des gens à dîner, c'est de pouvoir acheter à manger et rentrer chez soi. (Nacho dit que je suis une optimiste, que, philosophiquement parlant, cela s'appelle de l'optimisme ; mon fils est une perle rare.)

2 octobre 2003
Un dîner semé d'embûches

Ce Negro Peroti, un copain de Zacarías du temps du service militaire, je n'ai jamais pu le voir en peinture. Et Aurora encore moins, cette petite pimbêche nez en l'air et compagnie. Généralement, les hommes discutent entre eux et nous laissent nous débrouiller toutes seules. Mais toutes les deux, on est le jour et la nuit et, quand on se retrouve ensemble, on est aussi mal à l'aise l'une que l'autre. Hier soir, ils sont venus dîner à la maison et, comme d'habitude, j'ai passé un très mauvais moment. Vers la fin, ça a dégénéré et la bête qui sommeille en moi s'est réveillée.

Aurora m'a montré un téléphone portable que lui a offert son mari. Un minuscule appareil muni de tout un tas de bidules. Après dîner, le petit appareil a disparu comme par magie et Aurora a commencé à taper un scandale.

On l'a cherché partout, mais pas moyen de mettre la main dessus. Aurora nous a demandé de fouiller les chambres de Sofi et de Caio, et alors là, moi, j'ai pété un câble et je lui ai dit : « Et si t'allais plutôt fouiller dans la foufoune de ta mère, pour voir s'il y est. » Ça m'a échappé, cette grossièreté m'a échappé. Maintenant je le regrette.

Les Peroti sont partis sans nous dire au revoir. Depuis, Zacarías ne me parle plus. Le seul à me soutenir, ce matin, c'était Caio. J'ai comme l'impression que c'est lui qui l'a, le portable d'Aurora, parce qu'il est tout guilleret.

2 octobre 2003
Deux familles dans l'embarras

C'est un fait : Caio a piqué le petit téléphone d'Aurora Peroti. Le pot aux roses a été découvert tout à l'heure. On avait passé la matinée à regarder la prise en otage d'une famille de Tortuguitas sur TN.

Quelle horreur ! Vers 10 h 30, les preneurs d'otages ont libéré le père, mais ils ont gardé la mère et une des filles. Comme le père avait un portable caché, il a pu prévenir la police. Quand Caio a entendu ça, il nous a dit, tout fier de lui : « Vous voyez, quand on viendra nous prendre en otages, je pourrai me rendre utile. » Puis il nous a montré son trophée du dîner de la veille.

Zacarías a commencé à le courser à travers la maison en criant : « Appelle l'ambulance avant que je t'attrape, espèce de petit salopard ! »

Entre la prise d'otages en direct à la télé et la confirmation que mon fils est un voleur, je suis dans tous mes états.

3 octobre 2003
Mauvais rêve

Cette nuit, j'ai fait un cauchemar. J'ai encore rêvé que Nacho s'approchait de moi et me disait : « Maman, je te présente ma fiancée. » Je regardais la fille et c'était moi quand j'avais vingt et un ans. J'étais tellement contente qu'il ait enfin une petite amie digne de ce nom que je me pissais dessus (dans le rêve, pas au lit) et couvrais le visage de Nacho de baisers.

Pour une raison mystérieuse (je n'y connais rien en rêves), à force de l'embrasser on s'excitait, il commençait à me peloter et moi, je me laissais faire ! Après ça, on formait un couple. Alors tout à coup

Nacho se figeait, me regardait, flairait sa main et me disait : « Tu t'es pissé dessus, grosse dégueulasse ! »

C'est un rêve horrible, un vrai cauchemar.

4 octobre 2003

Où es-tu passé, Cantinflas ?

Ce matin, Cantinflas a disparu et je suis en train de mourir à petit feu. Ceux qui ne me connaissent pas pourraient penser que je raffole des comédies mexicaines, mais le Cantinflas dont je parle n'est pas l'acteur célèbre, c'est notre chat, lequel n'est pas rentré depuis hier soir.

J'étais toute bizarre, ce matin, en me réveillant, et je ne savais pas pourquoi. C'était parce que je ne sentais pas la petite sensation de chaleur à mes pieds. Que faire ? J'ai le cafard, j'ai envie de pleurer, je le vois partout et je n'arrête pas de penser au pire. Sofi est solidaire de ma tristesse, mais mon mari, ce monstre froid, fait des plaisanteries immondes.

Tout à l'heure, il m'a dit : « Hier soir, en rentrant du club, j'ai vu le doberman d'en face avec une queue blanche qui dépassait de sa gueule, il avait l'air tout content. » Au lieu de me consoler, il me brise le cœur, cet homme. Où es-tu passé, Cantinflas ? Je vais coller des affichettes dans le quartier et je reviens.

4 octobre 2003
Mon fils est un abruti

Ma mère
cherche un chat.

Ce n'est pas celui de la photo,
mais il est blanc comme çui-là.

Si tu l'as vue, appel ma mère.
Tél. : 42-4324.

J'ai retourné la maison sans pouvoir mettre la main sur une photo de Cantinflas afin de fabriquer les affichettes à coller dans le quartier. Nous n'avons pas un sou à donner en récompense, mais je me fie à la bonté des gens… Il n'empêche que je n'ai pas trouvé la moindre photo de Cantinflas.

Alors Caio m'a dit ce soir : « Mamounette, je vais chercher la photo d'un chat blanc sur Google, de toute façon ils sont tous pareils, et puis je ferai les affiches… Je m'occuperai moi-même de les placer dans le quartier. » J'ai fait dix bisous à Caio et je lui ai dit qu'il était un amour.

Je suis partie chez le coiffeur puis au supermarché, rassurée. J'ai pensé que mon fils, par cette initiative, était en train de devenir normal. Je me trompais. En sortant du supermarché, j'ai vu les infâmes affiches placardées un peu partout.

Mon Dieu, quel abruti, ce gosse ! Je vais sortir avec un petit couteau de cuisine décoller toutes ces affichettes avant que quelqu'un ne les voie. Le chat n'a toujours donné aucun signe de vie.

5 octobre 2003

Fin bien essorée, mais heureuse

Dimanche. Cela fait trente ans que je me réveille en sursaut en entendant une voix masculine qui commente une course automobile. Avant, c'était à la radio ; maintenant, à la télévision. Zacarías a la manie d'ouvrir un œil à 9 heures, de mettre l'émission de courses et de se rendormir.

Aujourd'hui, pourtant, je me suis réveillée plus tôt, les pieds bien au chaud. Encore endormie, mon cœur s'est mis à battre la chamade : « C'est Cantinflas », pensais-je avant même d'ouvrir les yeux. Et en effet, c'était lui. Il avait le dos lacéré et une tête de fou, comme Caio quand il rentre drogué d'une de ses fêtes. Il boitait d'une patte et me regardait en penchant la tête, comme s'il voulait m'expliquer l'aventure incroyable qu'il avait vécue pendant sa disparition de trente-quatre heures. Je n'avais pas la moindre idée d'où il était allé se fourrer mais, au lieu d'être tout sale, il était plus blanc que jamais.

J'ai découvert le fin mot de l'histoire tout à l'heure, quand j'ai sorti du lave-linge tous les tee-shirts des gamins couverts de poils blancs. Ce que je ne sais toujours pas, c'est comment il a réussi à sortir de la machine sans l'ouvrir. Mais bon, peu importe. Je revis : Cantinflas Bertotti est à nouveau parmi nous.

6 octobre 2003
Cause et effet d'un bout de dentelle

Il n'est pas toujours conseillé de retourner sa maison de fond en comble. Hier, en cherchant une photo de Cantinflas dans la chambre de Sofi, j'ai trouvé une culotte sur laquelle elle avait cousu des petites dentelles.

On a beau être mère, on est d'abord femme, et il y a des choses qu'on pige au quart de tour. Je suis donc ressortie de la chambre en courant et j'ai montré la chose à mon mari :

— Regarde, ta fille a cousu des dentelles sur sa culotte !

— Et alors ? m'a répondu Zacarías.

— Ça veut dire que la petite couche avec des garçons, nigaud ! ai-je hurlé pour qu'il réagisse. Si une jeune fille coud de la dentelle sur sa culotte, c'est pour que quelqu'un la voie ! J'en déduis qu'elle couche.

Et Zacarías, plus végétatif de jour en jour, me dit :

— Tu te prends pour qui ? Pour l'inspecteur Columbo ?

7 octobre 2003
Sofi se fait peloter

Cet après-midi, j'ai enfin pu coincer Sofi toute seule dans la maison et j'en ai profité pour lui demander des comptes sur la culotte à dentelle que j'ai trouvée (je n'avais pas perdu de vue ce mystère).

Je lui dis :

— Oublie que je suis ta mère, aujourd'hui je suis ton amie. Tu couches avec un garçon, pas vrai ?

Non, enfin oui, mais machin et patin couffin, et la garce a fini par cracher le morceau. Elle ne couchait pas vraiment, mais elle avait eu des attouchements avec un certain Manija*, le fils du boucher.

J'ai pris une bouffée d'air :

— Merci d'être aussi sincère, Sofi... Et maintenant, oublie une seconde que je suis ton amie, lui

* Sobriquet signifiant « poignée », « manette ». *(Toutes les notes sont de la traductrice.)*

ai-je dit en lui filant une torgnole qui l'a collée contre le frigo.

C'était il y a deux heures et j'ai encore mal à la main. De qui elle tient ça, d'être une traînée ?

8 octobre 2003
Un tour du diable

Ce matin, Zacarías a trouvé dans la rue un carton rempli de cassettes comme dans le temps. Il a fouillé dedans pour voir s'il trouvait des trucs intéressants et il en a rapporté cinq : Iva Zanicchi, Serrat, Rosana Falasca et deux compilations de boléros des Cava Bengal.

Il les a essayées et elles marchaient toutes, sauf celle de Serrat qui, selon Zacarías, était embobinée à l'envers, si bien qu'on entendait d'arrière en avant, comme les messages du diable des disques de Kiss. Il a donc pris un tournevis, a démonté la cassette, a rembobiné la bande dans l'autre sens et l'a réintroduite dans l'appareil. On l'entendait toujours à l'envers. Un tour du diable.

Zacarías prétend que ce sont les mystères des choses trouvées dans la rue. D'après Nacho, la cassette de Serrat est en catalan et Zacarías est un ignare. Et les voilà encore qui se disputent. Seigneur, quelle chienne de vie !

8 octobre 2003
Caio, champion d'Argentine

Tout à l'heure, je vais aux toilettes et j'y trouve mon fils du milieu.

— Tu t'es drogué ou quoi ? lui dis-je avec une grimace de dégoût. Qu'est-ce qui te prend de photographier de la merde ?

— C'est un sport que j'ai inventé, ça consiste à façonner des formes en chiant… Au début, je faisais juste des crottounettes qui ne ressemblaient à rien, maintenant j'arrive à écrire la lettre *j* en attaché. J'ai du mal à arrêter de pousser pour réussir le petit point, mais ça va venir, me dit-il, tout fier. Je photographie mes performances pour améliorer la technique.

— Caio, lui dis-je en retenant mon souffle. Tu peux m'expliquer ce que tu comptes faire plus tard avec ça ?

Alors il me répond :

— J'en sais rien, m'man, j'aimerais bien arriver champion d'Argentine, fabriquer la forme la plus difficile.

— Forme, quelle forme, espèce de neuneu ? De quoi tu parles ?

— À ton avis ? De la clé de sol, bien sûr. C'est dur, de chier une clé de sol, surtout la petite boucle finale.

Je l'ai laissé aux toilettes et j'ai couru m'enfermer dans la buanderie pour pleurer.

9 octobre 2003
Anniversaire de mariage

Tout à l'heure, je regardais la photo de mon mariage : le costume de Zacarías est tout dégoulinant de mon vomi. Demain, ça fera vingt-neuf ans qu'on s'est mariés, Zacarías et moi, ça me rend nostalgique. J'étais enceinte de Nacho (de quatre mois) et c'était mal vu, à l'époque, d'accueillir un enfant en situation de péché.

Zacarías a demandé au curé s'il était possible d'inclure dans la déclaration une phrase du style « si l'enfant meurt à la naissance, le mariage sera annulé », mais le curé l'a remballé avec des mots qui m'ont ouvert les yeux :

— Non, mon fils, ce n'est pas possible, d'autant que je te connais, si je te dis oui, tu serais fichu de taper sur le ventre de ta femme comme un acharné.

Le curé s'est trompé car je peux jurer, ici même, que Zacarías n'a jamais levé la main sur moi pendant que j'étais enceinte, ni durant mon sommeil.

Pour ça, mon mari a toujours été très correct.

9 octobre 2003
Indiscrétions

Je n'ai rien contre les pédés ni les Noirs ni les Juifs, les pauvres. C'est vraiment pas de leur faute. Mais jamais je n'aurais cru qu'un de mes fils… Je suis sans voix.

J'ai les doigts crispés comme des saucisses sèches. Je viens de chatter avec Nacho, moi chez moi et lui chez lui, et il s'est passé un truc bizarre, je crois que je suis entrée dans une conversation privée qu'il avait avec quelqu'un d'autre.

Mon Dieu, dis-moi qui est ce José María ! Ma petite Vierge de Luján, envoie-moi un signe ! Est-ce que je dois conduire mon fils chez le médecin ou un truc dans le genre ?

La fenêtre de mon Messenger est toujours ouverte, je la regarde et je ne peux pas m'empêcher de trembler :

NACHO DIT :
Bon, maman, je te laisse, je suis à la bourre…

MIRTA DIT :
Tu viens dîner, alors ?

NACHO DIT :
Oui mamounette, mais j'arriverai un peu tard…

MIRTA DIT :
Bon, prends soin de toi, n'attrape pas froid, si tu as besoin, tu m'appelles.

NACHO DIT :
Bisous, m'man.

Josemaria s'est joint à la conversation.

JOSEMARIA DIT :
Té là ?

JOSEMARIA DIT :

Eh ! tu fé koi, mon lapin ?

NACHO DIT :

Salut ! je causais avec ma mère.

JOSEMARIA DIT :

Tu lui parlais de nous, je suppose, hé hé.

NACHO DIT :

Me presse pas, mitraillette de mon cœur… C pas facile, tu c.

JOSEMARIA DIT :

Si tu m'aimais comme je t'aime, t'hésiterais pas autant.

NACHO DIT :

T chez toi ou au boulot ?

JOSEMARIA DIT :

Tu veux éviter le sujet, suce-bite.

NACHO DIT :

Parce que t'aimes pas ça, peut-être !

JOSEMARIA DIT :

Et toi, t'aimes quoi, hein ?

NACHO DIT :

Que tu me l'enfonces tout doucement.

JOSEMARIA DIT :

Par le cul ?

MIRTA DIT :

Excusez-moi de vous interrompre… Dis donc, Nacho, je te fais des boulettes de viande ou les beignets de midi, ça t'ira… ?

Nacho est déconnecté.

MIRTA DIT :
Nacho ? t'es là ?

MIRTA DIT :
Nacho, ne te cache pas, j'ai rien entendu…

JOSEMARIA DIT :
Bonjour, madame, je crois que votre fils s'est déconnecté.

MIRTA DIT :
Taisez-vous, espèce de dépravé ! Taisez-vous ou j'appelle la police !

Josemaria est déconnecté.

10 octobre 2003
Sexe et géométrie

Ce matin, je dis à Zacarías :

— Hier, j'écoutais une émission de nuit à la radio et un sexologue expliquait que si je te mesure la zigounette avec une équerre, je peux connaître ton âge biologique. Tu veux ?

— Moi, j'ai seulement deux âges, il me dit. Cinquante-cinq ans de vie dont vingt-neuf comme couillon, à dater du jour où je t'ai épousée.

— Tu t'es rappelé notre anniversaire ! J'étais persuadée que tu l'oublierais, lui dis-je, ravie. Tu veux qu'on fête ça en essayant l'expérience de l'équerre ?

Il me tourne le dos dans le lit, le saligaud, et il m'engueule avec ça :

— Si tu me touches avec une équerre, je te fourre un compas dans la chatte.

On a donc dû remettre la séance de mathématiques à un autre jour.

10 octobre 2003
Punitions au pif

— Rien de neuf, ma biche ? me demande Zacarías au déjeuner.

Alors je prends une bouffée d'air et je lui raconte, avant qu'il l'apprenne par une tierce personne.

— Sofi est partie pour être pute de bas étage : elle couche avec le fils du boucher, tu sais, celui qui a une tête de faux cul. Et Caio, lui, il veut être champion d'Argentine de celui qui photographie sa propre merde... Chéri, j'en peux plus, ai-je lâché d'un trait.

Zacarías a ôté son ceinturon, s'est levé au milieu du repas et est sorti sur le trottoir en fumant de rage.

Je lui ai couru après pour l'empêcher de commettre une bêtise.

— Qu'est-ce que tu vas faire ? Tu vas taper sur qui ? lui dis-je.

Il me répond avec sa logique habituelle :

— À ton avis ? Sur le premier que je croise !

11 octobre 2003
Recette des petits beignets du samedi

LA PÂTE. Verser la farine sur le plan de travail et creuser un puits au milieu. Ajouter un œuf battu et du saindoux. Voir arriver Sofi se plaindre que Caio s'est encore branlé en la regardant se doucher. Mélanger les ingrédients tout en criant « Caioooo, viens làà ! », ajouter progressivement de l'eau et de la farine. Envoyer Sofi qui traîne en slip et soutien-gorge se rhabiller, se concentrer pour obtenir une boule bien ferme. Pétrir en jurant comme une poissonnière jusqu'à obtention d'une pâte lisse et voir arriver Caio, les yeux exorbités, qui dit « Oui, maman ? ». À ce moment-là, couvrir la pâte, la laisser reposer une heure et en profiter pour se déchaîner sur Caio à coups de pied.

LA FARCE. Une fois le fils corrigé, d'un côté et de l'autre, mettre la pâte de coings coupée en petits dés dans une poêle. Entendre arriver Nacho dans la maison et dresser l'oreille jusqu'à ce qu'on l'entende discuter avec Zacarías ; ajouter le sucre, le vin et remuer nerveusement jusqu'à ce que ça commence à hurler et à se castagner dans la salle à manger ; retirer la poêle en disant « Et ça recommence ! », laisser refroidir et partir comme une flèche protéger Nacho des griffes de ta brute de mari.

LE MONTAGE. Retourner toute griffée dans la cuisine et étaler la pâte en fine couche ; appeler tout le monde pour assurer le contrôle des troupes ; couper de larges bandes de pâte que l'on divise ensuite en carrés en disant « Vous allez me rendre folle », sans regarder personne. Lancer des petits morceaux de pâte de coings aux enfants pour qu'ils ne se battent pas entre eux et en mettre au milieu de chaque carré de pâte ; badigeonner avec un peu d'eau. Dire à Sofi « Je t'ai à l'œil, petite allumeuse ! » quand elle essaiera de montrer un sein à son frère pour l'exciter. Presser le contour de la pâte et en relever les pointes pour donner une forme au petit beignet.

CUISSON. Demander à Zacarías de faire chauffer le mélange de Végétaline et d'huile dans une casserole, principalement pour qu'il se sente utile. Une fois chaud (le mélange, pas Zacarías), y plonger les beignets tout en faisant signe à Nacho de ne rien dire à son père de sa nouvelle identité sexuelle. Quand ils seront bien dorés, les retourner quelques secondes pour leur dorer le ventre. Retirer les mains de Caio de la poêle en disant « T'es drogué, ou quoi, espèce de taré ? ». Essuyer les beignets et les doigts de Caio sur du papier absorbant et partir comme une flèche vendre les produits aux clientes du quartier avant que les Bertotti au complet ne commencent à picorer.

12 octobre 2003
Sofi voudrait une webcam

Voilà maintenant que Sofi veut installer une webcam dans sa chambre. Elle m'a balancé ça comme si c'était une idée tout à fait banale. Je lui ai dit : « Pas question, ma petite. Ce que tu dois faire, c'est travailler à l'école pour ne pas être un âne comme ta mère. »

Elle m'a regardée d'un air de défi, la tête penchée sur le côté, et m'a dit :

— Fais pas chier, maman. Toi, t'as ton petit carnet. Nacho a son nouveau blog. Caio fait du *crotting*. Papa regarde DirecTV. Et moi, je fais quoi, le soir ? Je me brosse ?

Elle a claqué la porte puis elle est partie. Je lui ai couru après parce que je la voyais venir et je lui ai demandé :

— Et tu vas faire quoi, avec la webcam ?

— Rien, maman, je la laisserai tout le temps allumée… Et arrête de me suivre dans toute la maison, tu me donnes le tournis !

— Pourquoi tu veux la laisser allumée, petite traînée ? Pour qu'on te regarde à poil depuis le Mexique ? T'as quatorze ans, Sofi Mirta ! Ça te suffit pas, de te frotter avec le fils du boucher, hein ? Ça te suffit pas de montrer tes seins à ton frère pour l'exciter ?

— C'est pas pour ça, m'man… ! C'est pour faire du profit avec mon corps. On va me payer, m'man, je sais pas si tu me suis ! Suffit de s'inscrire sur un site américain et c'est marre. Jésica a installé une webcam, elle l'allume quand elle se douche et on lui dépose plein de dollars sur un compte de la BBVA.

— Ah bon ! T'aurais dû commencer par là, ma fille… Si tu vas gagner quelques sous et qu'en plus tu vas te doucher tous les jours, c'est tout bénéf. Tu voudras que je t'aide à la brancher, ma chérie ?

13 octobre 2003
Scandale dans le quartier

Ce matin, des agents de la police municipale sont venus me demander si c'était moi qui avais dénoncé la vieille Monforte. Alors je leur ai dit :

— Bien sûr, messieurs, je l'ai dénoncée à la fin du mois dernier parce que ça devenait invivable.

La vieille Monforte est la voisine d'à côté ; elle est atteinte d'un Alzheimer galopant, cette vache, et elle s'installe à la fenêtre pour cracher sur tous les passants. Sans compter qu'elle a un drôle de crachat très puissant et glissant qui peut provoquer des bleus s'il vous touche de plein fouet. Un vrai danger public, en somme.

Les agents de la police municipale ont sonné chez la vieille pour lui faire entendre raison et elle a commencé à leur cracher dessus derrière ses volets entrouverts. Elle a atteint un fonctionnaire en costume beige en plein œil. Le type a dû s'asseoir parce qu'il a failli tomber dans les pommes, tellement il a eu mal.

Tous les voisins sont sortis cancaner. Caio (qui déteste la vieille Monforte plus que quiconque parce que quand il était petit elle lui collait des bisous baveux) est devenu fou et il a commencé à balancer des coups de pieds dans sa porte en criant : « Viens me cracher à la gueule, si t'oses, vieille salope ! » (Caio s'enhardit quand il se sent épaulé par les forces de l'ordre.)

Finalement, le fils de la vieille est arrivé, celui qui vend des bouteilles de gaz deux rues plus loin, il a signé des papiers comme quoi il s'engageait à murer la fenêtre pour éviter que les incidents ne se reproduisent.

Pendant que chacun rentrait chez soi, la vieille Monforte nous regardait à travers la rainure de la fenêtre avec des yeux pleins de haine, j'en ai eu la chair de poule. Je me suis dit en mon for intérieur qu'un de ces jours, elle allait vouloir se venger de moi, la sale cracheuse.

14 octobre 2003
Apparition matinale

Caio sort toutes les nuits et ça fait des années que je ne lui demande plus où il va, principalement pour ne pas me faire de mauvais sang. Parfois il rentre tout amoché, parfois aussi il n'arrive pas à atteindre son lit et s'affale dans l'entrée. Il peut aussi rester deux jours sans rentrer ou revenir avec trois chevelus qui nous bouffent tout le pain du petit déjeuner et piétinent mes bégonias. Généralement, ses soirées ne se terminent jamais autrement. Zacarías et moi, on en a assez de lui filer des raclées. Mais, ce qu'il a fait cette nuit, c'était du jamais vu ! Pour autant que je m'en souvienne, il ne nous avait jamais fait ça ! Jamais de sa vie Caio ne nous avait ramené une femme à la maison.

Ce matin, en me levant, j'entre dans la salle de bains et je vois une inconnue en train de laver ses parties intimes dans le bidet. C'était une femme adulte, elle avait sur le dos un tee-shirt de Caio qui porte l'inscription « Attaque 77 », elle était à poil dessous. Elle me regarde d'un air penaud comme un chien qui vient de renverser un pot de fleurs. Je la regarde aussi. On se dévisage donc l'une l'autre sans piper mot. Au bout d'une minute, je lui dis : « Qu'est-ce que vous faites ici ? » Elle ouvre la bouche comme pour parler, mais Caio arrive derrière moi, un peu rougissant, et me dit : « M'man, je te présente… ma petite amie, Negra Cabeza*. » La femme enlève sa main toute savonneuse de son entrejambe et me la tend en me disant : « Enchantée. »

— Viens par ici, Caio, dis-je à mon fils en le tirant hors de la salle de bains pour que la femme ne nous entende pas. Comment ça, ta petite amie, abruti ? Cette dame est adulte. Tu ne vois pas qu'elle est adulte ?

— Et qu'est-ce que ça peut me foutre, me dit-il. Elle sait tirer les tarots et elle aime AC/DC… Elle est super cool, Negra Cabeza.

Alors je prends une longue inspiration, j'entrouvre la porte de la salle de bains et je dis à la dame :

— Vous prendrez le petit déjeuner avec nous, madame ?

Elle me fait oui de la tête, d'un air de dire « en avant ! ».

Si bien qu'au moment où j'écris ces lignes, mardi bientôt 8 heures, Negra Cabeza est installée peinarde dans la cuisine, bavardant avec Zacarías et Caio au sujet du coup d'État de 1976. J'ai l'impression que mon mari l'aime bien parce qu'elle est un peu anar-

* Littéralement « Tête noire ».

chiste, comme nana. Moi, à vrai dire, je n'ai même plus le courage de continuer à écrire.

15 octobre 2003
Au bout de douze ans !

Il est d'un bizarre, Zacarías, aujourd'hui ! D'abord il a passé la matinée à me jeter des regards en coin, l'air contrit comme s'il avait des soucis ou mal au ventre. Ensuite, il s'est approché de moi pendant que je balayais et m'a donné une chiquenaude sur la tête (chez lui, c'est à prendre comme un câlin). Je me suis dit qu'il s'ennuyait à force d'être oisif et qu'il voulait discuter, mais pas du tout... Il a poussé un soupir et puis il est parti. Quand j'ai commencé à préparer le repas, il est réapparu. Il s'est assis à l'envers sur une chaise, a pris un maté et m'a regardé en disant :

— Pourquoi tu m'aimes, toi ?

Il me demandait ça sérieusement et il est resté planté là à attendre ma réponse. Il doit y être encore parce que moi, ni une ni deux, j'ai pris peur et je suis venue m'arranger un peu vu que la dernière fois qu'il m'a fait ça, en 91, ce que voulait mon mari, c'était qu'on mélange nos poils. Quelle émotion ! Je ne sais même plus si je me rappelle comment on fait ça.

15 octobre 2003
Post-coïtum

Zacarías ne fume qu'après qu'on s'est mélangé les poils. Autant dire que la cigarette qu'il a grillée tout à l'heure était sortie d'un paquet de Galaxy light, une marque qui ne se fabrique plus depuis le milieu des années 80. Évidemment, ça l'a rendu malade et il a dû sortir en courant pour aller vomir aux toilettes. Moi, je suis restée affalée sur le lit, les cheveux ébouriffés, détendue comme une Tibétaine, envahie par un sentiment de paix que je n'avais pas ressenti depuis qu'on est allés voir le pape à Luján.

— Zacarías, lui dis-je sans quitter le lit. Tu devrais faire ça plus souvent.

— Quoi ? Vomir ?

— Non, me faire des câlins… Tu peux pas savoir dans quel état est mon corps, maintenant.

— Oui, je l'ai vu, ton corps, me dit-il. Il est complètement bousillé. Avant tu étais plutôt acceptable, Mirta, mais maintenant tout s'est affaissé… Depuis quand t'as cette cicatrice que je t'avais jamais vue ?

— Celle-ci ? C'est la césarienne de Sofi. Tu la trouves sexy ?

— Mais tais-toi donc, voyons ! Et quand je sortirai de la salle de bains, couvre-toi un peu, tu me fais peur.

Du Zacarías tout craché. Quel farceur, alors !

17 octobre 2003
Je rafle une bonne petite mise au chinchón

Je viens de jouer au chinchón chez Tere Gómez et, l'air de rien, j'ai raflé environ trente pesos. Je crois que je n'avais jamais, vraiment *jamais*, eu autant de bol de ma vie aux cartes. Les mises étaient ridicules.

Un peso la partie (on mise toutes), mais cette fois la chance était avec moi. On a joué quatre parties et je les ai toutes gagnées, à un moment, j'ai même fait un carré de valets au second tour. Chapeau, Mirta ! Hallucinant, le bol que j'ai eu. Les vieilles rombières me regardaient haineusement, ça se voyait à leur veine sur la tempe, surtout Bocha, généralement très sympa mais, dès qu'on joue au chinchón, elle ne te connaît plus, ça en donne froid dans le dos.

J'essaie toujours d'aller au chinchón du vendredi, parce que celles qui n'y vont pas, on leur casse du sucre sur le dos, on les met en pièces… on dit pis que pendre des absentes. Alors, si je n'y vais pas, je peux être sûre que les langues de vipère me déchireront à belles dents. Bocha mise à part, je les déteste toutes passablement. Surtout Emilia et la vieille Monforte, avec qui j'ai coupé les ponts. Quand j'ai gagné la quatrième partie, elle m'a encore craché dessus ; il est bien connu qu'en plus d'être atteinte d'Alzheimer, elle est mauvaise perdante.

18 octobre 2003
Secrets inavouables de Negra Cabeza

Negra Cabeza a passé la journée à la maison et ça commence à devenir vraiment pénible. Non seulement elle m'appelle belle-maman comme si elle était vraiment ma bru, mais elle prend ses aises au-delà de ce qui est acceptable, par exemple elle se promène en culotte dans la cour. Elle a quarante-quatre ans (j'ai fouillé dans son sac pour m'en assurer car elle prétend en avoir trente-six) et ma petite enquête m'a révélé aussi qu'elle s'appelle Silvia Lorena Cabeza et, comble de l'horreur, qu'elle est paraguayenne. Mon fils avec une Paraguayenne ! ai-je songé, et ça m'a fichu le moral à zéro. Ce n'est pas que je sois raciste, mais tous les Sud-Américains – sauf ceux qui dansent le tango – sont un peu négligés, ils perdent leurs dents avant l'âge, se droguent et boivent du maté presque froid. Sans parler de leur odeur, ils sentent comme l'arrière des supermarchés… Je vais devoir prendre Caio entre quatre yeux et lui parler géographie, pour qu'il ouvre les yeux sur les défauts de nos frères limitrophes. Ouille ! À l'heure où j'écris ces lignes, j'entends Negra Cabeza rire aux éclats (je sais maintenant qu'elle rit en guarani), mon fils pouffer pendant qu'ils barbotent tous les deux dans notre piscine hors sol, et mon cœur se serre de chagrin.

20 octobre 2003
Mes orgasmes matinaux

Arguiñano, le petit Basque (chaque fois que je prononce son nom, je soupire), me tire du lit à 8 heures et demie du matin. Avant, quand il vivait en Argentine, il passait sur Canal 13 à une heure correcte, mais maintenant, il faut capter l'émission de midi sur Televisión Española. Or, à cause de la mondialisation, quand il est midi en Espagne, il est 8 h 30 du matin ici. Pendant que j'écris ceci, je le regarde, hypnotisée, un filet de bave aux lèvres. Il est en train de préparer un *pescetto*. Il explique aux Espagnols qu'en Argentine, ça se dit *pescetto*, mais que là-bas ça se dit *redondo*. Sa sœur participe parfois à l'émission, elle est un peu bécasse, mais on voit qu'ils s'aiment beaucoup, tous les deux…

Le petit Basque parle tout le temps de l'Argentine, vraiment tout le temps ; apparemment, s'il a aimé vivre ici, c'est parce qu'on était toutes amoureuses de lui. Il a une de ces manières de vous expliquer les choses, cet homme ! En plus, il est toujours tiré à quatre épingles… Un jour, je l'ai croisé en vrai, à Mar del Plata, et je l'ai bien flairé pour repérer son odeur. Il sent le prince charmant, le mari attentionné, la lessive marque Federal.

Karlos cuisine, chante, fait des plaisanteries salaces, prépare à manger, raconte des trucs et, quoi qu'il fasse, même tôt le matin, dès que je le regarde je mouille ma culotte. J'en ai des orgasmes qui me font trembler les guiboles ! Il arrive que Zacarías passe par là, alors je serre les genoux pour qu'il ne m'entende pas jouir… De toute manière, Zacarías ne remarque jamais ces choses-là, même si on lui fait un dessin. Oh, la vache ! Il a l'air tellement appétissant, le pescetto qu'il prépare ! Si j'avais vingt pesos à dépenser, j'en préparerais aux enfants aujourd'hui même… Mais, par les temps qui courent, il faut se contenter de voir comment on le prépare en Espagne.

20 octobre 2003
Caio et Zacarías, amoureux des lettres

Caio et Zacarías ne devraient pas jouer au scraboul parce que ça finit toujours en baston. Ils sont tellement débiles, les pauvres, qu'ils se roulent par terre et me cassent le carrelage, avec leur grosse tête dure comme de la pierre. Je ne comprends pas pourquoi ils ne s'amusent pas directement à se foutre sur la gueule, ça reviendrait au même. Cet après-midi, Caio a écrit le mot « partouze » et Zacarías lui a dit que ça n'existait pas. Caio soutenait que si, des preuves à l'appui : « Comment, ça n'existe pas ? Tiens ! Pas plus tard qu'hier soir, on a fait une partouze chez le Chilien Calesita* ! » Zacarías accepte le mot à contrecœur et profite du « z » pour écrire « bazingue », mot compte triple, les sept lettres utilisées, cent quatre-vingt-six points d'un coup. Ça énerve Caio, qui assure que, même au Venezuela, ce mot n'existe pas, alors qu'ils y existent presque tous. À quoi Zacarías répond :

* Littéralement, « Chilien Petit Manège ».

« Pardon ? J'ai passé mon après-midi d'hier à bazinguer, j'ai pas arrêté jusqu'à la nuit tombée et tu oses prétendre que ça n'existe pas ! » Caio l'envoie bouler, « Espèce de sale tricheur de mes deux ! » et Zacarías, qui ne perd jamais une occasion de battre son fils jusqu'au sang, hurle « Tu me respectes ! », lui dévisse la face d'un coup de sac de scraboul, ça fait un tel bruit que je me demande si ce sont les lettres ou les dents de Caio. Peut-on être aussi con ! Qui c'est qui ramasse les morceaux, après ? C'est bibi.

21 octobre 2003
Déjà qu'on n'était pas foule…

Aujourd'hui, don Américo, mon beau-père, nous a fichu une trouille bleue. On a passé la journée à l'hôpital à cause du grand-père ! Je viens juste de rentrer à la maison… Je ne sais pas par où commencer, alors allons-y pas à pas :

11 h 50 : Je prépare le repas quand on m'appelle pour me prévenir qu'on a entendu des bruits de coups et des cris de détresse chez mon beau-père, alors je m'essuie les mains sur mon tablier et je pars à toute blinde chez lui.

12 h 07 : Après avoir sonné plusieurs fois en vain, j'appelle Caio sur son portable (enfin, façon de parler) pour qu'il vienne m'aider à forcer la porte avec un pied-de-biche.

12 h 12 : Caio arrive, mais au lieu d'apporter un pied-de-biche, il ramène un trousseau avec des millions de clés, il examine la serrure d'un air expert, choisit une clé et ouvre. Je le regarde d'un air effrayé, mais je n'ai pas le temps de lui poser la moindre question. Nous entrons dans la maison de don Américo.

12 h 21 : Rien. On cherche partout, le vieux reste introuvable. Son lit est défait, le journal posé sur la table, le frigo est débranché et dégouline. Le frigo débranché dégouline ? C'est bizarre !

12 h 27 : Caio et moi, on ouvre le frigo et là, je frôle l'infarctus. On trouve don Américo comme introduit de force dans l'appareil, on aurait dit un vieux fœtus dans un utérus de marque Westinghouse.

12 h 29 : « Laissez-moi, non mi sortire, io vais ténire lé coup », nous dit-il d'un filet de voix en nous voyant. « Tenir le coup, pour quoi faire, grand-père ? Vous voyez pas que vous allez mourir étouffé, là-dedans ? » lui dis-je. « No signore, me répond-il, io souis en train de battre lé récorde mondiale commé lé magiciano delle Tamise… On fait molta propaganda au magicino pour être restato quaranta-quatri giorni sans mangeare. Et les rétraités, alora ! Il faudrait que nous s'enferme dans oune caisse sour oun ponte pour que les journali sachent que nous ne mangiamo niente ?? » Après quoi, il s'est évanoui comme un petit oiseau, la tête posée sur une couverture.

12 h 51 : On l'a sorti comme on a pu et on l'a conduit, à moitié dans le coma, à l'hôpital Dubarry. Maintenant son état est stabilisé. On a dû appeler un taxi pour l'emmener, dans ces cas-là ils sont gratis, alors j'en ai au moins profité pour faire un trajet en taxi (je n'avais pas pris de taxi depuis le jour où j'ai perdu les eaux pour Sofi).

24 octobre 2003
Expulsés

Je n'arrivais pas à dormir. Il n'est pas encore 6 heures et je suis là, à faire les comptes. Depuis le début du mois, on a vécu avec 150 pesos que nous a donnés Nacho sur son salaire, 50 pesos qu'on a soutirés à don Américo de sa retraite à son insu et les 210 qu'on avait mis de côté pour le dentier de Zacarías, qui n'en a plus vraiment besoin vu qu'il n'a plus grand-chose à se mettre sous la dent.

Hier, en revenant de l'école de Caio, je n'ai rien écrit parce que je déprimais. La chose la moins désagréable qu'on m'y ait dite, c'est que ce gamin est psychologiquement perturbé. Et ce qui me fait le plus mal est que, selon eux, c'est notre faute, nous ne lui avons pas « transmis de valeurs ».

— Mais qu'est-ce que vous me racontez, mademoiselle la directrice ? ai-je bondi, au bord des larmes. Nous avons vendu tout ce qui avait un peu de valeur chez nous.

Ils me virent le gamin. Ben bravo ! Comme si ça allait l'aider. Je sais que c'est pas bien de mettre le feu à la salle des professeurs et de menacer la prof de musique avec un couteau, mais est-ce qu'il est correct de le virer ? Est-ce que ça va le faire avancer ? Que va fabriquer Caio, s'il reste toute la matinée à la maison ? Je préfère de loin qu'il mette le feu à l'école plutôt que chez moi. Des écoles, il y en a plein, mais moi, je n'ai qu'une maison, sans compter qu'elle commence à tomber en ruine. Quand j'ai raconté la nouvelle à Zacarías hier soir, sa réaction m'a peinée, le pauvre : « N'en parlons plus. Caio va venir travailler avec moi à Plastivida ! » Alors je lui ai rappelé en caressant son crâne chauve : « Mais chéri, toi aussi tu t'es fait virer le mois dernier, presque au moment où moi je me suis fait virer de la boutique… »

On a gardé le silence quelques instants, comme si on était en train de penser à la même chose. On a l'impression qu'on est en train de se faire virer de partout, nous, les Bertotti. Nacho dit que nous sommes le coût social de ce gouvernement… Je ne vois pas très bien ce qu'il veut dire par là, mais pourquoi faut-il que ça tombe toujours sur nous, d'être le coût social des gouvernements ?

24 octobre 2003
Zacarías, un héros au cœur sensible

Zacarías et moi avons assis Caio à table et avons commencé à lui demander ce qu'il comptait faire de sa vie. Comme aujourd'hui je suis un peu à cran à cause des problèmes de fric, je n'y suis pas allée par quatre chemins :

— Écoute-moi, petit couillon, ou tu te trouves un travail, ou tu dégages de cette maison, ici on n'est pas là pour entretenir les branleurs.

Caio regarde son père et lui dit :

— Toi, tu viens dans la rue avec moi, non ? Parce que plus branleur que toi, ces derniers temps…

Et au moment où je pensais que Zacarías allait faire usage d'un de ces infaillibles revers avec jointure des doigts (ce que Caio mériterait de plus en plus), voilà que mon mari s'effondre. Il cache sa tête dans ses bras et fond en larmes comme Verónica Castro dans *Le Droit de naître*. Caio et moi, on était soufflés, on n'avait jamais vu Zacarías pleurer. Jamais de notre vie, je le jure. Il chiale pendant deux minutes, puis il lève la tête, regarde Caio et lui dit :

— T'aurais pas un mouchoir ?

Caio lui donne un mouchoir, me regarde et me dit :

— Tu me donnes un glaçon ?

Je lui donne un glaçon.

Zacarías met le glaçon dans le mouchoir, brandit celui-ci, prend de l'élan et explose un œil à Caio avec en ajoutant :

— Tiens ! Mets de la glace sur ton œil avant qu'il gonfle.

Après quoi il se tait. Un superhéros, ce Zacarías ! J'en suis restée tout amoureuse…

25 octobre 2003

Au bout du compte, c'est Sofi qui va nous nourrir

Sofi a débuté ses affaires de webcam il y a deux jours et on lui a déjà versé 71,50 dollars sur son compte de la BBVA, ce qui est plus que la pension de retraite que touche mensuellement mon beau-père. Si elle pouvait faire plus d'heures, elle gagnerait le double, mais il faut qu'on s'organise pour qu'elle utilise la caméra dans les moments où Zacarías va jouer au loto au club Estudiantes.

La seule chose qu'elle ait à faire, c'est s'asseoir sur le lit entourée d'ours en peluche et montrer ses seins quand les gros qu'on peut voir sur NetMeeting commencent à se baver dessus. Hier soir, je la regardais travailler et je me sentais fière… Si petite et déjà elle ramène de l'argent à la maison ! Sans qu'on lui dise rien, de temps en temps elle sort la langue et envoie des bisous, puis elle fait des mimiques d'entraîneuse de bar.

Et dire qu'à son âge, j'aidais ma mère à coudre des robes alors que je ne savais même pas m'essuyer la morve toute seule. Une chance qu'à notre époque les filles de douze ou treize ans aient déjà des seins, sinon, je ne sais pas comment on ferait pour manger le mois prochain. Si seulement Caio pouvait aussi se trouver du boulot !

26 octobre 2003
Dur de garder longtemps un travail, dans ce pays !

Selon Zacarías, l'idée de la webcam de Sofi a été une grosse bourde et ça ne l'a pas du tout amusé. Il me l'a dit tout à l'heure, après l'avoir trouvée en train de travailler et lui avoir filé une raclée, à ma pauvre petite. Maintenant elle est toute courbaturée, elle a un œil au beurre noir et hurle de sa chambre pour demander pardon à son père (non qu'elle ait des remords mais parce qu'elle a peur qu'il recommence à la castagner).

Je ne comprends pas comment fait Zacarías pour avoir une âme si noble sous certains aspects tout en étant pourtant capable de filer des trempes à ses enfants puis de repartir comme si de rien n'était. En tout cas, il est clair que, dans son échelle des valeurs, la nudité partielle de sa fille est plus grave que de vivre dans la misère… Ça, il l'assume bien mieux.

À propos d'assumer : y en a un qui a eu une trouille bleue, c'est l'Amerloque qui regardait Sofi se mettre à poil et qui a vu tout à coup débouler Zacarías et la mettre en pièces en direct. Pauvre gars ! Il doit s'imaginer qu'on est tous des sauvages, dans ce pays. Je vais aller livrer les beignets du dimanche parce que maintenant qu'on n'a même plus de webcam, on n'a plus aucune source de revenus.

27 octobre 2003
Alors, on l'ouvre, cette pizzeria ?

Aujourd'hui, Nacho est venu déjeuner et nous a suggéré une idée salvatrice. Il dit que si on part tous vivre chez grand-père Américo, on peut vendre cette maison et utiliser l'argent de la vente pour ouvrir une pizzeria avec livraison à domicile, ce qui réglerait tous nos problèmes de chômage.

— Écoutez-moi bien, nous dit-il, ému. Toi, grand-père, tu pétris la pâte. Maman prépare la sauce, papa prend les commandes au téléphone, Sofi accueille le public en minijupe, Caio livre en scooter et moi je m'occupe des chiffres… Qu'est-ce que vous en dites ?

Zacarías bondit aussitôt pour donner son avis :

— Mirta, faire la sauce ? On va tout de même pas vendre de la merde avec la sauce à gerber de Mirta dessus !

Vexée, je dis :

— Zacarías pour répondre au téléphone, avec le caractère de chien qu'il a ? C'est comme si on demandait à Kissinger…

— Il est hors de question que je travaille dans une pizzeria, c'est pas fashion comme la webcam, intervient Sofi, boudeuse.

Caio se penche d'un côté, serre les lèvres, pète un coup et dit :

— Le chat a encore chié ! Il faut la castrer, cette bête !

À la fin, mon beau-père nous regarde tous, se lève de table et tranche :

— Io faccio la pizza, ça me piache, ma jamais de la vitta vous venez tutti vivire alla mia casa !

C'est dingue comme on en arrive toujours au même point : on a un tas de bons projets, mais on manque de confiance en nous.

Nous n'avions que deux petits flans pour le dessert. À la fin du déjeuner, comme chaque fois que nous traversons des périodes de vaches maigres, nous avons tiré au sort : nous éteignons la lumière et c'est à ceux qui attrapent les flans en premier. Cette fois, c'est Nacho et Zacarías qui en ont mangé. On voit bien que les femmes et les vieux ont moins de réflexes.

28 octobre 2003
Caio chez le psy, espérons qu'on va le guérir

À l'initiative de Nacho (qui est le seul à compter des professionnels qualifiés parmi ses amis), ce matin j'ai traîné Caio chez un psychologue afin de voir s'il pouvait faire quelque chose pour le petit. Comme c'était la première fois, je suis entrée dans le cabinet avec lui et maintenant je suis fumasse… À peine entré, Caio a voulu s'allonger sur le divan, alors que le psy lui disait que ce n'était pas la peine. Mais il a insisté, insisté. Quand il a obtenu gain de cause, il s'est couché, s'est endormi et s'est mis à ronfler.

— Enfin, mon garçon, lui dis-je. Écoute ce qu'a à te dire le docteur Mastretta !

— Non, madame, ne le harcelez pas, me reproche le psychologue, il essaie d'attirer notre attention.

— Vous croyez ? lui dis-je. J'ai plutôt l'impression qu'il est défoncé au Rohypnol, il passe toutes ses nuits à prendre des cachets avec ses copains et il rentre le matin con comme ses pieds.

— C'est vrai, Claudio ? dit le docteur. Tu éprouves le besoin de t'évader, la nuit ?

— T'aurais pas un oreiller, mon pote ? bredouille Caio, et moi je rougis des pieds à la tête.

— Un oreiller… ? dit le docteur, qui est manifestement d'une patience infinie avec les fous. Tu te sens mal dans ta peau, généralement ?

— Me fais pas chier et aboule un oreiller avant que je roule ton pull en boule pour me le foutre sous la tête, lui dit Caio.

— Caio ! Tu vas arrêter tes conneries, maintenant ! Tu vas présenter tes excuses au docteur Mastretta immédiatement ! lui dis-je en le secouant par une oreille.

— Madame, me dit le docteur en me bloquant le bras et en clouant sur moi son regard hypnotique de chouette. Pouvez-vous nous laisser, je vous prie ? Je ne peux pas travailler si vous vous comportez d'une manière aussi hostile.

— Ha ! fait Caio en ouvrant un œil. Bien envoyé, mon pote ! Allez, laisse-nous, vieille hostile, t'as entendu ce qu'a dit le master ?

Je suis donc repartie chez moi en claquant la porte si fort que tous les diplômes ont failli tomber. À tous les coups, Caio va devenir copain avec ce connard et ils vont sortir faire la fête et prendre des cachets ensemble. On ne peut plus se fier à la médecine, dans ce pays.

29 octobre 2003
Nacho : le meilleur

Nacho a parlé avec mon beau-père et il l'a convaincu pour la pizzeria. On commence donc le déménagement dans quelques jours. Nacho n'a pas seulement un esprit exceptionnel et des idées parfaites, il sait aussi expliquer les choses comme un chef… On a toujours eu l'impression qu'il ne faisait pas partie de la famille. Et puis il est bien élevé, sensible, calme… C'est le seul Bertotti de sexe masculin qui rentre sa chemise dans son pantalon, par exemple, le seul qui sache faire son lit, le seul qui n'oublie jamais de me souhaiter mon anniversaire, le seul qui ait terminé le lycée, le seul qui n'ait jamais levé la main sur moi, le seul qui change de slip une fois par semaine… Je me dis parfois qu'après la naissance de Nacho, j'aurais dû me faire ligaturer les trompes (pardonnez mon franc-parler), parce que l'unique chose qui manque à Nacho pour être un fils parfait est d'avoir été fils unique.

30 octobre 2003
Les anticompliments de Zacarías

Caio est de plus en plus obnubilé par sa taille. Aujourd'hui, je l'ai trouvé la tête en bas, pendu par les pieds au lierre du jardin, à moitié asphyxié et la tête gonflée de sang.

— Qu'est-ce que tu fais, abruti ? lui demandé-je.

Mais il n'arrivait presque pas à parler, tellement il était mal, le couillon. D'un filet de voix, il me dit :

— J'essaie de m'étirer un peu les guiboles, m'man…

Si Zacarías ne m'avait pas aidée à le descendre, le petit serait mort, comme un pendu mais à l'envers. Avec les meilleures intentions du monde, son père ne trouve jamais les mots qu'il faut pour lui remonter le moral et il lui balance tout un tas d'anticompliments. Au bout d'un moment, il lui donne une tape dans le dos et lui dit :

— Allez, courage, fiston, t'es le nain le plus grand du monde.

Caio le regarde, fait la lippe et part pleurer dans sa chambre. Zacarías est vraiment une brute. Un jour qu'il voulait me dire un mot d'amour, il m'a susurré à l'oreille : « La dernière fois que j'ai été heureux, c'est le jour où je t'ai connu, ma biche. » C'est un sans-cœur, un malotru… mais il me lance ses anti-compliments avec une telle voix de tombeur !

30 octobre 2003
Le jour où on a adopté un chat mexicain

L'autre jour, quelqu'un m'a demandé de parler de Cantinflas, et moi, j'ai préféré attendre la date d'aujourd'hui, le jour de ses six ans. Je vais donc vous raconter comment il est arrivé à la maison, littéralement tombé du ciel à l'automne 99. À l'époque, on avait un chien qu'on aimait beaucoup. Il s'appelait Sumcutrule et il passait sa vie à courir après les Citroën. Je ne sais pas pourquoi il avait choisi cette marque, mais dès qu'il entendait un moteur de 2CV, il sautait par-dessus le muret et la prenait en chasse en lui mordant les roues. Les Citroën étaient inoffensives, il ne se passait jamais rien, jusqu'au jour où est arrivé sur le marché le modèle América, une vilaine voiture qui a tué notre chien, ce fatidique 30 mai. Un drame !

On a souffert autant que si on avait perdu Caio, qui à l'époque avait onze ans et à qui on était déjà très attachés aussi. Quel sale moment on a passé, toute la famille chialait en repensant à notre Sumcutrule, un fox-terrier qui avait les yeux de Chuck Norris.

Une semaine après le meurtre, Sofi (qui était en primaire) a arrêté de manger de chagrin. Zacarías dit qu'elle a arrêté de manger à cause de Menem, mais moi je crois que c'était le chagrin. On a donc décidé de prendre une autre mascotte, toujours plus facile à trouver qu'un bon président. Alors qu'on s'apprêtait à partir pour l'animalerie acheter une tortue (plus dures et moins mortelles que les chiens), un voisin cinglé, qui est mort depuis et qui jetait toujours des trucs dans notre cour, nous balance un chaton nouveau-né.

Sofi l'a tout de suite pris dans ses bras et a commencé à le caresser, alors on a compris que désormais ce serait notre chat. Comme il avait mal dans tout le corps, le pauvre félin, au lieu de miauler en espagnol *(miaouuu)*, il miaulait en mexicain *(miéééiiiouuu)*, Nacho l'a baptisé Cantinflas, comme le célèbre acteur comique, pour cette raison-là mais aussi parce qu'il avait une petite moustache. On aurait tout aussi bien pu l'appeler Carlos Santana, mais il y avait déjà un cordonnier du quartier qui portait ce nom. Ça s'est passé un 30 octobre. Ce jour-là, on fête donc l'anniversaire de Cantinflas et de Maradona. Bon anniversaire à tous les deux !

1er novembre 2003
La nouvelle maison

Ça y est, on a le local et on déménage la semaine prochaine. Je résume car je suis excitée comme une puce : on vend notre maison, mon beau-père vend la sienne et on achète une maison incluant un local commercial sur la 40e Rue, presque à l'angle de la 15e Avenue. On habitera ensemble et on travaillera tous dans la pizzeria. Avec l'argent qu'il nous restera, on s'achètera deux scooters pour les livraisons – je viens d'appendre qu'on appelle ça « *delivery* » – puis on prendra un petit crédit pour le four et le matériel professionnel nécessaire… Est-ce que ce n'est pas une nouvelle du tonnerre ? Même Nacho va quitter son appartement et s'installer avec nous ! Zacarías a pas mal les chocottes, parce qu'il n'a jamais été chanceux en affaires, mais j'ai quand même remarqué une lueur d'espoir dans ses yeux. Si vous saviez… La guigne nous poursuit depuis longtemps, il serait temps de redresser la tête. Caio voudrait que Negra Cabeza travaille aussi dans la pizzeria (il dit qu'elle pétrit très bien la pâte), mais je lui ai dit que c'était hors de question, cette femme est un oiseau de mauvais augure et elle va nous porter la poisse. Caio est parti en claquant la porte. Il ne tardera pas à revenir. La pizzeria va s'appeler Pizzeria Bertotti. Si Dieu le veut, on ouvre le lundi 3 novembre.

2 novembre 2003
Adieu, vieille maison !

On vient de quitter définitivement l'ancienne maison. C'était tout à l'heure… On y a trouvé un souk pas possible en entrant : journaux par terre, tiroirs vides, moutons de poussière à l'ancien emplacement des meubles. Toute la famille s'est rappelé en silence certains moments inoubliables du passé. Avez-vous remarqué que, quand enfin l'avenir vous sourit, les mauvais moments se transforment subitement en bons moments ?

Nacho m'a serrée dans ses bras, l'air de dire « T'as vu, maman, qu'on a pu relever la tête ? », et j'étais toute retournée. Ensuite, on est revenus ici, dans cette maison qui sent la peinture fraîche et les lendemains prometteurs. Le fait est que, la plupart du temps, mon mari et mes enfants sont des bons à rien, mais quand il faut aller au charbon, ils retroussent leurs manches et se transforment en héros de la Coupe du monde 86. « Allez, mes trésors, leur ai-je dit avant de quitter l'ancienne maison, les yeux embués de larmes, sortons d'ici une fois pour toutes, cette maison tombe en ruine. » Ah, seigneur… Comme on était heureux, quand on était malheureux !

4 novembre 2003
Un homme prénommé Douglas

Hier, très tard dans la soirée, on sonne à la porte. Bizarre, me dis-je, pensant que c'était Caio qui rentrait bourré et n'arrivait pas à introduire la clé dans la serrure. Je suis allée ouvrir en chemise de nuit, mais ce n'était pas Caio : un type est sorti de l'obscurité. De ma vie je n'avais vu quelqu'un d'aussi chic.

« Je vous prie de m'excuser, belle dame, me dit-il avec un accent uruguayen. Suis-je bien dans le magasin qui vend des spécialités italiennes ? » J'étais légèrement pétrifiée par sa voix et par ses yeux noirs et profonds.

« Oui, mais la pizzeria est fermée, monsieur… Repassez demain. » Le brave homme glisse un pied dans l'entrebâillement de la porte et me dit : « Justement, je suis cuisinier, le meilleur chef de Montevideo, et je traverse une période difficile d'un point de vue financier… Vous n'auriez pas besoin de… ? » Puis il reste là, à me regarder sans bouger.

« Besoin… de quoi ? lui dis-je, le cœur au bord des lèvres. – Un cuisinier, un ami, un gourmet qui vous donnerait des conseils et vous encouragerait… » me répond-il. Et, sans savoir pourquoi, je fais oui de la tête, comme hypnotisée. « Revenez demain, lui dis-je. On parlera travail… Pour le moment, je suis en chemise de nuit. »

L'homme retire alors son pied de la porte. « Entendu, chère dame, mais je regretterai de ne pas vous revoir dans une tenue aussi légère. » J'en suis restée baba. Au moment où il partait, je lui ai crié : « C'est comment, votre nom ? »

L'homme se retourne et me regarde encore dans les yeux. « Je m'appelle Salvático, me dit-il. Douglas Salvático. Mais tu peux m'appeler Le Tigre, si tu veux. À demain. »

Je suis rentrée dans la maison, tremblante comme une pucelle. Quelle voix ! Quels yeux ! Quelle galanterie ! J'ai aussitôt appelé Nacho pour lui dire qu'on avait besoin d'un vrai cuisinier, parce que Américo était peut-être italien mais qu'il n'y connaissait rien en pizzas. Sans compter qu'il était vieux et qu'il pouvait mourir du jour au lendemain. « Douglas Salvático… » Notre nouvel employé a un nom si séduisant !

5 novembre 2003
Il va falloir s'y mettre

Avant de décider allègrement d'ouvrir une pizzeria et de vivre tous ensemble, on aurait dû apprendre la sagesse du « Grand Frère ». À peine deux jours qu'on est dans cette maison et déjà ça se divise en clans, ça caquette, ça complote, ça se méfie et ça fait la gueule…

En résumé : Zacarías ne parle pas à son père à cause de ce vieux problème entre eux dont nous ne savons rien ; Caio et Sofi se tapent dessus à longueur de journée vu que Caio veut toucher les seins de Sofi pour vérifier s'ils sont durs ; moi, je peux pas blairer Negra Cabeza parce que les Paraguayens, faut s'en méfier ; Sofi continue à faire la tronche depuis que son père l'a tabassée après l'avoir trouvée à moitié à poil devant la webcam ; Nacho est remonté contre Caio parce qu'il boit le gin qu'on a à la vente ; Negra Cabeza exige que mon beau-père ne la pelote plus en public, et on a beau lui dire qu'il fait ça à tout le monde, elle ne veut pas en démordre ; moi, j'en veux à Nacho de rechigner à l'embauche aussi urgente que nécessaire du sympathique chef uruguayen ; Sofi réclame une augmentation de salaire et menace de ne plus se mettre en minijupe pour attirer la clientèle ; Caio et Negra Cabeza se faufilent dans la remise pour copuler quand il y a des clients qui attendent, et il arrive même qu'on les entende crier ; Nacho ne supporte pas que Sofi passe deux heures par jour au téléphone avec son Manija, parce qu'il dit que, pour que les affaires marchent, la ligne doit être libre.

Ah, Sainte Vierge, je ne sais pas si ça va marcher comme on le pensait. En plus, comme par hasard, quand on est tous de bonne humeur, que personne ne s'engueule, il se passe ce qui est arrivé hier soir : on s'est mis à jouer au chinchón et, tout à coup, à 2 heures du matin, on s'est rendu compte qu'on avait oublié d'ouvrir. Une journée de perdue, bordel de Dieu ! J'espère qu'aujourd'hui on va encore se bouffer le nez, parce qu'au moins, comme ça, on est sûrs de travailler. Si on était chinois, ça ne nous arriverait pas. Certes, on serait tout petits, on aurait la peau jaune et on sentirait fort, mais, au point où on en est, je ne sais pas ce qui est pire, s'il vaut mieux habiter à Mercedes ou être jaune.

5 novembre 2003
Le magicien

Douglas vient de nous donner un cours magistral sur l'art de préparer une pâte à pizza qui, selon ses propres termes, « possède une croûte dure comme le pain français, un cœur tendre comme la galette argentine et une âme joyeuse comme la tarentelle ». Il emploie de ces mots, cet homme ! J'en mouille mes collants ! Tandis qu'il nous expliquait ses secrets, il jonglait avec la pâte, il la faisait tourner sur un doigt tout en parlant. Sofi et moi étions bouche bée et ne pouvions nous empêcher de humer son parfum : le parfum reconnaissable des hommes du grand monde. Les garçons Bertotti trouvent en revanche que Douglas est un peu maniéré. Moi, je dis qu'ils sont jaloux. Comme je vais avoir du mal, cette nuit, à me coucher dans le même lit que cette andouille de Zacarías !

6 novembre 2003
Zacarías jaloux

Zacarías était fumasse en se couchant hier soir. Il me jetait des regards en coin et ne m'adressait pas la parole. Je lui ai demandé ce qui lui arrivait et il a fait une tête d'agneau égorgé :

— Qu'est-ce qui m'arrive ? Il m'arrive que, quand ce petit con de cuisinier est là, tu roules du cul et tu ris fort, voilà ce qui m'arrive !

Après quoi il me tourne le dos. Moi, je me retiens de rire, je prends un air sérieux et lui dis :

— Chéri, tu ne serais pas jaloux, par hasard ?

Il ne me répond pas. Au bout d'une minute, il se met à ronfler, mais je me rends bien compte qu'il fait semblant parce que quand il ronfle pour de vrai, ça résonne tellement fort qu'un jour ça a changé la chaîne sur la télé.

— Fais pas semblant de dormir, chéri : je vois bien que t'es jaloux, lui dis-je à moitié en riant.

Alors il s'assied sur le lit, les larmes aux yeux, et il me balance le plus bel anticompliment que j'aie jamais reçu de ma vie :

— J'en ai rien à foutre de toi, mais je voudrais que tu saches que t'es la seule femme au monde dont je n'ai rien à foutre, la seule ! Y a que moi qui ai le droit de te pourrir la vie, tu m'entends, connasse ?

Je l'ai serré si fort, si fort, qu'on n'a pas eu d'autre choix que de se mélanger les poils comme des sauvages jusqu'à des heures indues.

Ensuite, durant le post-coïtum, disons, il m'a fait promettre qu'on virerait Douglas de la pizzeria.

6 novembre 2003
Je ne les connais pas, ces gens-là !

Zacarías et moi avons passé la matinée sur un petit nuage. On est partis faire le tour du parc municipal en scooter et on est restés un bon moment à boire du maté et à manger du gâteau, allongés sur une nappe, à parler de la pizzeria, des enfants et tout le tralala. Ensuite je l'ai déposé à la mairie pour qu'il s'occupe des formalités administratives et je suis rentrée à la maison. La pizzeria était si enfumée que j'ai cru qu'ils avaient laissé le four allumé, mais pas du tout. Ils étaient tous en train de fumer des joints ! Quand les parents chats ne sont pas là, les enfants souris et la rate paraguayenne dansent.

J'ai poussé un cri tout droit sorti du cœur : « Même toi, Nacho, mon fils ! » Sofi et Caio ne pouvaient plus s'arrêter de rire, Nacho et Negra Cabeza faisaient semblant de téléphoner avec leur chaussure. Ils ne m'entendaient même pas. « Vous pouvez arrêter un peu, bande de drogués ! » leur dis-je. « On est des détectives, on attend l'agent 86 », me répond Caio. Et ils se tordent encore de rire, tirent sur le joint. « Vous vous rendez compte que votre grand-père peut débarquer d'un moment à l'autre ! » les avertis-je, épouvantée, et Sofi me répond : « C'est lui, Max la Menace, m'man, il s'est enfermé dans l'armoire. » À ce moment-là, mon beau-père a légèrement sorti la tête du meuble, les yeux injectés de sang, et il a dit : « Non é oune armoire, agent 99, é il conno del chilenchio ! »

11 novembre 2003
Les grandes inventions arrivent par hasard

Hier soir, Cantinflas est tombé dans la grande marmite de sauce tomate et on se demande s'il a failli mourir noyé ou brûlé. Quand il remuait, mon beau-père trouvait que la cuillère en bois coinçait un peu, mais il ne s'est rendu compte de rien jusqu'à ce que, dans un dernier sursaut, le chat sorte une patte et manque lui crever un œil d'un coup de griffe. « Le ragoût m'a griffé ! La sauce é possedetta ! » hurlait don Américo, le visage lacéré. Zacarías et Caio s'y sont mis à deux pour sortir Cantinflas à l'aide de la passoire et ils l'ont emmené d'urgence chez le vétérinaire pendant que Sofi et moi accompagnions le grand-père à l'hôpital afin qu'on lui fasse des points de suture. Quand Nacho et Negra Cabeza ont ouvert la pizzeria, ils n'étaient pas au courant du drame et ils ont commencé à préparer les commandes, si bien qu'on a inventé par hasard une nouvelle recette de pizza. À manger, c'est assez dégueulasse, mais à voir, ça en jette, on dirait un de ces paillassons ronds qu'on met devant les portes. On l'a aussitôt intégrée au menu : la pizza Welcome, à 5,30 pesos. On en a envoyé deux gratuites avec un Coca à la vieille Monforte, pour lui montrer qu'on n'est pas rancuniers.

12 novembre 2003
Il faut savoir tenir sa langue

La cata ! Par où je commence ? Aujourd'hui, à midi, Nacho me demande si son petit ami peut venir travailler à la pizzeria. « Comme Douglas est parti, il va nous falloir quelqu'un », me dit-il en évitant de me regarder dans les yeux. Je lui réponds : « Enfin, Nacho ! Et ton père ? Il meurt, ton père, s'il apprend que tu es… » J'aurais mieux fait de tenir ma langue parce que Zacarías, en pyjama, un verre vide à la main, est entré dans la cuisine au milieu de ma phrase. On est restés tous les trois figés comme des pierres, et les mots ont commencé à rebondir sur les murs : « … ton père apprend que tu es… apprend que tu es… que tu es… tu es… » Quand l'écho s'est arrêté, on a vu mon mari devenir blanc comme un linge, tituber, puis virer au jaune comme le drapeau du Vatican. Il s'est tourné vers Nacho avec un regard haineux et lui a dit :

— Parce que t'es quoi ? T'es quoi, Ignacio ?

— Je suis différent, a chuchoté Nacho.

— Comment ça, différent ? Et pourquoi il faudrait pas que je le sache ?

— Calme-toi, chéri, lui dis-je. Le petit est…

— Ferme-la, toi ! me coupe Zacarías. C'est à lui de me le dire.

Ignacio s'est assis sur une chaise et a fondu en larmes comme un bébé. Aucun des trois n'avait remarqué que don Américo était entré dans la cuisine.

— C'est la mienne faute, mon figlio ! dit mon beau-père à mon mari. Io sonno lé coupabile ! Nacho est pour le Boca Juniors, il est pas pour le Racing… Il a toujours été pour le Boca, commé souo Nonno, commé méi !

Le visage caché dans ses mains, le grand-père se met à chialer.

On regarde Zacarías en retenant notre souffle.

— Mon père et mon fils aîné ?? dit Zacarías. Tous les deux ? Pour le Boca ? C'est la débâcle chez les Bertotti, dit-il, puis il quitte la cuisine, muet, blessé, anéanti, et claque la porte si fort qu'il fait tomber trois casseroles.

Don Américo écarte un peu les doigts et regarde ce qui se passe. En un clin d'œil il se ressaisit.

— Alora tou é pédé, bambino ? dit-il en caressant la tête de son petit-fils, compréhensif. Et ton uomo te la mette ou tou la loui fourres, toi, hein ? Parcé qué si c'est toi qui la fourres, la maladie non é si grave…

13 novembre 2003
Les ongles de Zacarías

Si Zacarías se coupe les ongles des pieds, c'est qu'il est en train de passer un mauvais quart d'heure. C'est sans doute sa manière de canaliser son émotion. Ça ne lui arrive pas très souvent, ce qui explique qu'il porte des chaussures deux pointures au-dessus de la sienne. Avec les ongles longs, il chausse du 43, mais quand ça va pas, il revient au 41. Au début des années Menem, quand tout le monde avait du travail, il lui est arrivé de chausser du 45 : on aurait dit un clown, tout petit avec des chaussures énormes. Du temps de De la Rúa, quand ils ont commencé à virer du monde chez Plastivida, l'ambiance était si tendue à la maison qu'un jour j'ai dû lui acheter des mocassins en 39. Aujourd'hui, je l'ai trouvé dans la salle de bains en train de se couper les ongles à l'aide d'une tenaille, et je suppose que c'est parce qu'il croit son fils aîné supporter du Boca Juniors. Je lui dis :

— Te mine pas, chéri, l'important, c'est pas qu'il soit du Boca ou du Racing, c'est qu'il soit heureux…

— Viens pas me bassiner avec des phrases sorties d'un de tes livres de bonne femme ! me dit-il. Je préférerais mille fois qu'il ait un cancer ou qu'il soit sourd… mais bousier ! Notre fils aîné ! Le seul qui semblait normal ! Comment je vais faire pour le regarder dans les yeux, maintenant ? Comment je vais oser sortir dans la rue ?

— Tu noircis le tableau. Imagine qu'il soit pédé, lui dis-je pour le sonder. Là, ça serait vraiment une catastrophe, pas vrai ?

— Être pédé, c'est une maladie, ma biche ! me dit-il en sortant le bout de la langue, concentré sur l'ongle de son petit orteil. C'est une maladie de naissance : t'aimes la bite depuis que t'es tout petit et c'est marre… Alors que quand on est bousier, c'est par choix… C'est pas comparable !

— Alors t'aimerais mieux qu'il soit pédé, chéri ?

— Bousier ou pédé ? se demande-t-il d'un air pensif. Deux grands malheurs… C'est comme si tu me demandais : « mormon ou témoin de Jéhovah ? » Et puis tu connais la chanson sur les bousiers : tous boliviens, tous pédés… Alors, à mon avis, il est les deux. Manquerait plus qu'il se pointe pour nous annoncer qu'il veut prendre la nationalité bolivienne.

— Ah, Zacarías ! Tu devrais aller te frotter la bouche avec du savon ! dis-je, épouvantée. On ne plaisante pas avec ces sujets-là !

16 novembre 2003

Les vieilles rancœurs entre Zacarías et son père

Aujourd'hui, je les ai tous assis autour de la table et je leur ai dit que vous aviez décidé qu'il fallait continuer comme avant : « Mes amis disent que je dois continuer mon blog et que vous n'avez qu'à créer le vôtre : y a de la place pour tout le monde, dans Blogger, et c'est gratuit. » Caio dit qu'il va faire son photoblog contre vents et marées. Quant à Zacarías et à don Américo, l'opprobre populaire ne leur fait ni chaud ni froid. Qui plus est, mon mari et mon beau-père sont toujours fâchés, l'atmosphère à la maison est très tendue ces derniers temps. Je ne sais pas s'ils revivent leurs vieux conflits ou quoi, mais ils ne se parlent pas, ils s'aboient dessus, et, quand ils se croisent, ils ne se disent même pas bonjour. J'ai déjà écrit dans ce petit carnet que leur fâcherie venait de loin ; j'ai reconstitué les faits par petits bouts, vu que jamais personne n'a abordé le sujet ouvertement. Je vous raconte ?

Dans les années 50, don Américo était routier. Il était plus souvent en Patagonie que chez lui. Doña Francesca était malade de jalousie et elle a toujours pensé que son mari la trompait. Quand Zacarías a eu cinq ans, elle l'a retiré de l'école et l'a obligé à accompagner son père lors de ses voyages dans le sud. Don Américo ne s'est jamais opposé à priver son fils d'études parce que, déjà à l'époque, celui-ci était aussi con que maintenant mais en plus jeune.

Quoi qu'il en soit, mon beau-père avait effectivement une double vie, alors il confiait Zacarías à un autre routier qui faisait la route du Brésil. En résumé : mon mari a passé sept ans de sa vie à voyager à Ouro Preto avec un inconnu qui transportait du soja et à le cacher à sa mère pour couvrir son père. Mon mari est une perle, le pauvre !

Un jour, ils étaient tous les trois à la maison et doña Francesca a demandé à son fils :

— Alora, trésoro, comé é la Patagonia, te piache ?

Zacarías, qui avait alors dans les onze ans, lui a répondu : « Muito bonito, mamãe, e qué praias mais longas pra jogar fuchibôl. » Doña Francesca, qui se doutait déjà de quelque chose vu que Zacarías revenait de plus en plus bronzé, avec parfois des frisottis dans les cheveux, a demandé le divorce et s'est tirée. Depuis ce jour-là, sa mère et son père ont cessé d'aimer Zacarías, car pour l'une il était le « compliche » et pour l'autre le « *mascalzone* cafteur ». C'est pourquoi mon mari est parfois si dur avec son père, c'est pourquoi aussi il ne va jamais fleurir la tombe de doña Francesca.

17 novembre 2003
La vie réelle est bien triste

Je ne vais pas vous tenir en haleine, mes chéris. Quand on ne sait pas comment dire les choses, il faut les lâcher franco. Cette nuit, José María, le petit copain de Nacho, est mort, et moi je suis effondrée. Le téléphone a sonné à 3 heures et demie du matin ; Nacho était sur la bécane avec moi, en train d'arranger le visuel de mon blog. Zacarías a décroché l'appareil de sa table de nuit et il s'est levé pour porter le message : « C'est quelqu'un qui vient de t'appeler pour dire qu'un ami de la fac est mort. » Nacho m'a d'abord regardée, puis il a regardé son père, mais il n'a pas demandé de qui il s'agissait. Il s'est contenté de me prendre la main. J'ai demandé à sa place : « On ne t'a pas dit le nom ? » Zacarías a lu sur un petit bout de papier : « Un certain Scolcevitch. C'est pas le petit brun qui venait travailler à la maison l'année dernière ? Il s'est mangé un poteau à moto sur la 29e Avenue. »

Mon premier geste a été de prendre mon fils dans mes bras. Un geste machinal. Je n'en avais rien à cirer que Zacarías se doute de quelque chose. Nacho s'est mis à trembler et m'a serrée si fort que j'ai cru qu'il allait m'étouffer. Ensuite, il s'est effondré et a éclaté en sanglots. Plus moyen de l'arrêter. Il pleurait comme une sirène d'ambulance. Alors Zacarías a commencé à le regarder d'un air soupçonneux. J'ai prié pour qu'il se taise, mais mon mari est le champion des gaffeurs :

— Eh ben ! a-t-il dit, à moitié en riant. Pire que si le Racing avait perdu. C'était qui, ce garçon ? Ta meuf ou quoi ?

Déjà que Nacho était sous le choc, le sarcasme de son père a dû dérégler tous les boutons. Il s'est levé, le visage déformé de douleur, et il a plaqué son père contre le mur :

— Pas ma meuf, papa, non ! C'était mon mec, espèce de gros salopard ! Mon mec, bordel de merde !

Nacho a lâché tout ça d'une voix toute fluette et pointue comme un chant de canari, une voix très, très efféminée. Après avoir couvert son père d'injures, il a enfilé son blouson et il est sorti en claquant la porte. Zacarías est resté figé. Il ne faisait que me regarder et m'interroger des yeux. Et moi, je me taisais.

— Comment ça, son mec, Mirta ? a-t-il fini par me dire au bout d'un moment, tel un zombie. Est-il possible que je sois toujours le dernier informé, dans cette maison ? (Comme je ne lui disais toujours rien, il s'emballait.) Réponds-moi, Mirta ! Comment ça, son mec ! Ce salopard, il baise mon fils ? ! Je vais le tuer, cet enfoiré, je vais le tuer !

— Tu ne vas tuer personne, chéri, lui ai-je dit en le prenant par les épaules. Tu n'as donc pas compris que le pauvre garçon est déjà mort ?

— Ben oui… il est mort… me dit-il, comme s'il revenait à lui. Tu vois que j'ai toujours un temps de retard !

18 novembre 2003

Caio marque des points

Hier soir, pendant que je lavais les tasses et que Zacarías lisait le journal, Caio est entré dans la cuisine d'un air très sérieux : « Papa, pourquoi on ne lui dit rien, à Nacho, maintenant qu'on sait que c'est une tapette, alors que moi, quand je fais une connerie dix fois plus normale, comme quand on m'a viré de l'école, tout le monde dit que je suis débile mental et maman m'envoie chez le psy ? » J'ai regardé Caio, j'ai pris une grande inspiration, j'ai essuyé mes mains sur mon tablier et je lui ai demandé de s'asseoir deux minutes à table pour parler. Je préférais éviter à Zacarías la corvée de lui répondre parce qu'il était encore sous le choc. Je lui ai expliqué que je ne voulais plus jamais l'entendre dire « tapette » en parlant de son frère et qu'il fallait employer l'expression « être humain avec une orientation sexuelle perturbée » ou alors carrément « pédé ».

Zacarías ne mouftait pas, mais je voyais ses yeux rougir lentement. Il est clair que ce sujet de conversation lui déplaît. Ensuite, j'ai dit à Caio qu'il ne pouvait pas se comparer à son frère, le seul Bertotti qui soit allé à l'université et qui ait entretenu la famille pendant près d'une année. Je lui ai dit que Nacho était devenu pédé parce qu'il était très sensible et qu'il lisait beaucoup, qu'on devait le soutenir parce qu'il était très malheureux de la mort de son ami intime. Je lui ai assuré également que ni son père ni moi ne faisions de différence entre nos trois enfants, parce qu'on les aimait tous les trois pareil.

— Oui, dit Caio, mais maintenant que Nacho est une tapette, j'imagine qu'il a perdu des points et que vous devriez m'aimer un tout petit peu plus qu'avant.

Zacarías a soufflé tout doucement (mauvais signe), mais il n'a pas pipé mot. Parfois les silences de Zacarías me font très peur. Pour meubler, je lui ai dit :

— Je t'ai dit de ne pas l'appeler tapette, Caio… ! Ici, personne ne perd ni ne marque de points ; on ne joue pas au loto, Claudio, on est une famille.

Caio a continué sur sa lancée :

— Mon cul, maman ! Moi, il me semble que le pire des enfants, maintenant, c'est lui. Du coup, je deviens l'avant-dernier… Le plus grave que je fais, c'est de me droguer, mais lui, il se fait défoncer le cul, c'est bien pire. Je crois que je devrais marquer des points.

Ah, Sainte Vierge, tout est allé si vite après ça ! Zacarías a accompli un mouvement bionique du bras droit, comme les lions dans les documentaires quand ils sautent sur une gazelle. Je vous jure que je n'ai même pas vu partir le coup, j'ai seulement entendu un sifflement puis j'ai vu Caio couché sur le carreau. Sa tête a résonné comme un tambour. Dans le taxi, en revenant de l'hôpital, Zacarías avait encore le cœur à plaisanter :

— Tu voulais des points, non ? Ben voilà, t'en as eu douze, disait-il à Caio, qui est tout content malgré sa tête bandée.

— De quoi tu ris, chéri ? m'informé-je une fois à la maison.

— J'ai l'air plus grand, avec ce turban, non ? dit le couillon en se regardant dans la glace de la salle de bains.

19 novembre 2003
Moutarde et mayonnaise

Hier, à l'hôpital, le médecin de garde a fait une radio de la tête de Caio et nous a dit : « Est-ce que ce petit n'aurait pas une déficience mentale à force de se prendre des raclées ? » Zacarías s'est défendu : « Pardon, docteur, mais c'est un peu comme la question de la poule et de l'œuf : si je le tabasse, c'est parce que c'est un imbécile… Si c'était pas un imbécile, je lui toucherais pas un cheveu. Je ne vois pas l'intérêt de taper sur un gamin qui n'est pas un imbécile ! » Pour le coup, je trouve que mon mari avait raison, parce que le petit était con bien avant que son père ne commence à le tabasser. Espérons qu'il se calmera un peu, avec le photoblog qu'il a commencé. Hier, il avait l'air tout content de répondre aux commentaires et de publier ses cochonneries sur Internet. Le problème, c'est que Nacho ne peut pas trop l'aider tant qu'il est en deuil. Mon petit Nacho a l'air à plat, mais un peu moins qu'hier. Hier soir, il a dîné à la maison. Il n'a pas desserré les dents, mais il avait le front haut. Mon mari et lui ne s'étaient pas revus depuis l'engueulade de la veille. J'ai l'impression que Zacarías commence à comprendre son fils. Le problème, c'est que mon mari n'est pas du genre à aborder les problèmes ouvertement. À un moment, il a passé la mayonnaise à Nacho, qui lui a dit :

— Non, merci, papa, je préfère les sandwichs à la moutarde.

— Mais t'as déjà goûté à la mayonnaise, petit ? lui demande Zacarías.

— J'ai goûté les deux et je préfère la moutarde, papa.

— Je n'arrive pas à comprendre que tu aimes la moutarde alors qu'il y a de la si bonne mayonnaise en Argentine, insiste mon mari.

— J'ai mangé des sandwichs à la mayonnaise pendant cinq ans, juste pour sauver les apparences, et puis j'ai fini par en avoir marre, confesse Nacho.

Zacarías ne lâche pas le morceau :

— T'es peut-être jamais tombé sur une bonne mayonnaise qui te secoue le prunier.

— Ce n'est pas une question de qualité, papa, rétorque Nacho. Avec la mayonnaise, je ne ressens rien, alors qu'avec la moutarde, je suis moi-même, et je veux être fier de manger de la moutarde.

— J'aurais dû t'emmener faire une partie de mayonnaise quand t'avais douze, treize ans, comme ça se faisait dans le temps, se lamente Zacarías.

Don Américo acquiesce en silence. Nacho pose une main sur l'épaule de son père :

— C'est pas à cause de ça, tu n'y es pour rien.

Zacarías pose une main sur la main de Nacho et les larmes me montent aux yeux. Ils se regardent un instant en silence, comme s'ils se voyaient pour la première fois. Don Américo, qui a suivi la conversation d'un air très sérieux, brise la magie de l'instant :

— Tou n'as jamais essayé de mangiare les sandwichés à la salsa golf, bambino ?

— Pas de cochonneries, papa ! bondit Zacarías avec dégoût. Vous voyez pas qu'il y a des enfants, à table ?

20 novembre 2003
La sexualité au troisième âge

Hier soir, don Américo était très abattu parce que sa grande idole Michael Jackson est en fuite, poursuivie par la justice. Mon beau-père est un fan du chanteur depuis les années 80 ; maintenant, moins qu'avant, parce qu'un jour il s'est fracturé la hanche en dansant la breakdance, mais il n'a jamais cessé d'écouter ses disques. Il a suivi les nouvelles à la radio jusque tard dans la nuit. De temps en temps il criait : « Té rende pas, Miquele, cachette-toi ! » Et c'est ainsi, en écoutant la radio, qu'il a totalement changé d'humeur : à présent, il est euphorique. Depuis qu'il a appris que Menem venait d'être papa à l'âge de soixante-treize ans, il a oublié Michael Jackson : maintenant il veut refaire sa vie et donner un petit frère à Zacarías. « Ça né té plairait pas oune frèro pour jouer, mon figlio ? » lui a-t-il demandé hier soir à table.

Je crois que mon beau-père se sent très coupable de l'enfance merdique qu'il a donnée à mon mari, alors il essaie de recoller un peu les morceaux. Je crois aussi qu'il a pas mal perdu la boule, dernièrement.

— Qu'est-ce que vous racontez, papa ! Vous n'avez

même pas de fiancée ! lui dit Zacarías, qui au fond adore être fils unique.

Nous, on riait de la sortie de don Américo, mais Sofi, qui est très grossière, surtout à table, lui a demandé :

— Tu bandes encore, papy ?

On l'a tous regardée, soufflés. D'un côté la question nous a paru très gonflée, d'un autre il était temps que quelqu'un la pose à un vieil homme parce qu'au fond tout le monde veut savoir si l'engin des petits vieux fonctionne encore. Je dis toujours que les jeunes d'aujourd'hui sont moins hypocrites que nous et qu'ils tournent moins autour du pot. Et puis ils sont très curieux. Une fois adultes, ils se servent de cette curiosité pour réaliser des progrès scientifiques et gagner des prix Nobel. Dommage qu'aujourd'hui, dans notre pays, les parents soient si aveugles au talent et qu'ils aient la main si leste, parce que Zacarías a retourné un revers gauche à cette malpolie de Sofi, ce qui a dû lui ôter toute envie d'inventer un jour le vaccin contre le cancer. La communauté scientifique a encore perdu un membre de la famille Bertotti.

De mon côté, j'ai préféré ne rien dire à table pour ne pas relancer le sujet, mais plus d'une fois je suis entrée dans la salle de bains à la hâte et j'ai trouvé don Américo sous la douche, et je peux vous assurer que non seulement il bande encore, mais qu'il a un engin énorme, d'autant que sous l'eau ça a tendance à se rabougrir. À vrai dire, j'ai souvent pensé que Zacarías était un enfant adoptif, si l'on se fie aux mensurations de ses organes sexuels.

21 novembre 2003

Le double tour de la mort

Eh oui. Quand Nacho était enfant unique, Zacarías me battait. Le sujet a été abordé hier dans les « commentaires » et je vous ai promis que j'en parlerais. Un jour, il m'a cinglé le dos avec un travers de porc congelé, ce qui a failli me démonter la colonne vertébrale. Je ne savais pas quoi faire parce que j'avais honte, alors je ne l'ai raconté à personne, jusqu'au jour où ma mère a vu les marques sur mon dos et a tout compris. « Ces côtes-là, ce ne sont pas les tiennes », m'a-t-elle dit. J'ai dû lui avouer la vérité. Alors ma pauvre mère (paix à son âme) m'a confessé que papa et elle avaient résolu le problème depuis longtemps. « Papa te battait ? » me suis-je étonnée. Et elle m'a répondu :

— Mais non, chérie, ton père était un saint homme ! Moi, je le battais.

— Je m'en doutais… Et comment avez-vous résolu le problème ?

— Un jour, il m'a fait le double tour de la mort et j'ai commencé à le respecter…

— Papa savait faire de la magie ?

— Que tu es bête, Mirta ! Ton père était absolument nul en tout… Il a lu un jour dans un magazine que les gens qui frappaient leurs conjoints avaient peur du noir.

— Quel rapport avec la choucroute ?

— Que la solution, c'est de les enfermer dans une chambre et d'éteindre la lumière. C'est pourquoi on appelle ça le double tour de la mort.

— Ben dis donc, quelle histoire…

— Il faut laisser son conjoint enfermé pendant deux jours, sans boire ni manger. Quand il en sort, il se comporte comme un agneau jusqu'à la fin de ses jours. Il m'a fait le coup et je ne lui ai jamais plus tapé dessus. Tu n'imagines pas à quel point c'est horrible, le double tour de la mort…

Je m'en souviens comme si c'était hier : un jour, j'ai essayé sur Zacarías le double tour de la mort. J'ai dû quitter la maison car je ne supportais pas ses hurlements. Il gémissait comme un petit chiot, le couillon… Je l'ai sorti au bout de quarante-huit heures, et non seulement il ne m'a plus jamais frappée, mais il avait minci, alors c'était tout bénéf pour Mirta. À l'époque, je le haïssais cordialement, le pauvre, mais avec le temps ça m'a passé.

Depuis, beaucoup d'eau a coulé sous les ponts et, si vous ne m'aviez pas posé la question, je n'y aurais même pas repensé… Pour être tout à fait franche, ce n'est pas que j'ai cessé de le haïr, mais l'habitude, le laisser-aller, le fait de voir l'autre tous les jours (passe-moi le sel, prends pas toute la couverture, gaffe de pas te brûler avec le maté), font qu'on finit par oublier de haïr… Je ne sais pas si cela vous fait ça. Il n'est pas bon d'oublier de haïr ; ce n'est pas comme pardonner. Dieu annule l'amende, quand on pardonne, mais quand on oublie de haïr, il vous donne une double punition : d'abord pour avoir haï (en latin, ça se dit « IRA », et c'est un phénomène très courant en Irlande), ensuite pour avoir oublié (ça s'appelle « PARESSE » et c'est très courant chez nous, les femmes). Ce qui fait qu'on ne gagne même pas de points, comme dirait Caio.

24 novembre 2003
Bertotti intellos

Dimanche, Sofi en était à la moitié du *Petit Prince*, personne n'arrivait à le croire. Ça doit être la première Bertotti (si l'on exclut Nacho) qui atteint la moitié de quelque chose qui a des pages. Ce week-end, elle a dû passer quinze heures allongée sur le carrelage de la cuisine à bouquiner. C'est un petit livre, mais il lui faut du temps pour le lire parce que, elle non plus, elle n'est pas fute-fute. Au début on pensait qu'elle dormait ou qu'elle voulait faire son intéressante, alors on l'enjambait, mais à un moment elle a laissé échapper une grosse larme, puis un soupir, et on s'est rendu compte qu'elle était réveillée mais surtout qu'elle lisait, la rosse.

Zacarías n'aime pas beaucoup que les femmes lisent, parce que, d'après lui, c'est la lecture qui a provoqué la maladie de Nacho, ce qui est en partie vrai. C'est lié également au fait que Nacho n'a pas fait son service militaire, mais ça, son père ne le prend pas en compte. Toujours est-il qu'il a passé le dimanche à enquiquiner Sofi pour qu'elle laisse tomber son livre : il mettait la télé à fond, lui marchait sur la tête et il a même réussi à l'arroser avec le robinet (en faisant semblant de ne pas l'avoir fait exprès), mais il n'y a pas eu moyen, la petite n'a pas lâché le bouquin. À un moment, Zacarías lui a demandé :

« Qu'est-ce qu'il a, ce livre de prince ? Il est enduit de miel ou quoi ? »

Mon mari, qui n'aime pas qu'on ne l'écoute pas, lui a réclamé le livre pour y jeter un œil. « Fais voir ça ! J'espère que t'es pas en train de lire un livre cochon », au moins. Alors Sofi lui a passé son roman. Elle n'aurait jamais dû. Zacarías n'a pas lâché *Le Petit Prince* depuis hier soir ; il n'a pas encore éteint la lumière. Non seulement je ne peux pas dormir (parce que en plus, quand il est ému, il a le nez qui coule et se mouche fort), mais en plus Sofi est partie avec Manija Pertossi allez savoir où. Il est 5 heures du matin et elle n'est toujours pas rentrée.

Je viens de dire à Zacarías :

— Dis donc, la petite est partie avec le fils du boucher, le jour va bientôt se lever et… Je suis sûre qu'ils sont en train de baiser.

— Plaise à Dieu, dit Zacarías en pleurant et en se dépêchant de lire pour essayer d'avoir fini le livre avant que la petite ne rentre et le lui prenne.

25 novembre 2003

Les pauvres partent aussi en vacances

C'est la période où nous devons décider ce que nous dirons aux voisins quant à notre destination de vacances. En réalité, nous nous enfermons pendant quinze jours sans mettre le nez dehors, mais il faut quand même choisir une destination. L'an dernier, nous avons dit que nous allions au Brésil, et, deux semaines après, nous sommes sortis dans la rue avec des tee-shirts de Hering en offrant des bonbons brésiliens achetés au supermarché à tout le quartier. Zacarías dit que cette année nous pourrions raconter que nous partons à San Clemente parce que le Brésil n'est pas aussi bon marché que l'année dernière.

— Et qu'est-ce que t'en as à foutre des prix au Brésil alors qu'en réalité on va s'enfermer ici ? demande Caio, qui râle toujours parce qu'il n'aime pas s'enfermer avec nous pour faire semblant.

— Parce qu'il faut être cohérents, Claudio, lui explique Zacarías. Et puis, c'est nul de dire le même mensonge deux années de suite.

— Ça, c'est vrai, dis-je. Une chose est d'être sans le sou, une autre de manquer d'imagination.

— C'est mentir, qui est nul, intervient Nacho.

— Ce qui est nul, c'est d'être pédé, rétorque Zacarías, et la dispute s'engage.

Avant, quand on faisait semblant, ce n'était pas pareil, mais avec la paupérisation généralisée, c'est devenu un sujet de plaisanterie. L'an dernier, on a dit au revoir à tout le monde le 2 janvier et on est partis à la gare routière. On est revenus à la nuit tombée en rasant les murs et on s'est glissés à l'intérieur de la maison en cachette. Trois jours après, j'étais dans la cour en train d'arroser les plantes quand j'ai vu la tête de Bocha Blandini, la voisine, dépasser au-dessus du muret.

— Mirta ! s'est-elle écriée. T'étais pas censée être au Brésil ?

— Et toi, ma grande, t'étais pas partie pour Cancún avant-hier ?

— Oui, m'a dit Bocha. D'ailleurs, on s'amuse comme des fous, on rentre à la fin du mois. Il fait une de ces chaleurs, ici, à Cancún.

— Nous, à São Paulo, on a eu de la pluie deux jours de suite, mais maintenant ça s'est dégagé, lui ai-je dit. Ce qui est bien, au Brésil, c'est que, même quand il pleut, il y a des tas de choses à faire…

— Bon, je te laisse, dit Bocha en descendant du muret, je vais faire un tour à Saint-Domingue. On se voit au retour, dans le quartier.

— Oui, on se verra là-bas, merci pour ton coup de fil.

Moi, je dis que, pour bien faire semblant, il faut qu'il y ait des gens qui partent quelque part pour de bon, sinon, quel intérêt de se fatiguer comme ça à s'enfermer ? Moi, je n'aime pas feindre, mais ce qui me tue, c'est quand tout le quartier feint de ne pas se rendre compte que nous sommes en train de feindre.

26 novembre 2003
Nacho a déjà un nouvel amoureux

Il y a un tango dont les paroles le disent clair et net : « C'est très dur de tuer un amour sans une autre peau vers laquelle se tourner. » Et s'il est vrai que Nacho n'a pas eu besoin de tuer son amour vu qu'il est mort tout seul, sa période de deuil n'a pas été bien longue… Les mauvaises, que dis-je, les malfaisantes langues du quartier se sont déliées, alors hier soir, j'ai attrapé le taureau par les cornes et j'ai posé la question à mon fils, vu que j'aime les informations de première main : « Dis donc, Nacho, c'est vrai, ce qu'on raconte, comme quoi tu te tapes le petit gros des pompes funèbres ? »

Nacho est devenu rouge écarlate et il a évité de me regarder dans les yeux, le pauvre chou. Il a commencé à tambouriner des doigts sur la table. « Je suis ta mère, tu peux me faire confiance », lui ai-je dit pour le rassurer, alors il a craché le morceau :

— Je le connaissais de vue, mais aux funérailles de José María, il s'est montré tellement attentionné ! Dans les moments les plus durs, quand je pensais que j'allais m'effondrer, il arrivait toujours avec un petit café et me demandait si je n'avais besoin de rien... C'est un garçon très sensible, me dit-il, ému.

— Alors c'est vrai, chéri ? lui dis-je (j'avais caressé l'espoir qu'après la mort de son petit ami il changerait ses habitudes). Et il fallait que ça soit un croque-mort ? Tu ne pouvais pas choisir quelqu'un... quelque chose de moins... enfin... de moins macabre ?

— Enterrer des gens est un métier comme un autre, maman... Et puis Borjamari n'est pas celui qu'on croit. Tout le monde s'imagine que c'est un être froid, toujours vêtu de noir, fasciné par la mort... mais j'ai bien fait sa connaissance, ces derniers jours, et c'est un tendre. Il pleure toutes les nuits. Il regarde des films d'amour et il pleure. Et puis il est très propre.

— Bon, ben, que te dire, Nacho... Si t'es heureux... Ce que je ne veux pas, c'est que tu vives caché toute ta vie. Maintenant que ton père est au courant, le mieux est que tu cesses de vivre en marge.

Pourquoi ne l'invites-tu pas à dîner demain, ton croque-mort, histoire qu'on fasse tous connaissance ?

Ma proposition a ému Nacho jusqu'aux larmes ! Il bondissait presque de joie. Il a accepté, demain ils viendront ensemble. « Tu vas voir la belle personne que c'est, il a une âme noble, ce Borjita, maman. Le seul problème, c'est qu'il est très enclin à la critique sur le plan culinaire.

— T'en fais pas. Emmène-le demain et je vais lui faire passer ses critiques, je vais me le mettre dans la poche, tu vas voir.

— Et tu ne crois pas que papa… pourrait vouloir lui casser la gueule, ou un truc dans le genre ?

— Avec ton père, on ne sait jamais, Nacho.

— Qui il faut tuer demain ? demande Zacarías, qui a le chic pour arriver à l'improviste et entendre ce qu'il ne devrait pas.

27 novembre 2003
Un dîner qui se traîne en longueur

Il est presque 6 heures du matin. Le jour se lève. Toute la famille est dans le jardin autour de Borjamari. Ce dîner qui a commencé à 10 heures du soir (maudit soit le moment où j'ai eu l'idée de l'organiser) sera le plus long de l'histoire. J'espère seulement qu'on ne finira pas tous en prison. Ça avait bien démarré, rien de particulier à signaler. On a passé la journée à préparer des pizzas pour régaler le jeune homme. Nacho était nerveux. Borjamari est arrivé pile à l'heure, tout de noir vêtu, très classe. Rien ne laissait présager ce qui allait se produire. On a mangé tous les sept en silence. Don Américo et Zacarías jetaient de temps en temps des regards en coin sur Borja, parce qu'ils ne sont pas habitués aux gens qui savent manier correctement les couverts. Un garçon avec de très belles manières. Il mange la bouche fermée, mâche longtemps chaque bouchée, dit s'il vous plaît à tout bout de champ. Ça a commencé à se gâter à la fin du repas, juste avant le dessert. Je crois que c'est moi qui ai tout déclenché, quand j'ai demandé à l'invité :

— Alors, jeune homme, la pizza vous a plu ?

Borjamari s'est essuyé la bouche, s'est levé et a dit :

— Pizza aux champignons Bertotti, ou comment détruire des saveurs nobles en les mélangeant de façon arbitraire pour que ça ressemble à un salmigondis au goût vulgaire, très discutable d'un point de vue culinaire.

— Hein ? avons-nous demandé en chœur, interloqués.

— Attendez, j'ai pas fini, dit Borja ; ce n'était que le titre. Cette pizza n'est pas conforme, à supposer qu'il existe une définition générale d'un concept aussi abstrait que celui de pizza, mais il est néanmoins évident que vous avez parié sur le plus mauvais des mauvais goûts. Si l'on accepte le principe de l'infaillibilité du représentant de Dieu sur terre, en matière culinaire exclusivement, s'entend, cette pizza est infecte. Borjamari.

Je voyais mon mari regarder en tous sens ; j'ai cru qu'il était simplement ailleurs, je n'aurais jamais imaginé qu'il cherchait du regard un objet contondant.

— Ma, dis donc, pétit gros, tou as mangé la pizza ou alora tou parlé parce qué c'est gratouite de parlare ? a eu le temps de dire mon beau-père.

— Maman, m'a dit Sofi à l'oreille. Ce gars est drogué ou quoi ?

— Si c'est ça, qu'il aboule la came, dit Caio. En plus d'être une fiotte, ce mec est radin.

— Alors comme ça tu n'as pas aimé la pizza, petit ? dis-je, un peu désappointée.

— Puisque vous faites semblant d'avoir une pizzeria en Argentine, alors qu'en réalité vous êtes une agence publicitaire qui essaie d'imposer un roman sur le marché éditorial espagnol, je dois au moins vous reconnaître le mérite d'avoir préparé le dîner vous-mêmes.

— Mais qu'est-ce que tu racontes, Borja ? dit Nacho, et il me semblait qu'il commençait à ne plus être amoureux.

— Suis-moi un instant jusqu'à la petite remise du fond, bouboule. J'ai un cadeau pour toi, dit Zacarías à Borja. Allez, viens…

— Zacarías, arrête et rassieds-toi, ordonné-je à mon mari.

Je sais quand il a envie de mordre quelqu'un qui ne lui revient pas.

— Allez, ma vieille, dit Borja en me regardant d'un air bizarre. Dites la vérité : vous n'êtes pas Mirta Bertotti, vous êtes un groupe d'auteurs catalans et ces murs sont faux, tout est en carton-pâte, tout ici est factice ! Pourquoi avez-vous supprimé les statistiques la semaine où vous avez vendu moins de mille pizzas par jour ? Vous en avez tous après moi ! C'est un coup monté, vous êtes une agence de publicité catalane !

Il s'était levé de table et, tout en parlant, il essayait de faire tomber les murs de la salle à manger, fouillait dans les tiroirs, regardait derrière les rideaux et courait à travers la maison à la recherche des bureaux d'une prétendue agence publicitaire. Pauvre garçon.

— Nacho, excuse-moi, a dit Sofi, mais j'ai l'impression que ton nouveau mec a perdu la boule.

« Nouveau mec », c'était l'info qui manquait à cet animal enragé de Zacarías pour ouvrir la porte de sa cage. Sofi aurait mieux fait de tenir sa langue. Borja allait et venait dans la maison en hurlant « Tout est faux, tout est faux ! », à la recherche de la fameuse pièce qui dénoncerait l'agence publicitaire. Quand Zacarías a entendu les mots « nouveau mec », ce fut le bouquet !

— En plus d'être schizo, ce type est pédé ? a-t-il dit. On va lui apprendre les bonnes manières… Papa, allez chercher une corde dans le débarras, a ordonné Zacarías à don Américo. Et toi, Caio, attrape un bâton et suis-moi.

— Mort à l'envahisseur espagnol ! a hurlé Caio avant de partir chercher un bâton.

Nacho et moi avons crié à l'unisson : « Qu'est-ce que vous allez faire comme connerie ? Arrêtez ! » Mais il était trop tard. Les trois Bertotti ont bondi, synchronisés comme les membres d'une unité d'élite. En trente secondes, ils avaient attaché Borja à la chaise longue. Le garçon se débattait comme un beau diable, on aurait dit un phoque en captivité : si ça n'avait pas été aussi triste, on aurait vraiment rigolé.

Pendant que j'écris cela, au beau milieu de la nuit, ils négocient tous les trois avec Nacho la suite des événements. Nacho les implore de le relâcher et de le laisser partir, mais la majorité (car Sofi a rejoint les rebelles) dit que le mieux est de le garder attaché jusqu'à demain et d'appeler à la première heure l'hôpital psychiatrique de Luján pour que les infirmiers viennent le chercher ; ils prétendent que le petit gros est dangereux pour le quartier. Moi, j'ai l'impression que, à force de voir des morts, il a pété un câble, le pauvre petit gros, mais ce qui me chagrine le plus, c'est que Nacho vive une nouvelle déception amoureuse.

— Pour l'amour du ciel, maman, ils sont en train de le déshabiller, me dit Nacho. Laisse l'ordi et viens mettre un peu d'ordre dans le jardin.

J'entends de loin le rire de don Américo : « Eh, bouboule, t'as oune toute pétité quequette, dis donc ! » Il est difficile d'écrire en temps réel, mes chéris. Une longue journée nous attend, alors je vais devoir vous quitter. Je vous raconterai demain comment s'est terminée cette réunion qui a débuté comme un banal dîner et qui pourrait se finir en enlèvement d'un croque-mort.

28 novembre 2003
Ni vu ni connu

Après de longues négociations familiales, nous avons décidé de laisser le dernier mot à la science et avons appelé d'urgence le docteur Mastretta. Il nous dirait si Borjamari était fou ou s'il faisait seulement semblant pour attirer l'attention. Mastretta a accepté de se déplacer à condition qu'on lui paie le prix d'une consultation et il est arrivé à la maison à midi. On s'est alors heurtés à un nouveau problème : Borja refusait de parler. Pas moyen de lui arracher un mot. Il demandait simplement qu'on le lâche, nous traitait de fous, menaçait de porter plainte contre nous pour privation de je ne sais quoi. Mastretta a eu une idée de génie : « Je peux faire appel à l'hypnose, si vous voulez, mais il faut que vous nous laissiez en tête à tête. » Alors on a traîné (qu'est-ce qu'il est lourd !) Borja, les mains encore ligotées, jusqu'au petit débarras et le psychologue s'y est enfermé avec lui. Nous, on attendait dehors, impatients de voir le résultat. Une demi-heure plus tard, Mastretta est ressorti, sérieux comme un pape :

— Ce monsieur souffre d'un étrange trouble spiritiste, nous dit cérémonieusement le docteur.

— Spiritiste ? s'étonne Nacho.

— Oui. Au milieu de la séance d'hypnose, il m'a dit quelque chose de révélateur.

— Il vous a dit quoi ? s'est-on informés tous à la fois.

— Il m'a dit… (Mastretta a marqué un temps de silence qui nous a mis en haleine, puis il a repris d'un ton mélodramatique :) « Parfois, je vois des morts. » Voilà ce qu'il m'a dit.

— Vous êtes con ou quoi, docteur ? lui demandé-je en rongeant mon frein. Il travaille aux pompes funèbres ! Qu'est-ce que vous voulez qu'il voie ? Des tartines beurrées ? Évidemment qu'il voit des morts, puisque c'est son métier… ! Toute la sainte journée il voit des morts, des veuves évanouies, des gens qui pleurent…

— Vous avez réussi à lui soutirer autre chose grâce à l'hypnose ? me coupe Nacho.

— J'ai pu comprendre qu'il a eu une enfance très difficile, il était le petit bouboule de son école, nous raconte Mastretta, et c'est peut-être ce qui explique son comportement bizarre, toujours sur la défensive, bourré de complexes…

— Ça y est ? dit Zacarías, impatient. Maintenant que tout est clair, est-ce qu'on peut le frapper encore un peu ?

— Chut ! dis-je à mon mari. Continuez, docteur.

— Il m'a dit aussi qu'il ressentait parfois une sorte de jalousie malsaine envers les commerces du quartier, surtout ceux qui ne font pas leur beurre sur le malheur d'autrui. Il m'a dit en pleurant qu'il aurait aimé avoir une boulangerie, vendre tous les jours des petits pains chauds, plutôt que se coltiner les pompes funèbres.

— Le pauuuvre, dit Sofi, qui au fond est une grande sentimentale.

— Ma qué pauuuuvre ? proteste don Américo. Ce figlio d'oune putana m'a griffé touté la tête.

— Parce que tu lui as mis le doigt dans le cul, grand-père, dit Caio, qui lui aussi bascule peu à peu du côté de Borja.

On garde tous le silence, submergés par la culpabilité.

— Assez parlé, dis-je. Lâchez-moi ce garçon tout de suite et laissez-le s'enfuir, il doit être mort de trouille. Qu'est-ce qu'il va penser de nous, demain ? C'est vraiment embarrassant.

— Il y a une solution, dit Mastretta, si vous permettez un conseil… Il est encore sous l'effet de l'hypnose et, si vous le souhaitez, moyennant une somme très raisonnable, je peux le faire revenir à la réalité sans qu'il se souvienne le moins du monde de cette journée atroce.

— Vous pourriez faire ça ? dis-je, enchantée. C'est fou, les progrès de la science ! Et ça nous coûterait combien ?

— Environ deux cents pesos de plus, une misère, chuchote le docteur en se roulant la moustache de la main droite. Zacarías demeure songeur. Il n'aime pas dépenser plus qu'il ne faut :

— C'est bon, on casque, dit mon mari… Mais quitte à ce qu'il oublie tout, on pourrait peut-être en profiter pour lui filer encore quatre ou cinq coups de pied au cul…

— N'y pense même pas, Zacarías. La gourmandise est un péché, lui dis-je. Allez-y, Mastretta, mettez les compteurs de bouboule à zéro, qu'il ne se rappelle rien, absolument rien. Et vous, Américo, payez le toubib, on s'arrangera ensuite en famille.

Mastretta et don Américo se mettent à l'écart et concluent la transaction pendant que nous restons dans le jardin. Ensuite, le docteur entre à nouveau dans le débarras et il en ressort deux minutes plus tard en tenant Borjamari par le bras. Borja marche lentement, il semble hébété.

Le docteur nous dit au revoir et s'en va, les poches pleines de billets. Nous regardons Borja, un grand sourire aux lèvres style *La Petite Maison dans la prairie*. Des saints, aux yeux du pauvre oublieux. Borja sourit aussi.

— Tout était très bon, madame Mirta, dit-il, mais je crois qu'il est temps que je m'en aille… J'ai mal partout, ça doit être la fatigue accumulée.

— Ça doit être ça, oui.

— Allez-y, mon garçon, dit Zacarías. Ce fut un grand plaisir…

Quand Borja se retourne et va pour partir, on remarque quelque chose qui cloche : il a une drôle de démarche, fait des petits battements de bras comme s'il cherchait à s'envoler, marche les genoux pliés. Par moments il s'arrête et caquette. Au lieu de prendre la porte, il sort par la fenêtre et on le voit s'éloigner en picorant des petites miettes sur le trottoir. Quand il tourne au coin de la rue et disparaît du quartier, on regarde tous mon beau-père d'un air soupçonneux : don Américo est le seul à rire tout bas.

— Don Américo ! lui dis-je. Qu'est-ce que vous lui avez fait, à ce garçon ?

Mon beau-père hausse les épaules :

— Io non ai rien fait, ma io loui ai donné cinquante pesos de plus au dottore pour qu'il lé transforme en poule… Vous avez vou commé c'est joli quand il marche ? On dirait la dinde delle Noëlle.

2 décembre 2003
Même pas le courage de chercher un titre

Je suis née le 19 décembre 1951, ici, dans ce même quartier. Une semaine avant mes quatorze ans, au milieu d'un cours de calligraphie que donnait une bonne sœur idiote appelée Caridad, j'ai senti un drôle de truc me couler entre les jambes, j'ai cru que je m'étais chié dessus. Je me suis sentie bête. Je n'avais jamais entendu parler des règles. Deux coups d'État ont passé depuis. J'ai couché pour la première fois avec un monsieur le 1er mai 1971. J'avais près de vingt ans et j'étais morte de trouille. À l'époque, le monsieur en question avait des cheveux alors qu'il n'en a plus. « On ne va pas faire l'amour, m'a-t-il dit, on va se mélanger les poils » et, pour la première fois, je l'ai cru. À présent, il ronfle dans la chambre à côté pendant que j'écris et je ne pense pas qu'il se souvienne de cette date historique ni de rien du tout.

Depuis le soir où on s'est mélangé les poils pour la première fois (c'était le jour de la fête du Travail, il faisait froid, nous avions bu du chocolat et mangé des churros, puis nous étions allés au cinéma parce qu'on passait un film avec Analía Gadé), je n'ai eu que trois retards de règles. La première fois, il y a près de trente ans, quand j'ai été enceinte de Nacho, mon fils aîné. J'ai été mère pour la première fois à l'âge de vingt-trois ans et j'ai perdu les eaux pour la dernière fois à la naissance de Sofi, alors que j'avais trente-huit ans. Je regarde des photos de cette époque et j'ai une coiffure franchement bizarre. On avait toutes une permanente et des épaulettes. J'étais plus mince. Ensuite sont apparues les varices, les vergetures, Caio avec sa grosse tête à la naissance qui a failli me déchirer, le président Alfonsín et les vaches maigres, Menem et les crédits. Mais j'avais encore mes règles tous les mois. Parfois sans salaire, parfois sans parties de jambes en l'air, mais les règles n'ont jamais manqué au rendez-vous.

J'étais réglée comme une horloge. Je les attends depuis mercredi et rien. Rien de rien. Les Anglais qui avaient débarqué un jour en plein cours, au collège de la Miséricorde, et dont j'avais eu si honte, ne viennent plus. Ils ne m'enquiquinent plus. Le mois dernier, c'était la dernière fois d'un tas de trucs et je n'en avais pas conscience, mes chéris… Je ne sais pas si vous comprenez, vous qui êtes encore jeunes. À partir d'aujourd'hui, vous lisez le journal d'une vieille, le blog d'une femme qui se dessèche…

Pendant que j'écris, je navigue sur un site médical, mais tout ce que j'y lis, je le savais déjà. *Avez-vous des douleurs dans les os ?* Oui. *Souffrez-vous de dépression, d'irritabilité, d'angoisses, d'insomnie ?* Oui. *Êtes-vous gênée lors des rapports sexuels ?* Pas la moindre idée, monsieur le docteur virtuel, car Zacarías ne m'aide plus à le vérifier depuis des lustres. *Vos seins sont-ils plus mous ?* Oui, on dirait deux fromages bien faits. *Souffrez-vous de sécheresse vaginale ?* J'en ai à revendre. *Qu'avez-vous d'autre, madame ?* Qu'ai-je encore ? J'ai cinquante et un ans, huit mois et treize jours. J'ai envie de pleurer et je voudrais que quelqu'un me prenne dans ses bras. Mais il est 5 heures du matin et toute la famille dort dans la plus grande insouciance.

3 décembre 2003

Les enfants grandissent

Il est arrivé une chose très bizarre, hier. Deux, en réalité. La première, c'est que j'ai trouvé Caio et Sofi dans la cuisine, en train de boire du maté et de discuter. Ils ne se crachaient pas dessus, ne se griffaient pas, Caio n'essayait pas de toucher les seins de sa sœur, Sofi ne pleurait pas, rien ne se passait comme d'habitude. Ils buvaient du maté, assis devant la fenêtre qui donne sur l'arrière-cour, ouverte pour avoir de l'air frais. Comme des êtres humains. La seconde chose très bizarre, c'est qu'ils discutaient politique, ou ce qu'ils croyaient être de la politique ; ils avaient un vieux *Clarín* ouvert aux pages internationales et ils parlaient tout bas. Zacarías et moi sommes restés en douce dans le couloir à les écouter et par moments on était pris de fou rire.

— Tu sais quel est le problème de Kirchner ? disait Caio à sa sœur, d'un air supérieur.

— La vue ? a hasardé Sofi.

— En plus de la vue.

— J'en sais rien.

— C'est que personne ne sait écrire correctement son nom. C'est ça, l'ennui. Le plus con de tous les élèves de mon ancienne école s'appelait Amílcar Grawosky ou un truc comme ça, et puis il y avait celui qui baisait le plus et qu'on appelait le Chilien Calesita. Ils avaient tous les deux une bonne gueule et une grosse quéquette, mais y en avait un qu'on appelait plus facilement : « Eh, Calesita, tu viens baiser ? » L'autre, personne ne l'appelait jamais.

— C'est pour ça que c'est toujours Perón qui gagne, ici, dit Sofi, si mignonne.

— Ben oui, répond Caio en aspirant une gorgée de maté. Pe-rón. Plus facile que ça, tu meurs. Et c'est pour ça que le président Yrigoyen s'est fait tuer, c'était plus facile de le tuer que de mettre les i grecs de son nom à la bonne place. C'est les journalistes qui l'ont tué.

— Quand est-ce qu'on l'a tué, Yrigoyen ? s'étonne Sofi en ouvrant des yeux comme des soucoupes.

— Y a environ mille ans, t'étais même pas née… et moi, j'étais tout petit.

— Alfonsín, c'était facile à écrire, et pourtant papa le déteste, dit Sofi.

— Oui, Alfonsín est un cas sensationnel (je suppose que Caio a voulu dire exceptionnel), mais faut admettre que papa est un cas assez sensationnel aussi.

Zacarías se rengorge. Il s'imagine que son fils l'admire, le pauvre.

— Eh, Clau ! dit Sofi en montrant le journal. Regarde le nom du président polonais.

— La vache ! dit Caio en se penchant pour lire. Pas une seule voyelle, le salaud !

— Il va pas tarder à se faire buter, non ?

— Ça doit être fait, dit Caio. C'est un vieux *Clarín*, çui-là. Pour ça, les Américains ont le sens pratique : tous leurs présidents s'appellent Bush, c'est fastoche à écrire. Y en avait un qui s'appelait Kennedy, eh ben on a jeté des pierres sur sa voiture jusqu'à ce qu'il crève. Depuis, ils n'ont plus que des Bush.

— Et en Espagne, ils s'appellent Juan Carlos tout court, dit Sofi en montrant encore le journal. Ils savent déjà que le prochain s'appellera Felipe. Ils ne leur mettent même pas de nom de famille, à leurs présidents, en Espagne.

— C'est ce qu'il faudrait faire ici avec Kirchner. Faudrait l'appeler « le président Nestor » et puis c'est marre.

On les a laissés discuter. Zacarías et moi sommes partis nous coucher sur la pointe des pieds, contents de voir que nos petits grandissent et vont si fantastiquement bien. Qui l'eût cru !

4 décembre 2003

Il n'est jamais facile de rentrer chez soi

Nous ne savons plus à quel saint nous vouer. Toute la maisonnée est réveillée à cette heure tardive de la nuit. On a appelé la police, les pompiers. Aucune trace d'eux… Mais je préfère ne pas commencer par la fin, pour ne pas vous effrayer. Tout a commencé hier après-midi : Negra Cabeza a téléphoné vers 6 heures pour dire qu'elle avait la varicelle et qu'elle ne pouvait pas venir assurer la livraison des pizzas. Le premier remplaçant, c'est toujours Caio, mais il avait ses raisons de refuser : « Si Negra a la varicelle, il est probable que je l'aie attrapée, parce qu'il me semble que les maladies se refilent en baisant debout, et hier on a baisé dans un hall d'immeuble », m'a-t-il dit avant de se mettre en quarantaine dans sa chambre, avec un sachet de marijuana prétendument thérapeutique. Il commençait à faire nuit et on ne trouvait pas de solution au problème des livraisons. Sofi ne peut pas rouler en scooter vu qu'elle est mineure, Nacho devait remplacer Caio pour prendre les commandes ; Zacarías avait pris la place de Nacho aux fourneaux et moi, je devais préparer la sauce et servir au comptoir. « Bordel de merde ! ai-je beuglé vers 8 heures. On n'a personne pour les livraisons ! »

— Commé ça, personna, et moi, io compto pour dou beurre ? a demandé don Américo, surgissant de derrière le rideau, le casque déjà enfoncé sur la tête et des pinces à linge sur le bas du pantalon. On est tous restés à le regarder bouche bée.

— Vous, sur un scooter, papa ? douta un instant Zacarías, le temps de fermer les yeux et de prendre la décision qui à présent le ronge d'angoisse. Oui, après tout, on n'a pas le choix… Allez-y, papa, mais roulez doucement.

Don Américo est parti avec la première commande : deux douzaines d'empanadas. Un court trajet jusqu'au quartier du parc. Le problème, c'est qu'il n'est pas revenu.

Deux heures plus tard, on avait trente-cinq réclamations sur notre répondeur, deux douzaines de pizzas froides qui attendaient et quatre clients qui avaient annulé leur commande. Et mon beau-père, dans l'histoire ? Disparu au combat, mes chéris. À ce moment-là, on hésitait entre s'inquiéter pour le grand-père ou pour les affaires. Mais la situation allait s'aggraver.

La pendule a continué à tourner, sans discontinuer. À minuit, on avait oublié le désastre financier. Nacho a appelé l'hôpital Dubarry et la clinique Cruz Azul. J'ai ensuite joint la police municipale et le commissariat, pour savoir s'il n'y avait pas eu d'accident signalé, Dieu nous en préserve. Zacarías a téléphoné aux pompiers. Rien. Il ne s'était rien passé à Mercedes, pas une collision ni même une voiture en stationnement rayée par un vélo.

À une heure du matin, Zacarías, accablé, s'est effondré sur la table et a caché sa tête dans ses bras en se jetant la pierre :

— Je l'ai laissé partir, gémissait-il, et maintenant il est mort… Je suis tellement con que je mérite d'être orphelin ! Mon papaaaa !

Sofi a interrompu les pleurs de Zacarías en nous annonçant la deuxième mauvaise nouvelle de la soirée :

— Maman ! a-t-elle crié du garage. Caio n'est pas dans sa chambre, lui non plus !

Elle est arrivée haletante, un petit sachet en plastique à la main, et a ajouté :

— Le sachet de marijuana thérapeutique est vide et le deuxième scooter n'est plus là… Ils ont dû partir ensemble.

On est restés figés, le souffle coupé. On pensait tous la même chose : drogue, deux motos, un vieux et un demeuré… Quatre ingrédients qui formaient un mélange mortel. Je me suis signée en silence. Sonné, mon mari secouait la tête sans rien dire, comme un ventilateur sur pied qui s'emballe.

Il est bientôt 5 heures du matin. Après avoir fait le tour du quartier, on est rentrés à la maison, à bout de ressources. Zacarías vient de résumer nos angoisses avec sa concision habituelle :

— Perdre son père, c'est normal, c'est la loi de la

vie, me dit-il. Perdre un fils comme Caio, c'est la loi de la gravité… mais perdre les scooters, putain !… Les deux… !

(Dès qu'il y aura du nouveau, je posterai un commentaire.)

5 décembre 2003

Le vieux, le mineur, leur femme et maîtresse

Dès qu'on les a retrouvés, Zacarías et Nacho sont partis à Luján en pleine nuit. Et dire qu'on a appelé les forces de l'ordre de Mercedes ! Heureusement, les deux décérébrés sont allés faire leurs conneries à trente kilomètres d'ici, alors avec un peu de chance, personne dans le quartier ne saura qu'ils sont en tôle, j'en mourrais de honte. Tout à l'heure, au téléphone, j'ai demandé à Zacarías : « Mais raconte-moi ce qu'ils ont fait, au moins. » Et mon mari, toujours aussi verborrhéique, m'a répondu : « C'est trop long, je viens de t'envoyer la déposition par fax. » Sofi et moi sommes toutes seules à la maison, nous avons du mal à croire ce qu'on lit. Je le partage avec vous puisque vous étiez aussi désespérés que moi, hier, mais, je vous en prie, ne l'ébruitez pas, parce que c'est pas glorieux :

Luján, le 5 décembre 2003.

Selon les déclarations des témoins et des suspects, Mlle Cabeza Lorena Silvia, surnommée « Negra » (37 ans), de nationalité paraguayenne, entretenant une relation avec le mineur Claudio B., surnommé « Caio » (15 ans), entretient aussi une relation sentimentale secrète avec M. Américo Piero Bertotti (70 ans), grand-père dudit mineur. Suite à quoi ont eu lieu les événements suivants :

Le monsieur d'un certain âge et la ressortissante étrangère se sont donné rendez-vous à l'hôtel Las Delicias, situé dans cette ville. Selon les employeurs de Mlle Cabeza, celle-ci a prétexté avoir la varicelle pour ne pas se rendre à son travail, tandis que le monsieur a volé un cyclomoteur Vespa, immatriculé A-2112, véhicule de société destiné aux livraisons.

Selon le mineur « Caio », son grand-père a téléphoné depuis la pizzeria à Mlle Cabeza à 18 h 15 pour confirmer leur rendez-vous nocturne. Ayant surpris la conversation par hasard, Claudio B., surnommé « Caio », a décidé de poursuivre l'amant dans un but indéterminé. Le département de toxicologie de Moreno confirme que le mineur était alors sous l'emprise du cannabis, d'une variété dénommée « point rouge » et provenant du Chili.

M. Bertotti Américo a quitté son domicile à 21 h 05, conduisant le cyclomoteur susmentionné. Le mineur l'a suivi à 21 h 07 sur un deuxième cyclomoteur Vespa, immatriculé B-37001. Selon les déclarations de la famille, personne n'a alors constaté l'absence du mineur.

Le témoin M. Anselmo E., chauffeur routier, affirme avoir vu sur la route de Luján « un vieux fou qui roulait à fond la caisse sur un scooter » se défaire d'un sac en le jetant dans le fossé pendant qu'il roulait. Il s'agissait des empanadas qu'il était censé livrer. Le témoin a également vu un « gamin complè-

tement défoncé » s'arrêter, ramasser le sac et prendre en chasse le vieux tout en mangeant.

M. Bertotti Américo et Mlle Cabeza Silvia sont entrés à l'hôtel Las Delicias, à Luján, à 21 h 52, comme le confirme l'employé Ficcioti Rodolfo. Profitant de sa petite taille, le mineur s'est caché derrière une fougère dans le hall et a entendu le numéro de la chambre qu'on attribuait au couple. Après quoi il aurait fait le tour de l'hôtel et, se frayant un passage dans la clôture de la maison attenante, il aurait emprunté l'escalier de secours et serait entré dans la chambre du couple, interrompant, aux dires de Mlle Cabeza Silvia, une fellation. M. Bertotti Américo affirme que le mineur a interrompu un cunnilingus.

Un couple d'homosexuels qui se trouvait dans la chambre voisine confirme qu'il y a eu effraction de propriété privée, et dit avoir entendu la phrase suivante à 23 h 17 : « Mon Dieu ! Ma femme avec mon meilleur grand-père ! »

Une fois à l'intérieur, les versions diffèrent selon les témoins. Claudio B. parle d'une bagarre ; M. Bertotti Américo dit s'être agenouillé devant son petit-fils, « pour sé mettéré à sa hauteur car lé pétit est nabot », et lui avoir demandé pardon. Les trois s'accordent à dire que le monsieur âgé et le petit-fils se sont provoqués en duel dans le terrain vague connu sous le nom de la Colline du petit singe autour de l'usine de produits laitiers Leche Basilis, dans la circonscription de Luján. C'est là que les a découverts l'agent de police Almada, qui affirme avoir trouvé le mineur Claudio B. et M. Bertotti Américo en train de se livrer à une bagarre sanglante, tous deux armés de fil barbelé et de briques. L'agent

Almada leur a crié : « Ne bougez plus ! » Lorsqu'il a tenté de les arrêter, le mineur a apostrophé l'agent Almada en lui disant « Va chier dans les roseaux et apporte-moi ton étron pour que je le mette sur mon photoblog », injure dont l'agent n'a pas saisi le sens mais dont il a senti le caractère provocateur.

En conclusion et en vertu des témoignages concordants, ces trois personnes ont été arrêtées à 23 h 32 et, dans l'attente du versement de la caution, conduites dans les locaux de la police de la province, circonscription de Luján, suite aux faits énumérés ci-après : bagarre sur la voie publique, vol de denrées alimentaires et de véhicules, situation irrégulière en ce qui concerne la ressortissante étrangère, introduction dans une propriété privée par effraction, port et consommation de stupéfiants, profération d'insultes inintelligibles à l'encontre d'un membre des forces de l'ordre.

Zacarías m'a rappelée. Il dit que la caution est de 1 500 pesos pour les trois et que, entre Nacho et lui, ils n'en ont réuni que 500… Alors il a décidé de sortir Caio « pour pouvoir casser la gueule à quelqu'un ». Je lui ai dit :

— D'accord, mais attends d'être à la maison, chéri !

Il ne manquerait plus qu'on l'arrête lui aussi et qu'on soit privés du chef de famille.

9 décembre 2003
La longue nuit du tactactac !

Les taulards étant revenus, la famille Bertotti est à présent craquelée mais réunie. On dirait un vase recollé à la va-vite et remis au milieu de la table. Caio ne cause plus à son grand-père ; Zacarías ne cause plus à son père ; don Américo cause à tout le monde, mais en un italien si incompréhensible qu'on dirait qu'il parle russe ou la langue de Julio Iglesias. Parler en dialecte sicilien est sa manière de protester. Le week-end a été tendu. Hier, Negra Cabeza a dû venir travailler : elle est arrivée avec des lunettes de soleil et un foulard sur la tête. Elle n'a pas ouvert la bouche de la soirée. Elle n'a pas accordé un seul regard à ses amants, pas plus à celui de quinze ans qu'à celui de soixante-dix. Après avoir fini son travail, elle est partie. Caio et don Américo la regardaient rouler du cul avec nostalgie et résignation, à moins que ce ne fût de l'espoir. (Il faut dire que quand elle remue le popotin, ça déménage.) Ensuite, ils ont échangé un regard hautain, comme les prétendants de la vieille époque, avec un mélange de haine et de respect mutuels dans les yeux, puis chacun est parti dans son coin. Mais ça ne s'arrêterait pas là.

À 4 heures du matin, on s'est tous réveillés en sursaut. Bruit dans la cuisine. Tactactac ! Tactactac ! Bref silence. Tactactac ! Je suis arrivée en premier, suivie de Sofi et de Nacho (un défilé militaire peut passer devant le lit de mon mari sans qu'il l'entende). On les a trouvés tous les deux assis à la table de la cuisine, le grand-père et le petit-fils, en train de jouer la Paraguayenne dans une partie d'Hippogloutons acharnée.

— Mais bordel de merde ! leur ai-je dit avec les yeux qui me sortaient de la tête. Vous ne pouvez pas choisir une manière plus discrète de vous battre en duel ? Pourquoi vous ne jouez pas au Pictionary, plutôt ?

— Chut ! dit Américo sans quitter le plateau des yeux. C'est oune loutte à la vie à la morte. (Tactactac !)

— Il est 4 heures du matin, dit Nacho. Y a des gens qui travaillent, ici… Caio, bouffe-la, cette bille ! Vite, nigaud !

— Les spectatores non doivent parlare ! crie Américo, les yeux injectés de sang.

Ils jouent dans un silence épais, seulement entrecoupé par les continuels tactactac des billes sur le plateau. Ils ne se regardent même pas. Ils se haïssent. Ils ignorent notre existence autour de la table.

— Qui gagne ? demande Sofi au bout d'un moment.

Se retenant de pleurer, Caio répond :

— Le traître. (Tactactac !)

On est restés encore un peu à regarder la débâcle de Claudio Maximiliano. Mon pauvre fils, il n'a jamais été chanceux. Mais hier soir, il se battait comme un lion face à l'expérience et la ruse de l'autre, le Garibaldi des amants décalés.

On est tous retournés au lit avant la fin du duel et pendant une heure on a continué à entendre le même boucan d'enfer. Ensuite, alors qu'on attendait tous le dénouement, incapables de dormir, ce fut le silence.

Enfin, pas tout à fait. En tendant l'oreille, on pouvait entendre un adolescent pleurer tout doucement, la tête enfoncée dans un oreiller. Et encore plus doucement – la vie est une chienne, mes chéris – , on entendait siffler joyeusement l'hymne national italien.

10 décembre 2003
Toast

Caio et Sofi n'étaient pas encore nés. Nacho avait huit ans. Zacarías et moi vivions dans la maison de la 29e Rue, au fond, jouxtant presque le parc. Ce matin-là, il y a vingt ans, le jour se levait et un petit vent chaud et humide soufflait en provenance du sud-est, annonçant l'arrivée de l'été et des fêtes de fin d'année. Mon mari et moi étions jeunes, nous nous mélangions les poils deux fois par semaine et parfois je poussais des petits cris. Ce jour-là est tombé un lundi. La rue sentait le tilleul (Mercedes sent presque toujours le tilleul, mais ce jour-là mille fois plus). Les gens étaient contents, ils allaient comme des fous dans tous les sens. Je m'en souviens.

Les journées comme aujourd'hui, je me souviens aussi beaucoup de mon frère. Il s'appelait Francisco et il n'a jamais su ce qui s'était passé ce jour-là, il y a vingt ans. Il aurait beaucoup aimé voir la place San Martín noire de monde ce lundi-là, idem à l'obélisque de Buenos Aires, devant le monument au drapeau de Rosario, sur la place de l'Indépendance de Mendoza, et la foule rassemblée aussi à Jujuy, à Ushuaia…

Je me dis souvent que Nacho ressemble à Francisco, même tempérament, même visage. Quelle chance a Nacho de vivre dans le monde d'aujourd'hui ! On se dit parfois avec Zacarías que si Nacho avait vécu plus tôt, à la mauvaise époque, il lui serait arrivé la même chose qu'à mon frère.

Caio et Sofi n'ont rien compris quand, hier soir, après minuit, j'ai sorti un gâteau au chocolat et une bouteille de cidre du frigo. Ils n'ont pas compris pourquoi j'ai allumé vingt bougies et demandé le silence. Pour eux, ce n'était l'anniversaire de personne. Mais Zacarías et mon beau-père, de même que Nacho, ont souri et éteint la lumière de la cuisine. Alors on a chanté joyeux anniversaire à la démocratie. Ensuite, on a soufflé les bougies et moi je retenais mes larmes parce que ce moment m'émeut terriblement. Depuis 1983, on la fête le 10 décembre de chaque année. On le fait pour que Francisco, où qu'il se trouve, sache que tout n'a pas été vain.

Ce jour-là, je suis sortie avec mon petit drapeau. J'étais une de plus à crier sur la place « Argen-tine, Argen-tine ! ». Ensuite sont venus des temps meilleurs ou pires, des époques heureuses ou malheureuses, des Alfonsín, des Maradona, des privatisations, des docteurs Favaloro, des hélicoptères, mais cela fait vingt ans que cette chose horrible qui m'a arraché un morceau de chair n'est plus revenue. T'as vu, Francisco ? Ça fait déjà vingt ans, chéri ! Notre pays a atteint la majorité, maintenant. Et il n'y a pas un jour sans que je ne pense à toi, bon sang de merde.

Hier soir, petit frère, les Bertotti ont porté un toast en ton honneur.

11 décembre 2003
Nouvelles règles pour la vie sentimentale de Sofi

Hier soir, je vais pour sortir la poubelle et je trouve Sofi dans l'entrée, enroulée autour d'un type. On aurait dit deux doigts croisés. Était-ce parce qu'il faisait noir ou à cause des membres entremêlés ? Un médecin légiste lui-même n'aurait pu assurer à qui appartenait chaque jambe et chaque bras. Le garçon avait le pantalon baissé et Sofi avait son chemisier ouvert, des mains poilues entraient et sortaient de son décolleté et de l'élastique de sa jupe. J'ai failli vomir de dégoût. Mais je suis une mère alors j'ai respiré un grand coup, j'ai allumé la lumière et je les ai regardés. « Maman ! m'a-t-elle dit en se rhabillant. Je te présente Pajabrava*, un camarade d'école. » Alors elle m'a montré le jeune homme au visage couvert d'acné, aux petits yeux tristes comme ceux de Paul McCartney qui, tout en reboutonnant son pantalon, est devenu rouge comme une tomate et m'a fait bonjour d'un hochement de tête. « Vous allez déguerpir d'ici, lui crié-je d'une voix blanche. Et toi, rentre immédiatement ! » Une fois dans la cuisine, un peu calmée, j'ai joué les mères modernes :

— Et ton petit ami Manija, alors ? lui demandé-je, tentant de la comprendre. Qu'est-ce qui se passe avec Manija, chérie ? Tu l'as laissé tomber ?

— Non, me dit la garce en haussant les épaules, je les essaie un petit peu tous les deux, mais j'en ai rendu aucun pour le moment.

---

* Sobriquet signifiant quelque chose comme « branlette enragée ».

— Comment ça, tu les essaies ? Comment ça, rendu ? Les garçons ne sont pas des vêtements, ma chérie, lui dis-je, bouillonnant d'impatience. Si tu portes deux robes l'une sur l'autre, tu es moderne, mais si tu portes deux garçons en même temps, tu es une pute, Sofía…

— Oh ! maman, t'es la moins bien placée pour me faire la leçon sur ce terrain-là, je t'en prie, me dit-elle, énigmatique, puis elle fait demi-tour et s'enferme dans sa chambre.

Je la suis dans tout le couloir (c'est seulement à ce moment-là que je me rends compte que j'ai toujours les sacs-poubelle à la main) et je rentre dans sa chambre avant qu'elle ne s'enferme à double tour.

— Qu'est-ce que tu veux dire, par « la moins bien placée » ?

Je ferme la porte derrière moi pour que personne ne nous entende.

— Rien, maman. Cette discussion est terminée.

Je déteste cette manière qu'elle a de me répondre.

— Tant que tu habiteras sous ce toit, lui dis-je, de plus en plus énervée, c'est moi qui déciderai quand est-ce qu'une discussion est terminée et quand est-ce qu'on allume la télé, t'entends ? T'as quatorze ans, tu ne sais pas encore te moucher toute seule et je ne permettrai pas que tu te comportes comme une traînée en sortant avec deux garçons à la fois. Encore moins dans l'entrée, où n'importe qui pourrait te voir. Je n'ai pas envie que tu alimentes les ragots dans le quartier.

Elle me regarde alors d'un air grave, haineux, et me dit pile ce qu'elle n'aurait pas dû :

— T'es bien placée pour me faire la morale ! La femme qui fait une enquête sur Internet pour savoir si elle doit faire cocu papa et à qui quatre mille inconnus de dix-sept pays différents répondent. Franchement ! Si je suis une pute, c'est sûrement parce que j'ai de qui tenir.

J'ignore combien d'entre vous ont une fille adolescente, mais il est temps que vous sachiez quelque chose : il n'y rien de plus insupportable que de se faire moucher aussi facilement par votre petite garce de fille. Quand ça vous arrive, il faut passer en un millième de seconde au plan B. Ne pas hésiter. Si vous hésitez, elle se dit qu'elle a gagné. Plan B en pilote automatique. C'est ce que j'ai fait : je lui ai filé une torgnole qui l'a collée contre le poster de Ricky Martin, une torgnole professionnelle, qui a produit ce petit bruit moite caractéristique. Si Zacarías m'avait vue, il aurait été vert de jalousie. Pas un paf ! de série télévisée, non, mais comme un applaudissement de basketteur dans un gymnase désert. Sofi m'a regardée, la paume de la main sur la joue, sonnée. Elle avait envie de pleurer mais elle ne voulait pas me faire ce cadeau. Les larmes s'entassaient au bord de ses yeux sans se décider à descendre, comme si elles avaient eu le vertige.

— Au lit immédiatement ! lui ordonné-je d'un ton sec, puis je lui dis en articulant bien chaque syllabe, comme au ralenti : À compter d'aujourd'hui, interdiction absolue de voir ces deux garçons, t'as compris ? Aucun des deux, ni Manija ni ce Pajabrava. Dorénavant : 1. Tu dois amener tes petits amis à la maison pour nous les présenter (j'énumère avec les doigts) ; 2. Tu n'as pas le droit d'en avoir deux à la fois ; 3. Tu dois rester avec eux au moins six mois ; et 4. Le plus important : plus de Pajabrava ni de Manija ni de Mongaurèle. Dorénavant ils doivent porter un prénom qui figure sur la liste des saints. Voilà les nouvelles règles. T'as intérêt à t'y tenir. Bonne nuit.

Je suis sortie de sa chambre avec une agréable sensation de pouvoir, comme un ministre de l'Économie venant de s'adresser au pays.

15 décembre 2003
Valises

Il y a très longtemps, don Américo est allé dans sa chambre faire la valise la plus triste de son existence. Sa mère, qu'il ne reverrait plus jamais, lui avait dit avant qu'il parte : « Ne trahis jamais tes origines milanaises, Américo, et tu verras que tu réussiras dans la vie. » Le petit traversa l'Atlantique avec ces mots dans le cœur et il ne les oublia plus. Il avait dix ans quand il foula la terre ferme deux mois plus tard, le 20 juin 43, et la première chose qui le surprit à Buenos Aires, ce fut le silence. C'était la première fois de sa vie qu'il n'entendait pas les explosions des bombes. L'enfant débarquait tout seul, affamé, les cheveux longs jusqu'aux épaules, et il fut très vite confronté à son premier obstacle : pour pouvoir travailler, il fallait avoir les cheveux courts, et pour aller chez le coiffeur, il fallait de l'argent, et pour en avoir, il fallait travailler. L'Argentine était un pays de cheveux courts, les modes européennes n'y arrivaient pas aussi allègrement qu'aujourd'hui.

Il a entendu une rumeur dans le port comme quoi, dans un salon de coiffure de La Boca, on coupait les cheveux des immigrants gratuitement, mais il fallait que le client s'engage oralement, sans signer aucun papier, à respecter une condition. Le petit Américo se rendit là-bas. Le coiffeur, un gros type débonnaire, accepta de le tondre s'il promettait de devenir à compter de ce jour un supporter inconditionnel d'un club de football qui s'appelait Boca Juniors, l'équipe chérie de plus de la moitié des Argentins.

Le tout jeune Américo, surpris par une si bonne affaire, jura solennellement sur les pages du magazine *El Gráfico* qu'il supporterait à jamais le Boca. Il le jura comme seul un enfant affamé peut le faire : pour de vrai, pour toute la vie. Une demi-heure plus tard, Américo sortait du salon de coiffure, sans un poil sur le caillou et avec deux nouvelles couleurs sur le cœur.

Les années ont passé. Mon beau-père a plus que réussi depuis qu'il est arrivé de Milan une main devant et une main derrière, et il a toujours pensé qu'il devait son succès aux deux serments qu'il n'avait jamais rompus : celui fait à sa mère de ne pas trahir ses origines milanaises, et celui fait au vieux coiffeur d'être supporter du Boca Juniors jusqu'à la moelle.

Mais Dieu est parfois facétieux et joue avec ses créatures. Une plaisanterie divine attendait don Américo, qui se produirait des années plus tard : très exactement hier, le 14 décembre 2003 à 7 h 15 du matin. C'est Fox Sport qui a retransmis la plaisanterie en direct depuis le Japon. Pour le restant des mortels, ça n'a été qu'un match entre le Boca et Milan en finale de la Coupe intercontinentale. En ce qui concerne mon beau-père, c'était différent. Pour lui, le pauvre vieux, ce n'était pas du sport mais la fin de sa bonne étoile dans la vie. Quelle que soit l'équipe qu'il soutiendrait, il planterait un couteau dans le dos à un peuple aimé et il romprait un serment sur l'honneur de façon impardonnable.

Il s'est assis devant la télé deux heures avant le début de la retransmission et il s'est mis à pleurer avant même d'avoir décidé qui il trahirait. Il pleurait encore quand le match a commencé. Détournant notre attention du ballon, on a passé la soirée à le regarder, en pyjama, son maté à la main. On aime bien le spectacle du malheur, et il est toujours plus intéressant de voir un homme souffrir que vingt-deux hommes transpirer.

Milan a marqué le premier but. Américo s'est levé du canapé et a hurlé : « Allez, bon sang ! Forza Milano merda ! », puis il s'est rassis et a continué à chialer comme une fontaine. Quinze minutes plus tard, il y a eu un but du Boca. « Brava, Boca ! Merda putana ! », puis il s'est enfoncé dans le canapé pour verser encore quelques larmes amères.

Ils ont fait match nul, comme si Dieu voulait remuer le doigt dans la plaie mortelle par des tirs au but. Don Américo avait les yeux vitreux, vidés de toutes leurs larmes. Il regardait l'écran comme s'il assistait à la retransmission de son propre enterrement. Il a poussé des cris de triomphe à chaque tir marqué et à chaque tir manqué, il a hurlé aux buts du Boca et aux buts de Milan, il a hurlé pour et contre ses deux équipes chéries jusqu'au dernier tir, qui a accordé le triomphe final à l'équipe du coiffeur de la Boca, cet Argentin charitable qui soixante ans auparavant avait coupé les cheveux gratuitement à un « sans-papiers ».

Alors mon beau-père a cessé de se réjouir et de pleurer. Il est resté immobile. Nous a regardés. « Domani io retourno à Milano, nous a-t-il dit. Io non posso morire sans être retournato à la maisonne... Corage, mon pétit Boca ! » Puis il est parti dans sa chambre faire la valise la plus heureuse de sa vie.

17 décembre 2003
Le retour des Peroti

Je crois que je vous ai déjà parlé de Negro Peroti et de sa femme Aurora. C'est un couple d'amis qui, depuis qu'ils sont devenus des nouveaux riches, sont aussi cons que quand ils étaient pauvres, sauf qu'ils portent des vêtements chers qui les rendent encore plus agaçants.

On était plus ou moins fâchés depuis quelques mois pour des raisons qu'il n'est pas lieu de rappeler ici, mais, hier après-midi, ils se sont pointés à l'improviste, comme des fleurs. Comme d'habitude, ils se sont invités à dîner demain.

Ils sont restés un moment à la maison à boire du maté. Ils étaient accompagnés de Marilú, leur fille unique qui fait des études en Suisse. Ça faisait longtemps qu'on n'avait pas vu la petite, autrefois moche comme un pou mais qui entre-temps est devenue une belle petite plante. On s'en est rendu compte parce qu'il a fallu apporter une cuvette à Caio pour qu'il ne bave pas sur le tapis du salon. Mais la gamine est du genre nez en l'air, alors elle ne le regardait même pas, le pauvre Caio. En revanche, elle discutait beaucoup avec Nacho, qui est un être éminemment sympathique et bien élevé.

Les Peroti sont partis assez vite, après avoir confirmé l'heure du dîner du lendemain. Dès qu'ils ont passé la porte, j'ai vite retiré le sourire de circonstance que je me colle quand ils débarquent – vu que je ne peux pas vraiment les sacquer – et je suis sortie prendre le frais dans le jardin.

— Tu sais pourquoi ils sont venus ? ai-je crié à Zacarías qui se trouvait dans la cuisine. Pour qu'on s'extasie devant leur fille. Faut-il être con ! Chaque fois qu'ils s'invitent à dîner, c'est qu'ils ont quelque chose à nous montrer pour nous épater : la nouvelle voiture, les téléphones portables avec appareil photo, les robes italiennes… Et maintenant la gamine qui est brusquement devenue jolie depuis qu'elle fait des études en Suisse !

Zacarías, qui généralement les défend, n'a trop rien dit pour une fois.

— Dis donc, Mirta, commence-t-il en rangeant le maté dans le garde-manger. T'as vu comme ils se parlaient, Nacho et la fille des Peroti… ? (Il lève les sourcils et attend ma réaction.) Pourvu que ça soit ça, non ?

Quel couillon, mon mari. Il passe son temps à rêver que les hormones de son fils vont virer de bord.

— Atterris, on n'a pas joué au Loto, lui dis-je, sceptique. Les jolies filles ont toujours un meilleur ami pédé : c'est une loi de la nature. Cette fille ne doit pas avoir de meilleur ami pédé, ici, à Mercedes. Te monte pas le bourrichon, mon vieux. C'est une histoire d'amitié de vacances.

Zacarías regarde le plafond et joint les mains, contrit :

— Quelle année de merde tu m'auras donnée, mon cher Dieu ! Tu me fais virer de l'usine, tu fais gagner le Boca, tu transformes en pédé le seul fils sain que j'ai… Qu'est-ce que je t'ai fait pour mériter ça, Seigneur ?

De temps en temps, Zacarías s'adresse à Dieu en regardant le plafond. Un jour qu'on était dans le jardin et qu'il avait un mot à dire à Dieu, il est rentré dans la maison pour avoir un plafond à regarder. Le Dieu de Zacarías n'est pas dans le ciel : il est au plafond. Mais en mon for intérieur, moi aussi je prie pour que, au cours du dîner de demain, Marilú Peroti allume la bougie de l'amour de Nachito. J'adorerais qu'il ait Aurora pour belle-mère, histoire que je puisse la plumer un peu.

— Mais dis-moi un peu, Mirta, d'où tu sors que les jolies filles ont toujours un meilleur ami pédé ? me demande Zacarías deux heures plus tard, alors qu'on est déjà au lit.

Je lui adresse un sourire mystérieux :

— Quand j'étais célibataire, mon meilleur ami était pédé, lui dis-je.

Il me regarde comme s'il n'avait pas tout capté.

— Il était sans doute bisexuel, dit-il au bout d'un moment, parce que tu n'as jamais été jolie, toi…

— Va te faire foutre, vieux salopard, lui dis-je avant de me lever en faisant semblant d'être fâchée pour aller sur l'ordinateur.

18 décembre 2003

Le retour du fils prodigue

Le dîner avec les Peroti se déroulait normalement : ennuyeux, insipide. Comme d'habitude, Negro et mon mari nous racontaient pour la énième fois leurs histoires d'armée, du temps où ils étaient camarades au 6e régiment d'infanterie. J'étais attentive à la discussion entre Nacho et Marilú, qui n'arrêtaient pas de bavarder, indifférents au monde environnant. Ils riaient et buvaient comme si personne n'avait été là pour les voir. On en était au dessert, on commençait à manger le flan, quand Nacho a proposé d'apporter le café. Marilú, sympathique et serviable, l'a suivi pour l'aider. Tout laissait supposer que, pour une fois, le dîner avec les Peroti se terminerait bien. J'étais loin du compte, mes chéris ! Dix minutes passèrent, puis une demi-heure. Nacho et la blondinette ne revenaient toujours pas. Les Peroti ne semblaient pas l'avoir remarqué, embarqués avec Zacarías dans leurs histoires de service militaire. Un peu nerveuse, j'ai envoyé Sofi chercher son frère. De longues minutes s'écoulèrent, puis cette journée devint l'une des plus bizarres de ma vie.

Sofi revint pâle comme un linge, décomposée. « Tu peux venir une minute, maman ? Nacho a besoin de toi », m'a-t-elle dit en catimini. Elle m'a traînée par la main, non pas jusqu'à la cuisine mais jusqu'à la chambre de Nacho. Dans le couloir, elle a lâché deux trois autres mots que je n'ai pas compris. « Hallucinant, maman. Ils sont accrochés. » Je ne sais pourquoi, j'ai cru qu'ils étaient accrochés à la télé (je suis d'une autre époque), de sorte que j'ai ouvert la porte de la chambre de Nacho en toute confiance. Quand je les ai vus, j'ai poussé un cri tout droit surgi du fond de mon âme :

— Oh ! mon chéri ! me suis-je affolée. Qu'est-ce que tu fais à cette petite ? Pousse-toi de là immédiatement !

— C'est ce que j'essaie de faire depuis une demi-heure, maman, me dit Nacho en tremblant.

— Ne criez pas, Mirta ! me dit Marilú, au bord des larmes. Je vous en prie, ne criez pas, il ne faudrait pas que mon père le sache. Aidez-nous ! Quelle honte !

— Mais comment est-ce possible, mes enfants… ? demandé-je en évitant de les regarder (c'est que je n'avais plus vu mon fils nu depuis qu'il avait dix ans). Qu'est-ce que je peux faire ? Quand j'étais petite et que dans le quartier on trouvait des chiens dans cette position, on leur jetait de l'eau froide pour les décoller, mais avec des humains, ça ne marche pas…

On était devant une situation épineuse et même périlleuse, mais je n'entrerai pas dans les détails de la position de ces deux corps car je veux moi-même les oublier. En désespoir de cause, Sofi a proposé une solution de dernière minute :

— Attrape Nacho par la taille, maman, et moi je saisis la blonde par la tête. À trois, on tire chacune de son côté.

— Tu crois, chérie ?

— Comme vous voudrez, madame, mais faites quelque chose ! implore Marilú.

Nacho était si effrayé qu'il n'arrivait pas à parler, mais il a acquiescé en fermant les paupières. On aurait dit les siamoises iraniennes, mais à poil et toutes suintantes de sueur. J'étais incapable de penser à autre chose qu'aux parents de la petite, dans la salle à manger, leur fille polyglotte et ses bonnes notes plein la bouche… ignorant qu'elle était à quatre pattes à vingt mètres d'eux. Sofi lui a passé le bras autour de la tête, et s'est agrippée à la tête du lit de l'autre main, tandis que je passais fermement les bras autour de mon fils. Sofi a commencé à compter :

— À la une… !

— Attention, ça me fait mal, a gémi Nacho en fermant les yeux.

— À la deux… !

Marilú a enfoncé les ongles dans le tapis et a serré les dents.

— Et à la…

Mais il a fallu que Caio pointe son nez. Je ne sais pas pourquoi cet enfant se matérialise toujours dans les pires moments. À croire qu'il flaire les embrouilles ou un truc dans ce goût-là. Il a passé la tête par l'entrebâillement de la porte juste au moment où Sofi allait dire « à la trois », mais, au lieu de nous aider, de s'informer, d'agir de manière efficace, il est parti en courant vers la salle à manger en hurlant :

— Papaaaa, papaaa… Nacho est en train de baiser avec une meuf !!!

— La feeeerme, Claudio ! a crié Nacho en tendant le bras vers son frère pour l'arrêter, mais il était trop tard.

Marilú a levé la patte avant et s'est signée en prévision de l'humiliation imminente. Il est difficile de se recommander au ciel quand on est à quatre pattes et que ses tétons pointent vers l'enfer, mais elle l'a fait quand même. On a entendu des bruits de chaises en provenance de la salle à manger. Des couverts jetés sur la table. Et aussitôt après, des pas qui approchaient. Caio ne cessait de crier : « Viens voir, papa, grouille-toi, Nacho est en train de sauter la blonde et Sofi et maman essaient de l'en empêcher ! »

On était tous les quatre si sonnés qu'on n'a même pas eu la présence d'esprit de jeter un drap sur les accrochés. On n'a pas bougé. Quand Negro Peroti, son épouse Aurora et Zacarías se sont encadrés dans la porte, ils ont vu Sofi en train d'étrangler leur jeune pucelle, Nacho en train de la violer et moi en train d'enlacer sensuellement mon fils. Ils n'ont pas vu la vérité. Ils n'ont pas pu la voir. Ces gens-là n'ont aucune vision d'ensemble. Je ne leur jette pas la pierre, remarquez.

Je ne me souviens plus si Negro Peroti a commencé à se taper la tête contre le mur avant qu'Aurora tombe dans les pommes ou l'inverse. Mais je me rappelle que Zacarías, les yeux embués de larmes, s'est agenouillé et avancé jusqu'à Nacho pour lui souffler à l'oreille « Bravo, mon fils, bravo ! », avant de lui donner une accolade fraternelle et quelques tapes dans le dos. « Ça, c'est mon tigre ! Vas-y, continue, défonce-la, mon petit Nacho ! » l'encourageait-il.

Il me semble que c'est ce qui a provoqué l'explosion de Negro Peroti qui, en entendant les acclamations de mon mari, s'est jeté sur son ancien compagnon d'armes et l'a plaqué contre le mur :

— Ma petite était vieeerge ! hurlait-il pendant qu'il rouait de coups mon mari.

Le plus bizarre, c'est que Zacarías se laissait faire sans riposter. Il me semble même qu'il souriait, il n'arrêtait pas de sourire pendant qu'il recevait les beignes de Negro.

— Ma petite était vierge, soldat Zacarías ! gémissait Negro en pleurant, mais sans cesser de cogner.

— Moi, mon petit était pédé, appelé Negro… ! murmurait Zacarías, pissant le sang mais heureux.

Au bout d'une minute de ce manège, les deux pères de famille, à bout de forces, s'écroulèrent près d'Aurora encore groggy. Caio et Sofi attendaient en silence, pétrifiés, et regardaient Nacho avec admiration. Quant à moi, je continuais à serrer mon fils Nacho, sensible jusque dans les pires moments, je consolais Marilú en lui caressant la nuque pour qu'elle se calme. Quand le silence est revenu, on a pu entendre le battement des huit cœurs qui trépidaient dans cette chambre. On est de drôles de bêtes, nous, les humains !

— Attention ! a dit alors Nacho en levant un doigt. Je crois que ça y est, ça a lâché d'un coup.

Après quoi il s'est détaché très précautionneusement de Marilú.

— Oh, mon Dieu, quelle chance ! ai-je dit en tendant un drap à la jeune fille pour qu'elle se couvre. C'est la peur qui a dû te la rétrécir, mon chéri.

Une fois décollés, les deux tourtereaux se sont rhabillés tout en se lançant des regards enamourés. Negro Peroti, par terre, haletant, pointait l'index sur sa fille et lui disait d'une voix agonisante : « Toi, file dans la voiture ! » Ensuite il s'est relevé, a pris sa femme évanouie dans ses bras et s'est dirigé vers la porte d'entrée. On se serait cru dans un film de guerre.

On les a suivis. Les Bertotti, tête basse derrière les Peroti qui prenaient la fuite, humiliés. Avant de franchir le seuil, Negro Peroti a regardé Zacarías, les yeux rougis de douleur : « Je n'aurais jamais pensé assister à ça un jour, appelé Bertotti, mais je ne veux plus jamais te voir de ma vie. » Zacarías a baissé les yeux sans mot dire, acceptant cette décision prise sous le coup de la colère. Après quoi Peroti a regardé Nacho, a posé un doigt sur sa poitrine et lui a dit d'un air dégoûté : « Et toi, oublie ma fille. Oublie-la pour toujours. Tu ne la verras plus jamais ! » Puis ils sont sortis de la maison en claquant la porte.

Nacho a murmuré dans sa barbe :

— Ça reste à voir, Negro Peroti. María Luz m'a ouvert une nouvelle voie et personne ne m'empêchera de l'emprunter…

J'ai soupiré. Nacho avait des yeux rêveurs de Capulet ; l'amour bouillonnait dans ses veines, dans ce sang italien fraîchement découvert. Le cœur gonflé de fierté, Zacarías a regardé encore une fois son fils prodige, tout juste sorti de l'ombre sexuelle :

— Je reconnais bien là mon tigre, bon sang ! (Il l'a embrassé encore.) Dès demain tu iras retrouver cette fille et tu reprendras le fil de ce que tu as commencé. Mais plus doucement, petit, et par-devant, ça entre plus facilement. Oublie tes vices passés.

Je me suis affalée dans le fauteuil, complètement HS. Sofi était incapable de quitter des yeux son frère aîné, son admiration allait croissant. Pendant ce temps, Caio, loin de la scène, mangeait le flan que tout le monde avait laissé.

19 décembre 2003
Caio a été le premier à s'en souvenir

Cela faisait bien longtemps que la famille n'avait pas passé une journée entière sans s'engueuler, se taper dessus, se lancer des godasses à la figure. Quand Zacarías est content, il nous communique sa joie et on est tous d'humeur joviale. Ce n'est pas souvent, qu'on le voit heureux : c'est peut-être pour ça. Hier, on s'est dit bonjour au réveil, on a pris notre petit déjeuner ensemble tous les cinq et, au milieu de la matinée, don Américo nous a appelés de Milan. Il vous envoie le bonjour, il dit qu'il a fait la connaissance d'un tas de Bertotti et qu'il rentrera pour passer le Nouvel An avec nous. Zacarías ne se départait pas de son sourire. D'abord l'histoire de Nacho hier, ensuite Américo qui lui annonce son retour à la maison.

Mon petit Nacho était content, lui aussi. Il est parti travailler de bonne heure et m'a appelée environ dix fois pour me demander comment j'avais trouvé María Luz (il ne l'appelle pas Marilú). Je l'encourage parce que je veux qu'il soit heureux : je lui dis que, s'il est amoureux, il faut qu'il fonce. Sofi a disparu de la maison après être rentrée de l'école, car elle m'a dit vouloir régler la question de Manija et de Pajabrava afin de n'en garder qu'un seul et de pouvoir ressentir cet amour qu'éprouve son frère.

Le soir, après la fermeture de la pizzeria, on a encore dîné tous ensemble, et c'est seulement à ce moment-là que je me suis rendu compte que la famille exultait. Je l'ai compris quand Caio s'est levé de table avant le dessert pour aller s'enfermer dans sa chambre. Vers 11 heures, j'ai frappé à sa porte et je suis entrée dans sa chambre pour lui demander ce qu'il avait.

— J'ai rien, j'ai juste sommeil, m'a-t-il dit.

— Claudio, je suis ta mère, tu as les yeux tout rouges, alors de deux choses l'une : ou tu t'es drogué ou tu as pleuré. Tu t'es drogué ?

— Non.

— Alors tu as un souci, mon chéri… Si tu ne t'es pas drogué, c'est que tu as un problème.

Et alors mon pauvre petit s'est effondré. Les commissures de ses lèvres se sont affaissées au ralenti, on aurait dit une gueule de bouledogue, et il s'est mis à pleurer tout doucement. Mes bras se sont avancés pour l'enlacer. On a ça, nous, les mères, une sorte de mécanisme dans les coudes chaque fois qu'un de nos enfants pleure. Encore plus si c'est un garçon.

Quand je l'ai pris dans mes bras, il a éclaté en sanglots et s'est accroché à moi comme quand il était bébé. « Qu'est-ce qui se passe, mon cœur, qu'est-ce qui se passe ? » lui dis-je en lui caressant les cheveux, mais pas trop, parce qu'il les a gras.

— T'as vu, me dit-il en hoquetant… T'as vu la grosse bite que se paie Nacho ? (Il refait la lippe.) Pourquoi est-ce que je me tape tous les problèmes physiques, dans cette maison ?

— Voyons, t'es un beau garçon ! lui dis-je. Et puis Nacho a de grandes oreilles, il faut pas l'oublier.

Il me regarde :

— J'échangerais bien des oreilles de Jumbo contre une queue pareille entre les jambes ! Mais là n'est pas le problème, maman… T'as vu comment est papa depuis que Nacho baise avec une fille ? Il l'a mis sur un piédestal, ce pédé… Tu sais depuis combien de temps je saute des filles, moi ? Depuis que j'ai douze ans ! Est-ce que quelqu'un m'a jamais félicité d'avoir commencé si jeune ? Non ! T'as vu comme papa le regarde d'un air béat ? Il ne voit même plus que j'existe.

— Bon… bon…, mon chéri. Allez, lâche tout, mon amour, maman est là.

— Toi non plus, pleurniche Caio. Toi non plus, tu ne vois plus que j'existe. Et Sofi, c'est pire. Sofi a honte de ma petite taille. Negra Cabeza ne s'intéresse même plus à moi : elle pleurniche à longueur de journée parce que papy lui manque, elle m'a complètement oublié… La vie, c'est de la merde !

— Ne dis pas ça, Claudio Maximiliano ! lui dis-je, un peu fâchée. La vie n'est pas de la merde. Tout le monde t'aime, tout le monde. Parfois on s'occupe davantage de nos autres enfants, mais c'est justement quand ils ont des problèmes, comme Nacho ces jours-ci. Mais ça ne veut pas dire qu'on ne t'aime pas, chéri.

Caio baisse les yeux, se mouche. J'ai failli lui dire : « Pas dans le drap, gros dégueulasse ! » mais ce n'était pas le moment.

— Tu entends, mon fils chéri ? lui dis-je. On t'aime beaucoup.

Il opine de la tête, me fait un bisou.

— Je te laisse dormir ? lui dis-je.

— D'accord.

Je me lève, et quand je suis sur le point de partir, il me dit :

— Quelle heure il est, m'man ?

Je regarde ma montre :

— Minuit et quart.

— On est déjà vendredi 19 ?

— Oui, on est déjà vendredi, lui dis-je, intriguée.

— Alors laisse-moi au moins être le premier dans quelque chose, me dit-il en sortant de son lit.

Il s'approche de moi timidement, il m'embrasse et me dit :

— Joyeux anniversaire, ma petite maman !

Il me serre encore plus fort et ma vue se brouille, je ne vois plus rien, je sens seulement la chaleur de mon fils qui vient de me faire le plus beau cadeau de mes flambants cinquante-deux ans.

22 décembre 2003
Zacarías, père Noël malgré lui

Parfois la crise économique a des avantages. Nacho a eu l'idée de profiter que les gens du quartier sont fauchés pour faire des cadeaux aux enfants. Alors, samedi, il a accroché une pancarte devant la pizzeria : *Petit, si au lieu de commander des jouets tu commandes une margherita double fromage, le père Noël viendra chez toi à moto pour te la livrer !*

L'après-midi même, quarante-deux parents s'étaient inscrits. On nous appelait pour nous remercier d'avoir eu cette idée car beaucoup avaient déjà donné comme excuse à leurs enfants que le père Noël était mort lors des émeutes du 20 décembre.

Que c'est beau de voir briller à nouveau les yeux des enfants, a fortiori si on peut faire son beurre au passage. Les problèmes ont commencé le dimanche, quand nous avons dû expliquer à Zacarías le rôle qu'il devait jouer.

— Vous pouvez toujours vous brosser ! criait le pauvre en déambulant dans la cour. Caio n'a qu'à y aller !

— Claudio est trop petit, papa, lui expliquait Nacho. Imagine Caio en rouge et avec une barbe… Il va ressembler à un lutin.

— Je t'emmerde ! criait Caio à son frère.

— J'ai une réputation à tenir, dans le quartier, se défilait encore Zacarías. Je ne peux pas me promener en scooter déguisé en père Noël. C'est humiliant, Nacho.

— Quelle réputation à part celle d'ivrogne ? remarqué-je. Que je sache, c'est la seule que tu as.

— Et puis on n'aurait même pas besoin de te mettre un oreiller sur le ventre, lui dit Sofi en lui donnant une tape sur le bidon. Il faudrait te faire un bonnet sur mesure, par contre.

— Qu'on me traite de poivrot, passe encore, mais qu'on prétende que j'ai une grosse tête, ça non !

On avait du mal à s'empêcher de rire. On regardait le pauvre Zacarías aller et venir dans la cour en sachant qu'il n'avait pas d'excuse, que même s'il se roulait par terre, les affaires passaient en premier, alors on se mordait la lèvre pour ne pas pouffer.

— Non, non, disait mon mari, nous implorant du regard. Vous ne pouvez pas me faire ça. Les gens du club seront dehors. C'est un travail pour papa, pas pour moi.

— Papy est à Milan et, d'après ce qu'il a dit au téléphone, il rentre le 31, rétorquait Nacho. Caio et Sofi n'ont pas le physique de l'emploi, maman et moi serons en cuisine, Negra Cabeza sera en congé… Il n'y a plus que toi, papa. Si tu veux, on annule tout et on perd… voyons… (Nacho feint de calculer mentalement)… environ mille cinq cents pesos en une soirée.

Zacarías roule des yeux grands comme des billets.

— On gagnerait tout ça ? C'est une somme !

— Alors tu le fais ? demandé-je en me retenant de rire.

— J'en sais rien, dit Zacarías en se mordant la lèvre. Allez… faut juste se déguiser, finalement, et puis il fera nuit.

— C'est pas juste se déguiser, insiste Sofi. Il faut aussi que tu cries « Ho ho ho ! » en roulant.

On n'a pas pu se retenir davantage. Même Cantinflas semblait mort de rire. Zacarías est rentré dans la maison en pestant, sans doute pour aller s'expliquer avec le Dieu du plafond. Moi je me suis mise à confectionner son habit rouge. Je n'aurais jamais pensé que mon mari, rébarbatif comme il est, aurait pu donner du bonheur à tant d'enfants nécessiteux.

23 décembre 2003
Un quémandeur

Sur les soixante-dix personnes qui sonnent chez nous le matin, il y a quarante quémandeurs. Le reste, ce sont des vendeurs. Ceux qui vendent, je leur fais non du doigt derrière la vitre. Ceux qui quémandent, je les regarde attentivement pour m'assurer que ce ne sont pas des gens que je connais et, en fonction de leur trombine, je leur ouvre ou je leur fais non de la tête. À Mercedes, on ne dit ni « mendiant », ni « vagabond », ni « clochard ». On dit « quémandeur ». Et quand ce sont des gens qu'on connaît, on donne des indications supplémentaires.

— Qui est-ce ? demandé-je de la cuisine à celui qui est allé voir.

On peut alors me répondre : « Les petits frères quémandeurs » ou « le quémandeur boiteux », ou « la quémandeuse borgne ». Si le visiteur est nouveau, on dit simplement « un quémandeur ».

Si celui qui sonne est chargé, c'en est un qui vend.

« C'est qui ? » Celui qui est allé voir me répond : « Le Turc qui vend des tapis », « Le gamin qui vend des balais » ou « La vieille qui quémande ou qui vend » (avec celle-là, on ne peut jamais savoir). Quand on ne connaît pas la personne, on dit simplement « un vendeur ».

À cette époque de l'année, les quémandeurs se multiplient car ils profitent du sentimentalisme de Noël. Je donne toujours à ceux que je connais, à condition qu'ils soient bien élevés. Je leur fais un signe de la main pour qu'ils attendent et je rentre, je fourre dans un sac un pain, une mandarine, une pizza, n'importe quoi, et je le leur apporte.

Quand ce sont des adolescents, je leur demande de me couper les mauvaises herbes sur le trottoir. Non que j'en aie besoin, mais histoire de leur montrer qu'en travaillant on en obtient plus. Et quand ils ont fini, en plus du sac, je leur donne un peu de sous. Je leur dis toujours : « Tu t'achèteras quelque chose pour toi, je ne veux pas croiser ton père avec un litre de vin sous le bras. – Oui, madame, pour moi, pour moi », me répondent-ils.

Même s'ils sont de plus en plus nombreux, chaque quartier à son mendiant attitré. Nous, on a Viande Crue, qui fait la manche dans le secteur depuis quinze ans. C'est un grand type avec une grosse moustache, qui pousse un Caddie de supermarché. Un clodo super sympa. Nous sommes très satisfaits du mendiant que le hasard nous a attribué. Quand Viande Crue vient quémander, je lui ouvre et on bavarde un moment. C'est un de ceux qui autrefois étaient cadres et qui un jour ont lâché la rampe. Mais c'est un plaisir de discuter avec lui. Parfois on a même envie de le traîner jusqu'à la salle de bains et de l'obliger à se laver. Mais il ne se laisse pas faire. Un jour, la vieille Monforte, du temps où elle avait encore toute sa tête, a essayé de le faire et Viande Crue l'a griffée au visage.

Notre mendiant est arrivé dans le quartier il y a très longtemps. La première fois qu'il a sonné chez nous, c'était un 25 décembre. Nacho était petit et moi j'étais enceinte de Caio. C'était dans l'autre maison, au moment du barbecue du 25, on était en train de déjeuner dehors quand on sonne à la porte. « Qui est-ce ? demandé-je à Nacho. – Un quémandeur. » Alors Zacarías va ouvrir pour lui donner un bon morceau de viande. Le type remercie et repart.

Une demi-heure plus tard, il sonne à nouveau. Nacho va ouvrir (il adorait le faire) et revient avec la viande qu'on avait donnée au type, intacte, dans le même sac et tout.

— Qu'est-ce qui se passe ? demande Zacarías.

— Le monsieur moustachu te dit merci, mais il te rend la viande parce qu'elle n'est pas assez cuite.

C'est de là que lui vient son surnom. On était fiers d'avoir un mendiant exigeant dans le quartier. Maintenant, ce n'est plus comme avant, il n'existe plus de sans-abri comme Viande Crue. Aujourd'hui il y a tellement de gens qui quémandent, tant d'enfants affamés qui traînent dans les rues, qu'on ne sait plus comment faire à Noël pour donner un petit quelque chose à chacun. Un peu du peu qui nous reste. Je me demande parfois ce qu'est devenu ce pays où les mendiants ramenaient la viande pas assez cuite. À Noël, j'ai toujours un nœud dans la gorge quand je pense à ça.

24 décembre 2003
Conversation avec Nonno

Il y a des choses typiques de Noël, comme la salade russe, le turrón espagnol et le grand-père italien, qui ne devraient jamais manquer. Ce Noël sera donc bien étrange sans don Américo. Personne ne le dit ouvertement, mais il est clair qu'il nous manque quelque chose. Y compris maintenant, pendant les préparatifs. En même temps, on est contents qu'il se trouve chez lui, qu'il fasse la connaissance des gens de sa famille et qu'il passe les fêtes sur la terre où sa mère l'a mis au monde.

Hier soir, on a eu l'immense surprise de voir que le grand-père s'était connecté sur Messenger. Je ne l'avais jamais vu devant un ordinateur, mais on dirait que là-bas il est en train de découvrir de nouveaux horizons. Il a plein de choses à raconter ! Il ne rentrera que le 31. Enfin mon beau-père passera Noël là où il est né.

26 décembre 2003
Au lit avec le père Noël

Le 24 en fin d'après-midi, on est allés au parc municipal pour que Zacarías essaie son costume et fasse quelques tours en scooter déguisé en père Noël. Il a absolument voulu mettre des lunettes de soleil pour ne pas qu'on le reconnaisse, le nigaud. Je lui ai dit : « Ce soir, tu n'y verras rien, avec ça sur les yeux. » Mais il n'a pas voulu en démordre. Il a fait quelques tours et on est rentrés à la maison. Tout roulait. Rien ne laissait présager la tragédie nocturne. On n'aurait pas dû le laisser sortir en pleine nuit avec des lunettes de soleil. Maintenant que le mal est fait, je me sens légèrement coupable. Mais, à ce moment-là, on le trouvait même drôle, accoutré comme il l'était.

On a dîné tôt parce qu'à l'heure de pointe, on devait tous être au turbin. On a quand même trinqué un coup. Zacarías a bu un peu de cidre et ça a peut-être joué aussi. On ne sait pas ce qui s'est passé : il ne se souvient de rien. On ne sait plus si c'est à cause du costume rouge, du polystyrène, des lunettes de soleil, du cidre qu'il a bu, de l'arbre qu'il n'a pas vu, des freins dont il ne s'est pas servi… Toujours est-il qu'on était tous devant la porte à lui faire coucou et à lui souhaiter bonne chance.

Lui, le pauvre saint (saint Nicolas, en l'occurrence), il agitait la main pour nous dire au revoir tout en démarrant le scooter. La dernière chose qu'il ait dite, c'est « Ho ho ho ! », puis il est parti avec la première livraison de pizzas. On l'a vu rapetisser, devenir un point rouge dans la rue déserte. « Ho ho ho ! » criait-il. On l'a vu accélérer, monter sur un trottoir, esquiver un chien. « Ho ho ho ! » Puis on l'a vu emplafonner un arbre à cent mètres de la maison.

L'aventure de Zacarías a duré vingt secondes. Vingt secondes pour nous gâcher Noël.

On a tous accouru à son aide, sauf Caio qui était plié de rire sur le trottoir. On l'a trouvé à moitié inconscient. Au début il nous a semblé qu'il saignait de la tête, mais c'était de la sauce tomate. Il avait les yeux ouverts et il disait « Ho, ho, ho ! » en souriant. On l'a poussé dans un taxi et on l'a conduit à l'hôpital Dubarry. Il a perdu connaissance en chemin. Mais avant, il a dit au chauffeur :

— Qu'est-ce qu'il fait chaud, dans votre ville… On est quand même plus au frais au pôle Nord.

Et nous, on a naïvement cru qu'il plaisantait.

Le docteur Mastretta est venu l'examiner ce matin. À l'hôpital, on l'a laissé repartir aussitôt, en nous conseillant de le conduire chez un psychiatre. Mastretta est sorti de la chambre, l'air grave, et il nous a confirmé ce que nous craignions. Il a été formel :

— Il s'est réveillé avec une autre identité et il serait très dangereux de le contredire pour le moment.

— Il faut abonder dans son sens, alors ? lui avons-nous demandé, effrayés.

— Il est persuadé d'être le père Noël, Mirta, m'a-t-il dit avec une tape dans le dos. Il en sera ainsi jusqu'à ce qu'un nouveau déclic se produise dans son cerveau.

— Ho ho ho ! criait Zacarías dans la pièce à côté. Madame ! Alors, il vient, ce maté ? Ho ho ho !

Après le départ du docteur Mastretta, toute la famille est restée pétrifiée un moment, ne sachant comment aborder le malade. On a beaucoup de mal à lui dire : « Vous avez besoin de quelque chose, père Noël ? » ou « Une petite tasse de thé, père Noël ? ». Tout ça est fort triste, mais on ne peut pas s'empêcher d'avoir des crises de rire. Le pauvre, il a accepté à contrecœur d'enfiler son pyjama et de se coucher, mais pas moyen de lui enlever la barbe et le bonnet. Ce n'est pas évident d'entrer dans la chambre et de le voir dans cet accoutrement.

Caio est le seul qui arrive à gérer la situation. Tout à l'heure, on l'a trouvé assis sur les genoux de son père :

— Je voudrais un vélo avec des vitesses, un circuit électrique, un sac de marijuana et la collection spécial anniversaire de Playboy, père Noël…

— As-tu été sage cette année, petit ? lui dit Zacarías en lui caressant les cheveux.

— Claudio ! Sors immédiatement de cette chambre avant que je te chasse à coups de balai ! je lui crie.

— Silence, madame ! m'ordonne Zacarías d'une grosse voix. Votre tour viendra, un peu de patience, ho ho ho !

Le 24 au soir, Nacho a profité de l'occasion pour installer son père derrière le comptoir de la pizzeria. Le magasin s'est aussitôt rempli de gamins. Tout le quartier a défilé pour voir Zacarías. On a vendu des mini-margheritas comme jamais. Papa Noël en personne les distribuait, et il prenait le temps de parler avec chaque enfant.

Pourtant, après la fermeture, je me suis mise à tourner en rond. J'avais un peu honte de dormir avec le père Noël. Il m'attendait tranquillement au lit parce que, depuis qu'il est comme ça, il est devenu très docile et pacifique, mais je ne trouvais pas le courage d'y aller. Puis j'ai fini par me décider à entrer dans la chambre.

— Et vous, madame ? me dit-il de cette voix virile qui caractérise les habitants du pôle Nord. Vous ne voudriez pas un petit cadeau ?

Je suis restée interdite un moment, à regarder sur les côtés. Serait-il possible de tirer parti de cette tragédie ? Je me suis approchée du lit de papa Noël tout doucement et je lui ai soufflé à l'oreille ce que je voulais. Je me suis sentie un peu cochonne de lui dire des choses pareilles, mais il faut parfois savoir saisir la balle au bond.

— Vous voulez ça, madame ? me dit-il d'un ton galant. Rentrez dans le lit, je crois que j'ai ce qu'il vous faut dans ma hotte…

On a éteint la lumière. C'est ce qu'on appelle fêter Noël, mes chéris ! On a chanté *Jinglebell* pendant près de deux heures. On aurait dit l'éveil à la sexualité des petits chanteurs de Vienne. Je viens de m'échapper du lit pour écrire, mais je me rends compte que j'ai les jambes qui flageolent. Et puis j'ai du coton dans la bouche et des petits sourires qui m'échappent au coin des lèvres. Tandis que je pianote sur le clavier, j'entends mon papa Noël qui me dit de la chambre à côté :

— Venez, madame : il reste un cadeau pour vous au fond de ma hotte, ho ho ho…

Ça commence à tourner au vice, mais ça serait chouette que, le 6 janvier, Zacarías se prenne pour les Rois mages, parce qu'ils sont trois... Il y en a un qui est noir, par-dessus le marché !

— J'arrive, papa Noël, lui dis-je... Enfilez votre bonnet, j'arrive !

29 décembre 2003

Vas-y pleure, mon trésor, pleure

Après la catastrophe de l'autre soir, les efforts de Nacho pour se réconcilier avec Negro et Aurora Peroti ont porté leurs fruits hier après-midi.

Marilú l'a appelé pour lui dire que ses parents voulaient bien lui laisser une chance et qu'ils l'attendaient tous les trois à La Recoba. La petite lui a conseillé de bien s'habiller car il était primordial qu'il fasse bonne impression. « Bien habillé et à l'heure », a-t-elle précisé.

Il a passé l'après-midi à se ronger les sangs, mon pauvre Nacho. Mon fils est très intelligent, mais très timide, aussi, a fortiori avec des snobs comme les Peroti. Il était convaincu qu'il allait commettre une gaffe. Il est toujours un peu tête en l'air : il renverse un verre, s'emmêle dans les couverts. Mais je lui ai remonté le moral et je lui ai repassé son plus beau costume.

Heureusement, il est parti au rendez-vous avant qu'il ne se mette à pleuvoir à seaux. On l'a accompagné jusqu'à la porte, on lui a dit au revoir et on lui a souhaité bonne chance. Il est parti bien droit, bien coiffé, avec un bouquet de roses à la main pour Aurora (une idée à moi). Cependant, il est clair qu'en matière d'amour, nous n'avons pas de bol, nous, les Bertotti.

Nachito est revenu tout à l'heure, méconnaissable. Trempé jusqu'aux os, le cœur battant à tout rompre, en larmes comme quand il était petit. Il n'arrivait plus à parler. Il est entré et s'est effondré dans mes bras. Il s'est littéralement enfoncé dans mon giron.

— Que se passe-t-il, mon chéri ? lui demandé-je, le cœur serré. Tu étais trop nerveux ? Ça s'est mal passé ?

— Au contraire, maman, me dit-il en pleurant. Je n'avais jamais été aussi désinhibé de ma vie… Joyeux, spirituel, maître de moi… En vingt minutes, les parents de María Luz ont complètement changé d'opinion à mon sujet.

Et il s'est à nouveau caché dans mes bras pour pleurer.

— Alors pourquoi es-tu dans cet état, mon cœur ?

— Donne-moi un mouchoir, renifla-t-il en essuyant ses larmes. On est restés près de deux heures à La Recoba. Je plaisantais, je parlais politique, art, à un moment Negro Peroti m'a même donné une petite tape dans le dos comme font les beaux-pères avec les prétendants de leur fille… María Luz me jetait des regards enamourés, et plus elle me regardait, plus je me sentais sûr de moi, confiant. Je te jure, mamounette, que même dans mes rêves les plus fous je n'avais jamais été aussi performant.

— Et alors ?

— Et alors il s'est remis à pleuvoir, on est restés encore un moment dans le salon de thé, à bavarder et à regarder battre la pluie contre les vitres. Negro m'a offert un cigare. Je l'ai refusé. Aurora m'a félicité de ne pas fumer. J'étais Carlos Gardel, maman, j'étais Carlos Gardel ! On est sortis de La Recoba tout heureux, et bla bla bla et ha ha ha. Je tenais María Luz par le bras, les Peroti se tenaient par la main. On était deux couples. Le monde m'appartenait !

— C'est magnifique, mon cœur.

— Tu parles ! Alors qu'on s'apprêtait à héler un taxi, j'ai vu une énorme flaque d'eau entre le trottoir et la rue, et je me suis dit : « Maintenant je saute par-dessus la flaque et je les ébahis. » Sur le plan intellectuel, ils avaient déjà une bonne opinion de moi, je voulais aussi leur approbation sur le plan physique. L'ambition m'a perdu, ma petite maman ! J'ai reculé de cinquante centimètres, j'ai rassemblé toutes mes forces et j'ai sauté.

— Oh ! mon trésor… dis-je en me signant.

— Un saut parfait. J'ai eu l'impression de voler, maman, et je devinais la famille Peroti au complet suivant mon envol au ralenti, un sourire de satisfaction et de plaisir aux lèvres. Ils admiraient mon agilité d'un œil inoxydable. Le monde nous souriait… Mais l'effort fut trop grand, maman… oh ! lala !

— T'es tombé ?

— Non, hélas, je ne suis pas tombé ! me dit Nacho, les yeux gonflés. Quand j'étais en l'air, une jambe devant et l'autre derrière comme un danseur, j'ai lâché le plus gros pet de toute ma vie. On aurait dit une Studebaker démarrant en seconde. Broummmmm !

— Oh ! doux Seigneur Jésus !

— J'ai eu l'impression que le temps s'arrêtait. Moi dans les airs. Mes boyaux en train de vrombir comme un trombone. Je te jure que les pigeons de l'église se sont envolés. Moi dans les airs ! J'ai dû rester suspendu pendant un siècle, à me demander quoi faire. Tout s'est passé très vite et très lentement à la fois. J'avais lâché la perle du siècle. L'unique issue a surgi du néant. J'ai posé un pied, puis l'autre et je suis parti en courant. Tout est foutu, maman !

— Tu t'es enfui ? T'es con ou quoi ?

— Qu'est-ce que tu voulais que je leur dise ? Pardon, je me suis chié dessus ? Jamais ! J'ai couru jusqu'ici sans m'arrêter. J'aurais bien continué à courir. À l'heure où je te parle, j'ai envie de courir jusqu'à la fin de mes jours pour oublier qui je suis.

— Envisagé sous cet angle, tu as raison..., lui dis-je. Le mieux était de partir en courant...

— Tu trouves aussi, maman, hein ? me dit-il en se blottissant dans mes bras.

— Bien sûr, chéri, lui dis-je en faisant la lippe. Vas-y pleure, mon trésor, pleure.

30 décembre 2003
Expédition à la Pampa Chica

La perte d'identité de Zacarías a duré très exactement quatre jours, onze heures et six minutes. Ce qui m'inquiétait le plus, ce n'était pas son amnésie à proprement parler, mais le risque de déshydratation. Il était déguisé en père Noël par quarante degrés à l'ombre, l'imbécile, et il n'y avait pas moyen de le convaincre d'enfiler un vêtement certes rouge (si ça lui chantait), mais léger. Il ne voulait pas lâcher sa barbe en coton, même si la sueur lui dégoulinait dans le cou, pas plus que sa houppelande rembourrée de mousse. L'employé de chez le loueur de déguisements est venu au moins trois fois depuis jeudi réclamer le costume. En plus, c'est toujours mon mari qui est allé lui ouvrir :

— Qu'est-ce qu'il veut, le jeune homme ?

— Je viens reprendre le déguisement, m'sieur.

— Encore ? Quel déguisement ?

— Celui que vous avez sur vous, m'sieur.

— Ho, ho, ho ! Je vous ai déjà dit que je n'avais aucun déguisement sur moi, lui rétorquait-il chaque fois en lui claquant la porte au nez.

— Qui était-ce, chéri ? lui demandais-je.

— Le garçon qui cherche un déguisement, me disait mon mari. Ho, ho, ho ! Les gens sont de plus en plus cinglés, madame.

Puis, hier, ça lui a subitement passé. La façon dont il a repris possession de ses esprits mérite d'être relatée. Il s'était mis en tête d'aller à la Pampa Chica chercher une pièce de rechange pour la Vespa. Nous l'avons bien prévenu :

— Monsieur Noël, faut surtout pas que vous alliez dans le bidonville dans cette tenue…

— Ho, ho ho… Papa Noël parcourt le monde quand ça lui chante et comme ça lui chante, a-t-il rétorqué.

Le voilà parti sur la Mobylette déglinguée chercher une bougie de seconde main pour remplacer l'ancienne, endommagée suite à l'accident. Il a traversé tout Mercedes à pied en poussant la mob. Dans le centre-ville, il n'a eu droit qu'à des regards affectueux et à des rires complices, quelques gamins lui ont dit bonjour et lui ont fait des bisous. Rien que de très prévisible. Mais quand on sort de la zone urbaine et que les cahutes en tôle ondulée gagnent du terrain, ouille-ouille-ouille, on entre dans un autre monde.

La Pampa Chica commence là où se termine le bitume, autant dire là où se termine le monde. Les femmes sortent dans la rue pieds nus et balancent des seaux d'eau sur la chaussée pour éviter que la poussière ne vole. C'est l'endroit où il y a le plus d'enfants morveux au mètre carré. Dans ces contrées-là, il existe encore un rémouleur qui passe et il faut aller chercher l'eau dans un puits. La police ne peut y pénétrer que le mardi et le jeudi, pour y récolter sa part. En somme, ce n'est vraiment pas l'endroit où se promener déguisé.

Pour ne rien arranger, quand Zacarías se trouvait au cœur du bidonville, il a eu un malaise à cause de la chaleur et il s'est un peu perdu. Il a commencé à marcher dans les méandres du quartier jusqu'à ce qu'il croise un petit gamin d'une douzaine d'années qui jouait avec un flingue.

— Ho, ho, ho ! s'est présenté Zacarías. Dis, jeune homme, pourrais-tu m'indiquer où se trouve la bicoque d'Antúnez, celui qui vend des pièces de rechange volées ?

Le petit a ouvert des yeux grands comme des soucoupes. Il n'avait jamais rien vu d'aussi rouge car, dans le bidonville, le blanc et le noir prédominent. Il était médusé, mais il a fini par réagir :

— Attendez-moi là, m'sieur. Juste une minute, je reviens…

Puis il est parti comme une flèche. Deux minutes plus tard, il revenait avec deux douzaines de gamins âgés de sept à dix-neuf ans. L'un d'eux marchait en tête du cortège, visiblement le chef de bande. Il était habillé tout en cuir et avait une coiffure à la Maradona, du temps où celui-ci était un bon footballeur.

— Regardez-moi qui a daigné venir jusqu'ici, a-t-il dit en tournant autour de Zacarías. Ça faisait un bail qu'on t'avait pas vu dans le coin, mon gros… !

— Bute-le, Caraegoma* ! a crié un enfant, et tous les autres ont fait « Ouais, ouais, ouais ! ».

D'un geste de la main, le chef a exigé le silence. Il a été obéi instantanément.

— Tu sais depuis combien d'années on regarde le ciel la nuit du 24 pour voir si tu arrives, le gros ? dit Caraegoma à Zacarías en lui pinçant la joue. Mais toi tu vas seulement dans les maisons du centre, chez les gosses de riches, pas vrai ?

— Vous vous trompez, Caraegoma, dit Zacarías en commençant à bégayer.

— C'est toi qui apportes des jouets à ceux qui en ont déjà, pas vrai, minus ? dit Caraegoma en ruminant sa rage accumulée pendant de longues années d'attente.

— Non, mon ami, dit Zacarías en tremblant. J'essaie toujours d'être juste.

— Crève-le, Caraegoma ! Te laisse pas endormir par son baratin politique ! réclame encore la cohorte enfantine.

* Contraction de *cara de goma*, littéralement « tête de caoutchouc ».

Trois enfants, parmi les mieux nourris, se sont avancés avec des cordes et, au signal de Caraegoma, ils ont attaché Zacarías à un arbre.

— Et tu t'imagines qu'en nous offrant une Vespa tu vas rattraper toutes tes années d'absence ? dit Caraegoma en regardant le cyclomoteur, les yeux emplis de larmes. On est très nombreux, il va falloir que tu nous apportes minimum dix ou douze Vespas de plus. Ou bien l'équivalent en liquide. T'as du flouze ?

— Non, mon petit, d'ailleurs ces déguisements n'ont même pas de poches.

— On va vérifier, dit Caraegoma en sortant un petit couteau qui luisait au soleil comme un poisson fraîchement pêché.

Tout à coup, la clique d'enfants enragés a commencé à lancer des pierres à mon mari :

— Papa Noël, sale cochon de bourgeois ! P'tit père, enfoiré de ta mère ! chantonnaient-ils.

L'un d'eux s'est approché et lui a collé un flingue sur la tempe :

— Parle, lui a-t-il dit. Où habitent les Rois mages ?

— Je n'en sais rien, mon petit ! dit Zacarías en pleurnichant. Je ne suis pas renseigné sur la concurrence.

— Si tu croises ces trois fils de pute, dis-leur qu'on n'a jamais vu la couleur de nos étrennes !

Au bout de trois minutes, Zacarías s'est retrouvé en maillot de corps et en slip, au beau milieu de la Pampa Chica. Le sol était jonché de coton tout autour de lui, on aurait dit qu'il avait neigé. Quand ils ont fini de le déshabiller et que la poussière est retombée, les enfants ont eu un mouvement de recul, effrayés de voir Zacarías sans sa fausse barbe ni son costume rouge.

— Putain, Caraegoma ! a crié une jeune voix. C'est pas le père Noël, c'est un flic ! Mate sa moustache !

— Les keufs ! Les keufs ! a crié un enfant terrorisé.

— Les keufs ont débarqué ! a enchaîné un autre, avant de partir en courant et en sifflant à travers le quartier.

Ça devait être un signal. Une seconde après, environ deux cents personnes sont sorties des baraques en tôle, munies de petits sachets blancs, de petites balances, de bonbons, de cigarettes, de petits sachets verts, de radiocassettes volées et de faux passeports, puis ils ont tout jeté dans un puits. Ensuite, ils sont tous retournés chez eux en sifflotant, comme si de rien n'était.

Zacarías avait le cœur qui battait si fort que quelque chose est tombé de la poche de son tee-shirt. Ce fut providentiel. Un môme l'a ramassé. C'étaient ses papiers.

— Attends, Caraegoma, dit le gamin, déchiffrant avec difficulté. Sa carte d'identité dit « Bertotti, Zacarías Estanislao ». C'est pas le mec de Mirta, celle qui nous file des pizzas ?

Caraegoma s'approche de Zacarías. Le regarde fixement.

— C'est vrai, ce qui est écrit là ? T'es Zacarías, le mari de Mirta ? lui demande-t-il.

Et c'est alors que mon mari (ainsi qu'il vient lui-même de nous le raconter), après quatre jours, onze heures et six minutes d'amnésie, a recouvré ses esprits. Il s'est tapé le front et a dit :

— Bordel de merde ! Mais c'est bien sûr !

Puis il a ajouté en regardant le ciel :

— Je suis Zacarías Bertotti, quel con ! Qu'est-ce que je fous ici, à poil ?

— Lâchez-le ! a dit el Caraegoma. C'est pas le père Noël ni un flic ni rien du tout…

Poussant un « ouhhhh » en cœur, les autres gamins ont lâché les cailloux et les briques et se sont dispersés petit à petit. Les adultes ont récupéré leurs affaires et repris leur petit commerce, à l'ombre des cahutes en tôle. Le bidonville a repris son activité normale. Zacarías est rentré à la maison – tout nu et mal en point, dépouillé de la Vespa –, mais avec ses papiers à la main et sa véritable identité, le cerveau à nouveau en place et le cœur battant fort dans sa poitrine.

2 janvier 2004
Cadeaux d'Europe

Don Américo est revenu d'Europe plus jeune, plus vertical : régénéré. Il avait amené avec lui sa petite-nièce Loutchia*, accrochée à son bras gauche, une fille qui ne parle pas un traître mot d'espagnol mais

* Transcription phonétique du prénom italien Lucia.

que nous avons aussitôt intégrée à la famille. Elle est arrivée avec un sac à dos, prête à parcourir la Patagonie pendant tout le mois de janvier. Au bout de son bras droit, mon beau-père portait une valise remplie de cadeaux. Le premier paquet fut pour moi. J'ai déchiré le papier parce que j'adore les babioles européennes.

— Oh, Américo ! Un collier noir ! lui dis-je, ravie. Il ne fallait pas, il est magnifique !

— Cé né pas oune collier, Mirta, c'est oune rentrésorté, me dit-il. J'expliquerai à Zacaría commé l'outiliser, vous allez voirrr commé cé joli.

Mon beau-père dit quelque chose à l'oreille de Zacarías et mon mari regarde le collier plus attentivement. J'ai simplement pu entendre :

— Tou vois, les boulé, elles vont grossire, mon figlio, lui chuchote-t-il. Tou n'as aucoune efforte à faire. Solamenté tou pousses et tou tires.

Alors Zacarías semble comprendre quelque chose et embrasse son père comme si le collier avait été un cadeau pour lui. Mon mari n'est pas encore tout à fait dans son assiette.

— Et moi, j'ai quoi ? dit Sofi en tournicotant autour de son grand-père.

— Pourrr la pétité, un pétit jouet.

Sofi ouvre son paquet, enchantée. Elle regarde son contenu et couvre son grand-père de baisers.

— Merci, Nonno, t'y as pensé !

— C'est quoi, chérie ? demande Zacarías en regardant l'article.

— Un étui pour la PlayStation, pas vrai, papy ? dit Sofi en regardant son Nonno.

— Ecco ! Oune étoui. Ma n'oublie pas de mettere dou loubrifiant sour la Playtéchonne avant de la ranger pour né pas qu'elle sé déchirrre, piccola.

Nacho, triste et abattu, ne semblait pas très présent à la séance de distribution des cadeaux, jusqu'à ce que don Américo s'approche de lui et lui donne une tape dans le dos :

— Et pourrr toi, mon grand bambino, j'ai oune sourprise spétchiale. Va dans la chambrre avec la Loutchia pourr qu'elle té donné ton cadeau.

Loutchia prend Nacho par la main en silence et l'emmène au fond. C'est chouette que les cousins s'entendent bien d'entrée ! me suis-je dit.

Caio regardait tout ça d'un œil torve. Au moment où son grand-père était parti en Europe, ils étaient fâchés à mort, et il s'attendait sans doute à recevoir son mépris davantage que ses cadeaux. Visiblement, mon beau-père est pourtant du genre à passer vite l'éponge.

— Et pourrr toi, figlio, cé pétite sachet, dit-il à Caio en lui tendant un petit paquet cadeau.

Le visage de Caio s'illumine comme si on lui avait braqué un spot de deux cent vingt sur les yeux.

— C'est quoi, Nonno ?

— De l'achoum.

— Pour le rhume ? demandé-je. Tu es grippé, Claudio ?

— Ça soigné touto, Mirta ! répond mon beau-père. Ça guérit touté les maladies. Surtouto il mal d'amore, la maladie dont souffre Caio.

Caio embrasse son grand-père, les voilà réconciliés après la dispute qui les avait éloignés l'un de l'autre.

— Merci, Nonno ! lui dit-il en regardant le sachet.

Mon beau-père lui chuchote à l'oreille :

— Attenzione, bambino, non é dé l'herba... É du pocholat, quello que l'on foume en Europa. Alora vaï piano et tou mé garrdé oune taffé.

— C'est un antibiotique ou du chocolat ? demandé-je à mon beau-père.

— Madona santa, Mirta ! Avec toi il faut toujourre sé serviré du conno del chilenzio per parlare en secretto... ? Qu'as-tou à la place des oreilles ? Des aileróné ?

Le 31 à 11 heures du soir, en plein dîner, Nacho et Loutchia sont sortis de la chambre, affamés comme un régiment, et se sont assis à table avec nous. Nacho était méconnaissable, radieux, souriant comme s'il avait totalement oublié les Peroti et l'humiliation subie en sortant du salon de thé.

La nuit était particulière, à Mercedes : tiède, douce, prometteuse. Les aiguilles approchaient de minuit, la famille était plongée dans une discussion joyeuse et détendue. Le vent soufflait, charriant l'arôme des tilleuls.

Caio et Nonno fumaient leur antibiotique et mangeaient des biscuits. Ils riaient, s'embrassaient. Zacarías voulait m'emmener dans notre chambre pour que j'essaie le collier. Sofi avait hâte qu'on débouche le cidre pour partir montrer à ses copines l'étui de la PlayStation...

Je suis allée chercher la bouteille dans la cuisine. C'était bientôt l'heure. Je les ai vus par la fenêtre tous ensemble, discutant dans la joie et la bonne humeur, et je me suis dit qu'on avait bien de la chance. Que malgré tous les malheurs et toutes les crises, nous étions une famille chanceuse parce que unie.

— Allez, maman, bouge ton cul, il est minuit ! me crie Zacarías.

J'arrive à table. Des pétards et des fusées explosent dans tout le quartier. La nuit s'éclaire. Nous nous mettons debout et nous nous regardons pour lever nos verres.

— Bouonne année, mes enfants ! s'écrie don Américo.

Et 2004 fait une entrée flamboyante en chacun de nous.

5 janvier 2004
Au revoir, Nacho, reviens vite !

Loutchia est partie en nous laissant la maison pleine de joie et de dessins. Elle nous a comblés de bisous et de tendresse, a rempli nos oreilles de son accent milanais, puis elle est allée en Patagonie chercher sa mère, qu'elle ne connaît pas. Amoureux comme jamais je ne l'avais vu, Nacho l'a suivie. Je ne devrais pas pleurer, mais je ne peux pas m'en empêcher.

Les parents de Loutchia se sont connus à Milan en 1975. Ils étaient hippies. Loutchia n'a qu'une seule photo d'eux ensemble, format passeport. Mais elle ne se souvient pas d'eux. Elle nous a raconté son histoire au réveillon du Nouvel An, don Américo traduisait.

Quand Loutchia est née en 77, ses parents (Angiula et Roberto) ont pris leur bébé et sont partis en cachette s'installer à El Bolsón. Ils ne voulaient pas que don

Carlo, le père d'Angiula, l'apprenne car il était un peu facho.

Angiula et Roberto ont rejoint la lutte armée et ont confié la petite Loutchia à la communauté hippie de Lago Puelo. Roberto est devenu un « disparu », le pauvre, et Angiula a fait deux ans de prison à Buenos Aires. Dans l'intervalle, don Carlo était parti chercher sa fille en Argentine. Il ne la trouva pas, mais emmena sa petite-fille avec lui en Italie. Loutchia ne se rappelle de rien. Elle était trop petite.

— Depuis, je n'ai plus jamais eu de nouvelles de la mamma, nous disait-elle, en pleurs.

Don Carlo éleva sa petite-fille à Rome et lui raconta toujours que ses parents étaient morts, alors qu'Angiula était en vie… Les années passèrent. Après le retour de la démocratie, Angiula et Loutchia se cherchèrent mutuellement, en vain. Mais avec l'apparition d'Internet, la fille réussit à retrouver la trace de sa mère et elles commencèrent à s'écrire. Loutchia se promène avec une photo numérique de sa maman dans son sac. On y voit une Angiula souriante, heureuse.

L'arrivée de don Américo à Milan fut providentielle. Loutchia accepta l'invitation de mon beau-père et elle vint en Argentine avec lui. Le reste n'est pas de l'histoire ancienne : c'est en train de se passer en ce moment.

Nacho et Loutchia ont fait intimement connaissance la nuit de la Saint-Sylvestre, mais leur histoire et devenue très sérieuse et mon petit, qui est un garçon en or, n'a pas voulu que la jeune femme parte toute seule dans ces contrées lointaines. Moyennant quelques euros, ils ont acheté la fourgonnette du boucher Pertossi qu'ils ont un peu aménagée. Non seulement Loutchia dessine d'excellentes caricatures, mais elle a repeint la voiture et l'a rendue comme neuve.

Avant leur départ, Nacho m'a dit :

— Tu vas pouvoir te débrouiller avec les pop-up, maman chérie ?

Je lui ai dit oui pour qu'il parte l'âme en paix, mais il est possible que ce blog batte de l'aile pendant quelques jours, mes chéris. Dans mon esprit, pop-up est toujours le bruit du ragoût quand il mijote. Po pup, po pup… Mon fils et sa petite amie sont partis il y a environ trois heures, tout contents, l'avenir devant eux, à la recherche d'une Bertotti égarée au bout du monde.

6 janvier 2004

Cantinflas séquestré par la mafia chinoise

On a cherché le chat dans tout le quartier pendant trois heures, mais il n'est pas réapparu. Au début, on a pensé qu'il s'était enfui à cause des pétards, mais Sofi a ensuite trouvé le tee-shirt de Caio tout plein de poils. Zacarías n'a donc eu d'autre choix que de torturer un peu le petit jusqu'à ce qu'il crache le morceau.

— Arrête de me taper ! a fini par dire ce gros benêt. C'est moi, oui… j'ai loué le chat moyennant quelques sous, mais on nous le rendra la semaine prochaine.

— Comment ça, loué ? lui demandé-je. Pour quoi faire ?

— C'est parce que j'avais plus d'atchoum et papy dit qu'il peut m'en vendre, mais j'ai pas un rond. Avant, je te piquais du fric dans ton sac pour m'acheter du shit, mais maintenant que j'ai grandi, j'ai honte de faire ça…

— Et t'as pas honte de vendre le chat, espèce d'abruti ? Si ton frère l'apprend, il te tue. Tu l'as donné à qui ?

On pensait que le pire était passé, mais quand Caio a répondu à ma question, on a compris que c'était plus grave que ça n'en avait l'air.

— Au cirque des frères Chuan, a-t-il dit naïvement. Ils m'ont donné quarante-cinq pesos et ils m'ont dit qu'ils allaient le dresser. Mais après, ils vont nous le rendre, maman.

Zacarías (dans notre chambre), don Américo (dans la salle de bains) et moi (les vieux de la famille qui nous souvenons…) avons crié à l'unisson :

— Mais non, crétin !

Sans nous concerter, spontanément coordonnés, je suis allée m'habiller, don Américo est allé chercher de l'argent et Zacarías a appelé un taxi d'urgence. (Pourquoi faut-il, chaque fois que Caio a une idée, que tôt ou tard on ait besoin d'un taxi d'urgence ?)

— Grouille ! dis-je à l'imbécile. Grimpe dans le taxi avec nous et prie pour qu'il ne soit pas trop tard. Pauvre matou !

Caio s'est engouffré dans la voiture en pleurnichant et en nous demandant ce qui nous prenait. Durant le trajet, je lui ai raconté ce qu'il était le seul à ne pas savoir : le cirque des frères Chuan était arrivé pour la première fois à Mercedes de sa lointaine Chine il y a une quinzaine d'années. À l'époque, c'était un cirque célèbre qui ne manquait jamais son rendez-vous annuel chez nous. Il apparaissait toujours en été, il montait son chapiteau sur le terrain vague devant les barres d'immeubles et repartait au bout de deux semaines. Peu à peu, la crise a eu raison d'eux en même temps que du pays tout entier.

Dans les années 90, les frères Chuan (deux acrobates) avaient pris de l'âge. Ils n'arrivaient plus dans de grands camions comme avant, mais dans des caravanes déglinguées. Les vigoureux lions d'antan avaient le poil terne et les dents jaunes. Le clown Cheulín, devenu tout à coup un vieil ivrogne, ne faisait plus rire personne avec ses pirouettes, inspirant plutôt la pitié. L'homme fort était devenu moins fort qu'un singe, et le singe qui lançait des dards empoisonnés à la danseuse avait la maladie de Parkinson (on l'a su parce qu'il a tué la danseuse) et ainsi de suite. Pourtant, les enfants de Mercedes, avides de divertissements, continuaient de se réjouir à l'arrivée du cirque des deux Chinois.

— Mais il y a trois ans, expliqué-je à Caio d'une voix tremblotante, est arrivée une chose horrible.

— Io mé rappellé, dit Nonno en se signant, assis à l'avant du taxi.

— Moi, aussi, je m'en souviens, la vache ! ajoute le chauffeur de taxi en nous regardant dans le rétroviseur. Quel sale moment : j'y ai perdu Sultan, dans l'histoire.

— Qu'est-ce qui s'est passé ? ! demande Caio, de plus en plus effrayé.

— Ces salauds de Chinois volaient les chiens et les chats de Mercedes, Caio, l'informe sèchement Zacarías. Ils les tuaient ! Ils donnaient la viande de chien aux fauves, et la viande de chat, ils se la réservaient pour eux.

Silence général, puis Zacarías ajoute d'un ton docte :

— Les Chinois sont des gens bizarres…

— C'est pour ça que, maintenant, ils sont obligés de les acheter à des imbéciles comme toi, lui dis-je, parce que chaque fois que le cirque arrive à Mercedes, tout le monde met ses mascottes sous clé.

Caio s'est mis à pleurer et à ressentir le poids de la culpabilité :

— Les enfoirés ! crie-t-il. Ils m'ont dit qu'ils allaient dresser Cantinflas, pas qu'ils allaient le manger !

Une fois arrivés, on a remercié le chauffeur et on est partis en courant à travers le terrain vague. Le chapiteau était à moitié monté et il y avait déjà quelques gamins derrière la grille en train de regarder le programme du spectacle. On entendait un petit air de boîte à musique déglinguée. Caio nous a montré un vieux Chinois au dos voûté.

— C'est lui ! hurle-t-il. C'est lui qui m'a acheté Cantinflas…

C'était Li Chuan, un des deux frères, lequel s'est approché de nous et a exécuté une courbette.

— Bonsoil, chels amis, dit-il en se baissant comme s'il se prenait pour Gandhi… Le cilque ouvle ses poltes aplès le coucher du soleil. Il est encole un peu tôt. Hi hi hi…

— Assez rigolé ! Rends-nous le chat, enculé de Taïwanais ! dit Zacarías en agrippant l'acrobate par sa tunique bleue.

— Pas flapper, s'il vous plaît, pas flapper le vieillal ! dit le Chinois. Ici pas avoil de chat, chel monsieur.

Don Américo, expert en combats contre des étrangers, écarte Zacarías de la table des négociations et dit au Chinois, en lui montrant une liasse de billets :

— Vous êtes sour, pétite Chinois face dé tarte, que vous n'avez pas oune chat blanc dans la couichine ?

Voyant autant de billets de 20 pesos, Li Chuan a les yeux qui brillent. Il émet un petit sifflement fluet pour appeler son frère Joo Chuan qui, comme tous les Chinois, arrive en courant tout doucement.

— 홀ㄹㅋㄹ춈스ㅓㄹ튜ㅏㅅㄷㅍㄱㅎ, dit Joo.

— ㄷㅍㄱㅎ, lui répond Li Chuan en nous jetant un regard en biais.

— 스ㅓㄹ튜ㅏㅅㄷ, se réjouit Joo, puis il conseille à Li : 홀ㄹㅋㄹ춈스ㅓㄹ튜ㅏㅅㄷㅍㄱㅎ.

Le Chinois disparaît sous le chapiteau et revient avec Cantinflas dans un sac de supermarché.

— Cantinflas ! crié-je, émue. T'es vivant !

— Pcht, pas toucher chat, dit le Chinois Chuan. Nous vendle félin poul cent pesos. Cash. Pas chèque, pas calte, pas clédit.

— Affaire conclue ! dit mon beau-père en tendant l'argent au Chinois qui à son tour donne le chat avant de se mettre à compter les billets.

Alors qu'on repartait, le Chinois a rappelé mon beau-père (il n'aurait pas dû, il doit le regretter, maintenant).

— Messié ! dit le vieux. Attendle, s'il vous plaît.

On revient sur nos pas. Don Américo demande d'un ton sec :

— Qu'est-ce qué tou veux, sale Chinetoque ?

Et alors le Chinois, creusant sa propre tombe, montre Caio et lui demande :

— Le petit nain à vendle, messié ?

Il n'y a pas eu moyen de freiner mon fils. Blessé dans son amour-propre, Caio s'est jeté sur l'acrobate en hurlant « Japonais, tête de raie ! ». Je ne sais pas combien de côtes peut avoir un Chinois, mais le petit les lui a toutes brisées.

7 janvier 2004

Aurions-nous cessé d'être une famille modeste ?

Depuis une semaine, un doute me ronge jusqu'aux os. Mais il y a eu tellement de remue-ménage avec les fêtes, le retour de Nonno, l'arrivée de Loutchia, les vacances de Nacho et j'en passe, que c'est seulement maintenant que je peux m'asseoir chez moi et regarder tout autour. Hier, à midi, j'arrive dans la cuisine et je demande à mon mari de but en blanc :

— Chéri, qu'est-ce qu'elle est, pour nous, Negra Cabeza ?

Mon mari boit une gorgée de maté, me regarde comme si j'étais folle et me dit :

— Ben, notre bonne… non ?

— Comment ça, notre bonne ? lui dis-je. Depuis quand on a une bonne, nous ?

— Qu'est-ce que j'en sais, moi, depuis que tu l'as engagée comme bonne. M'emmerde pas avec ça, je lis…

— Je crois qu'on ne dialogue pas assez, Zacarías Estanislao : personnellement, je n'ai jamais engagé de bonne !

— C'est sûrement Nacho qui l'a fait, dit Zacarías sans y accorder plus d'importance que ça. Et c'est pas de dialogue, dont on a besoin, ajoute-t-il tout bas : il nous faudrait des sujets de conversation.

Je pars en trombe vers l'ordi et j'envoie un mail urgent à Nacho. Vers 5 heures de l'après-midi, on avait déjà engagé une petite discussion là-dessus :

> *Une petite question…*
> Ignacio, est-ce toi qui as engagé Negra Cabeza comme bonne ou comme autre chose ?
>
> *Re : Une petite question…*
> Salut, maman. Comme bonne ? Non. Negra Cabeza n'est pas la petite copine de Caio ?
>
> *Re : Re : Une petite question…*
> Bonjour, mon cœur, non, elle n'est pas la petite amie de Caio… Si c'était le cas, pourquoi est-ce qu'on lui verserait 120 pesos par semaine ?
>
> *Re : Re : Re : Une petite question…*
> J'en sais rien ! Je croyais qu'on la payait pour qu'elle soit la petite amie de Caio ! Mais si c'est pas le cas, faudrait arrêter de la payer.

Re : Re : Re : Re : Une petite question…

Ah, mon chéri ! j'ai l'impression qu'une inconnue habite chez nous depuis l'année dernière !

Ta petite maman.

— C'est un scandale ! dis-je à Zacarías en lui montrant les mails. Negra Cabeza habite chez nous, elle a même un trousseau de clés sans raison aucune, juste parce qu'elle l'a décidé. Cette maison est un moulin ! On a une intruse, une espionne chez nous, et personne n'est au courant !

Zacarías me regarde par-dessus son journal.

— Tu te rends compte ? Tu ne vas pas réagir ? C'est qui, l'homme de cette maison ?

Impassible, mon mari boit une gorgée de maté et fronce les sourcils.

— Ah ben oui, alors, c'est un comble ! L'eau a refroidi ! crie-t-il.

Negra Cabeza arrive illico de la buanderie :

— Excusez-moi, m'sieur, je m'occupais de la lessive… Je vous apporte tout de suite de l'eau chaude dans la Thermos pour votre maté. Vous désirez autre chose ?

— Oui, dit Zacarías. Un petit biscuit et un oreiller.

— Tout de suite, m'sieur, dit la chienne Cabeza avant de quitter la pièce.

Zacarías me lorgne d'un air espiègle. Mes cheveux se hérissent sur ma nuque :

— Venez par ici, Negra Cabeza ! lui dis-je sur un ton de mère excédée (un petit ton rapide, sans ponctuation ni respiration, qui marchait très bien sur Sofi).

— Oui, m'dame Mirta.

— Quelle place occupez-vous dans cette maison ? Est-ce que vous êtes la petite amie de Caio, l'employée de Nacho, la maîtresse de mon beau-père ? Qu'est-ce que vous fichez chez nous ?

— Moi ? dit-elle, étonnée, regardant mon mari d'un air complice. Je suis la bonne, m'dame Mirta.

Je ris :

— Nous n'avons pas de bonne et nous n'en aurons jamais !

— Ah bon ? rétorque la morue. Alors qu'est-ce que j'ai dans les bras, m'dame Mirta ?

— Du linge sale, lui dis-je.

— Vous me payez tous les combien ?

— Toutes les semaines.

— Je suis de quelle nationalité ?

Je me mords les lèvres.

— D'où je viens ? Répondez !

— Paraguay… je réponds, consciente d'avoir perdu la partie.

— Tout est dit, conclut-elle. Si vous permettez, je dois aller faire bouillir de l'eau pour don Zaca.

Puis elle s'éloigne en tortillant du popotin.

Mon mari va pour se retourner, mais je l'arrête à temps.

— Zacarías, si tu te retournes pour regarder ce cul, je te pète la gueule, compris ?

— Quel caractère de merde ! me dit-il, puis il replonge dans sa section des sports.

Hallucinante, la façon dont la vie vous signale que vous n'êtes plus aussi pauvre qu'avant. Que vous êtes un peu moins miséreux… Une bonne vous tombe du ciel ! Alors là, chapeau, monsieur Kirchner ! Merci pour le geste !

8 janvier 2004
Caio possède une âme

Zacarías et moi buvons du maté. En permanence. À n'importe quelle heure. Les fois où nous avons été sur le point de nous quitter, les fois où un nouvel enfant est arrivé à la maison, la fois où on l'a viré de son travail, la fois où l'Argentine a été championne du monde, la fois où les tours jumelles se sont écroulées. Quand maman est morte… Entre Zacarías et moi, il y a eu des jours où on ne s'est pas fait de bisou le matin, des semaines où on ne s'est pas adressé un mot, des mois entiers où on ne s'est pas mélangé les poils, de longues années sans un sou en poche. Mais, dans notre vie de couple, il n'y a jamais eu une seule journée où on ne s'est pas assis en silence pour boire du maté.

Le maté n'est pas une boisson, mes chéris qui habitez dans d'autres contrées. Enfin si. C'est un liquide qu'on absorbe par la bouche. Mais ce n'est pas une boisson. Dans ce pays, on ne boit pas de maté pour étancher sa soif. C'est plutôt une habitude, comme de se gratter. Le maté est exactement le contraire de la télévision. Quand vous êtes en compagnie de quelqu'un, il vous incite à discuter. Quand vous êtes seul, il vous invite à réfléchir. La première phrase que vous prononcez, quand quelqu'un arrive chez vous, c'est « Bonjour », et la deuxième « Un maté ? ».

C'est pareil dans toutes les maisons. Chez les riches comme chez les pauvres. Chez les peaux de vache et les mégères comme chez les forts en thème et les immatures. Chez les vieux des services gériatriques et chez les adolescents pendant qu'ils font leurs devoirs ou qu'ils se droguent. C'est la seule chose que partagent les parents et les enfants sans discussion ni reproches. Péronistes et radicaux font infuser le maté sans se poser de questions. En été comme en hiver. C'est le seul point où victimes et bourreaux, gentils et salauds se rejoignent.

On commence à donner du maté à un enfant dès qu'il en réclame. Caio a commencé à cinq ans. Sofi à neuf. Nacho à trois. On le leur donne tiède et très sucré, ça leur donne l'impression d'être grands. On se sent tellement fier quand un petit morveux de son sang commence à boire du maté. On en est ému jusqu'aux larmes. Ensuite, au fil des années, ils choisiront de le boire amer, sucré, très chaud, froid, à l'écorce d'orange, à la menthe, avec un filet de citron.

Quand on rencontre quelqu'un pour la première fois, on boit quelques matés ensemble. Quand on ne se connaît pas bien, on demande :

— Amer ou sucré ?

Et la personne répond :

— Comme toi.

Quand je vous écris, j'ai toujours mon maté à côté du clavier. Je lis vos commentaires avec le maté à portée de main. En Argentine et en Uruguay, les claviers sont toujours pleins d'herbe à maté. L'herbe, c'est la seule chose qui ne manque jamais, dans aucun foyer. Qu'il y ait de l'inflation, que les gens aient faim, que les militaires soient au pouvoir, que la démocratie soit revenue, quels que soient nos fléaux et nos sempiternelles malédictions, le maté ne vient jamais à manquer. Si un jour on est à court de maté, on va voir le voisin qui en a à tous les coups. On ne refuse de l'herbe à personne. Même pas à la vieille Monforte.

Ce n'est pas pour rien que j'écris ça. Aujourd'hui, on est tous rentrés à la maison en même temps et on a trouvé Caio en train de boire du maté tout seul. Jamais auparavant il n'avait bu du maté tout seul. Toujours avec le Chilien Calesita ou avec sa sœur ou avec nous. Jamais seul.

L'Argentine est l'unique pays au monde où l'on décide de ne plus être un enfant et de devenir un homme un jour particulier. Il n'est alors question ni de pantalons longs, ni de circoncision, ni d'université ou de départ de chez ses parents. Chez nous, on commence à être un adulte le jour où l'on ressent pour la première fois le besoin de boire du maté tout seul. Ce n'est pas par hasard. Ça n'a rien d'arbitraire. À l'instant où un gamin met la bouilloire à chauffer pour boire son premier maté en l'absence de toute autre personne à la maison, à cet instant précis, il a découvert qu'il avait une âme. Qu'il soit mort de trouille, éperdu d'amour ou autre chose, ce n'est en aucun cas un jour banal.

Caio ne comprend pas ce qui lui arrive. Il ne gardera aucun souvenir de ce jour. Aucun de nous ne se souvient de la première fois où il a bu du maté tout seul. Mais ça a forcément été un jour important pour chacun de nous. On a subi une révolution intérieure.

Je ne me rappelle pas le jour où je l'ai fait. Zacarías non plus. Toujours est-il que Caio a commencé à boire du maté tout seul, aujourd'hui, le 8 janvier 2004, passé minuit. Cachés dans le couloir, son père et moi avons commencé à le considérer avec un certain respect.

9 janvier 2004
Feu ma belle-mère

En rentrant d'Europe, don Américo avait beaucoup changé, il était devenu presque humain. Depuis plusieurs jours, il pleure dans un coin parce qu'il regrette d'avoir si mal traité sa défunte épouse. On avait épuisé toutes nos ressources quand Negra Cabeza, qui est un peu sorcière, a dit qu'on pouvait invoquer ma belle-mère, feu Mme Franchesca, pour que Nonno lui demande pardon. Dans son élément, Negra Cabeza a enfilé une tunique grise et a demandé le silence d'un regard terrifiant :

— *Tekove vai ndajeko hosãva*… a-t-elle commencé, les paupières closes.

— Qu'est-ce qu'elle raconte ? m'a susurré Zacarías.

— Ccchut ! lui ai-je dit.

— L'une qui parle en guarani et l'autre en pneu crevé, se plaint mon mari. Ensuite on vient se plaindre que les hommes ne comprennent pas les femmes !

— Chilence, figlio ! se plaint mon beau-père. Tou vois donc pas qué nous sommé toutti in tranzé ?

— … *ha upére ha'e anga namanói*, poursuit

Negra Cabeza en serrant fort les mains de ses anciens amants.

— J'ai tout le corps qui me démange, chuchote Caio.

— Lave-toi, lui dit Sofi, tu dois avoir des morpions.

— Suffit, ce bordel ! bondit Zacarías en se levant et en rallumant la lumière. Je ne suis pas là pour m'amuser, mais pour accueillir ma défunte mère qui doit revenir de je ne sais où. Le match Argentine-Pérou commence dans une demi-heure et ce n'est pas ma mère, morte ou vive, qui me le fera rater. Si vous faites encore une fois les cons, je vous démolis le portrait.

Silence absolu. Caio et Sofi sont si habitués à se faire tabasser par leur père qu'il suffit qu'il hausse le ton pour qu'ils aient des bleus plein le corps. C'est un effet de la peur ! Rien à voir avec les fantômes.

Après le coup de gueule de Zacarías, plus une mouche n'a volé dans la maison.

— Si tu es là, Francesca Davicce de Bertotti, a repris Negra Cabeza, fais-nous le savoiiiir…

On attendait, pétrifiés, l'ouïe aux aguets. Rien.

— Dis-lé loui plous forte, chuchote Nonno, elle était déjà sorde de son vivant, imagine maintenant avec des pétité asticotes dans les tymepannes…

— Franchesca ? ! a crié Negra Cabeza, ce qui nous a tous fait sursauter sur notre chaise.

Et là, on a entendu deux petits coups sur la table : toc toc. C'était tout à fait net et surnaturel.

— Oh, putain ! ai-je dit, terrifiée, laissant échapper un filet de pipi.

— C'est grand-mère ? a demandé Sofi, jaune comme quand elle a eu l'hépatite.

— Maman ? a demandé Zacarías, les yeux embués de larmes. C'est toi, maman ?

Negra Cabeza, imperturbable, est revenue à la charge :

— Franchesca… a-t-elle dit d'une voix monocorde. Vous pouvez utiliser mon corps comme réceptacle temporaire pour communiquer avec votre famille…

Soudain, la Paraguayenne a tourné sur son axe, restant une seconde suspendue à dix centimètres de sa chaise. Quand elle est retombée, toute ramollie, ses yeux n'étaient plus les mêmes.

— Franchesca, amore mio ! a alors hurlé don Américo, et il s'est agenouillé pour lui baiser les genoux.

— Lèèève-toiii, a dit une voix calme et sérieuse à l'intérieur de Negra Cabeza. Ne m'embrasse pas, mascalzone, mauvais mari…

— Tou né m'as pas encore pardonnato, Franchesca ? pleurniche mon beau-père en baissant la tête avec amertume.

— Ce n'est pas toi que je suis venue voir, a dit Franchesca, je suis venue voir mon fils et mes deux petits-enfants que je ne connais pas…

D'un geste, je fais comprendre à Caio d'arranger ses cheveux devant sa grand-mère.

— Maman, ma petite maman, dit Zacarías, avançant timidement d'un pas. Voici Claudio, vous étiez très malade quand il est né… Il est un peu con, mais c'est votre portrait tout craché.

— Bonjour, dit Caio, mort de trouille. Comment ça va, là-dedans ?

Zacarías assène une chiquenaude à son fils et reprend :

— … et voici Sofía, maman, notre petite dernière, qui est née alors que vous aviez déjà rejoint l'autre monde.

Franchesca regarde Sofi et lui adresse un sourire cadavérique.

— Bambina, va embrasser la Nonna, dit don Américo.

— Pas question que j'embrasse la bonne ! proteste Sofi.

— Sofía… ma chérie… tu vas t'en prendre une… chuchote mon mari en lui pinçant le bras. Allez, un bisou à ta mamie ou je t'arrache les yeux !

Sofi s'approche en pleurant et, d'un air dégoûté, tend sa joue, à deux centimètres des lèvres de Negra Cabeza.

— À toi, maintenant, Zacarías, mon fils… Approche et serre-moi fort, dit la morte.

Tremblant d'émotion, mon mari s'approche de la morte et la serre fort. Mais je suis une épouse avant d'être une femme crédule et je bondis de ma chaise :

— Tu lui as touché le cul, je t'ai vu, Zacarías !

— Comment ça, je lui ai touché le cul… Tu vois bien que c'est ma mère ! Et qu'elle est morte, en plus ! me dit Zacarías.

— Ta mère, mon œil ! Ta mère n'avait pas un petit cul rebondi.

— C'est ma mère qui est en elle ! s'efforce de me faire comprendre mon mari.

— Si c'est ta mère, qu'elle tende le bras et tu lui donneras la main. Mais pas question que tu touches un cheveu de la Paraguayenne, espèce de sagouin !

Je sens des doigts glacés se poser sur mon épaule :

— Mirta… dit Franchesca d'une voix d'outre-tombe, puis elle me regarde. Tu te trompes. J'ai donné le sein à cet homme-là…

Caio dit :

— Allez grand-mère, montrez-nous un sein !

— C'est fini ! conclué-je en rallumant. Je ne veux plus de morts dans cette maison ! Vous croyez quand même pas que je vais marcher dans vos petits jeux de colonie de vacances… Non mais, puis quoi, encore !

— Mais c'est ma mèèèèère ! crie Zacarías, désespéré. C'est ma maman !

— Comment ça, ta mère ? dis-je, secouant un peu la Paraguayenne qui commence à reprendre ses esprits.

— Mamaann ! crie Zacarías. Ne m'abandonne pas encore une fois !

On a tous dîné en silence, évitant d'aborder le sujet. À présent Zacarías regarde le foot, mais il ne suit pas le match avec grand intérêt. Il est comme hébété… Je crois qu'il repense à sa mère, le pauvre. Après tant d'années, il l'avait eue tout près de lui et je ne l'ai pas laissé en profiter à souhait.

Je sais bien qu'il m'arrive d'être un peu égoïste, mais c'est plus fort que moi. La jalousie n'en a rien à faire de la métaphysique et de l'au-delà… Sans compter que je ne crois pas beaucoup aux morts, je crois plutôt aux vivants. Et j'ai comme l'impression que Zacarías et Negra Cabeza se fichent de moi…

12 janvier 2004
Frayeurs surgies du passé

C'est Sofi qui a apporté la nouvelle à la maison ; elle a le nez pour découvrir les cachotteries de Caio. Elle nous a assuré avoir entendu son frère parler au téléphone avec le docteur Mastretta et lui avouer que la chanson de Pinocchio blessé était la chose qui lui faisait le plus peur au monde.

— Oh, pauvre chou, dis-je. Je me souviens que, quand il était petit, il chiait dans son froc chaque fois que je la lui chantais… Tu t'en souviens, chéri ?

— Oui, je m'en souviens, c'était à mourir de rire… a ricané Zacarías, puis il a regardé Sofi et lui a dit : dis donc, mon chou, comment se fait-il que tu écoutes les conversations de ton frère avec son psychologue ?

Sofi a baissé les yeux.

— C'est quoi, ça ? Tou attends que la pétité nous apporté les nouvellé frrraîches pour t'inquiéter de morale ! la défend Nonno.

Caio était en train de se laver les mains pour passer à table. Quand il est revenu, on a fait mine de rien et on a changé de conversation.

Alors qu'on en était aux raviolis, battant le rythme avec sa fourchette, don Américo a entonné tout bas :

— Au vieil hôpitalé pourr marrionnetté, fredonnait-il en souriant d'un air goguenard, arriva, tout éclopé, le pauvero Pinocchio…

Caio a accusé le coup, faisant semblant de ne pas avoir entendu. Il a continué à manger comme si de rien n'était, mais on a remarqué que sa lèvre inférieure commençait à trembloter, comme si quelqu'un sous la table la lui actionnait à l'aide d'une ficelle.

Sofi s'est jointe à Nonno pour chanter :

— Un épouvantail cruel et malfaisant… le surprit dans son sommeil et l'agressa !

Caio tremblait comme une feuille, il avait cessé de manger et roulait des yeux. On aurait dit qu'il était sur des montagnes russes. Zacarías s'est levé et, secouant sa serviette comme un danseur folklorique, a mis son grain de sel pour prolonger le martyre :

— Il arriva, le nez en compote… la jambe fendue à trois endroits…

Et Sofi d'enchaîner, d'une voix d'outre-tombe :

— … une grave lésion interne que le médecin de garde lui soigna…

J'avais de la peine pour le petit, d'autant qu'il avait des larmes grosses comme des pièces de monnaie au coin des yeux et qu'il nous regardait comme si on était des fantômes. Mais la joie familiale eut le dessus, de sorte que je me suis levée et que j'ai chanté le refrain :

— On appela d'urgence un vieux chirurgien qui, bientôt, avec sa vieille science, le répara…

Puis Nonno prit la relève :

— … mais il dite aux autrrés pantins qui étaient là…

La famille entourait Caio pour la cerise sur le gâteau :

— Tout cela ne sert à rien : il lui manque un cœur !

On n'a pas eu besoin de continuer : Caio a poussé un cri de frayeur, s'est levé de table en pleurant et a bondi par la fenêtre en faisant une roulade. Une fois dans la cour, il s'est mis à courir, a enjambé le muret qui nous sépare de chez la vieille Monforte puis a gagné la rue à toutes jambes.

— Ne cours pas, ce sera encore pire ! lui criait Zacarías.

On est restés un moment à la fenêtre à le regarder : il avançait à grandes foulées d'un mètre cinquante, comme un possédé, puis, avalé par le coin de la rue, il est sorti de notre champ de vision.

On s'est réparti ses raviolis et on a continué à chanter la fin de la chanson. Quel nigaud, ce Caio, alors ! Je crois qu'il devrait affronter ses peurs comme un adulte, autrement il ne va jamais s'en débarrasser.

13 janvier 2004
Dis, m'man, c'était quand, ta première fois ?

Sofi est entrée dans la cuisine pendant que j'attendrissais les escalopes sur le plan de travail et elle m'a lâché sa question sans préambule, en me regardant droit dans les yeux : « Dis, m'man, à quel âge tu t'es fait dépuceler ? » La petite massue est partie en l'air et a heurté la nuque de don Américo qui regardait le journal télévisé de Santo Biasatti dans la salle à manger :

— Assassina ! Figlia da putana ! a hurlé le vieux, puis il est parti s'enfermer dans sa chambre. Mais je n'étais pas d'humeur à m'excuser. Sofi attendait sa réponse.

— Tu trouves que c'est le moment de parler de ça, chérie ? lui dis-je, le visage écarlate. Ton frère et ton père vont revenir d'un moment à l'autre…

— Je ne veux pas en parler, t'as juste un chiffre à me donner, insiste Sofi.

— Un chiffre ? lui dis-je. De un à mille ?

— Un âge, maman, fais pas semblant de pas comprendre !

— Écoute, Sofía, je suis en train de battre les œufs, arrête de m'enquiquiner, lui dis-je en tremblant.

— À quel âge tu t'es fait dépuceler, m'man ? insiste la garce.

— Tu ne veux pas aller voir ton émission, maintenant que ton grand-père a libéré la télé ?

— À quel âge tu t'es fait dépuceler !

— À dix-neuf ans, chérie, à dix-neuf ans, dis-je en pointant le couteau entre ses deux yeux. Voilà, t'es contente, espèce d'effrontée ? Et maintenant file avant que je te jette l'huile au visage.

— Dix-neuf ans ? C'est vieux ! me dit la rosse. Et c'était avec papa ou avec un mec quelconque ?

C'était le pompon. Je ferme les yeux et je m'essuie les mains sur le tablier en soufflant par la bouche, puis je la saisis par les épaules. Le plus sereinement du monde, je lui demande :

— Ne me dis pas qu'on est en train d'avoir la discussion sur le sexe qu'ont toutes les filles avec leur mère arrivé un certain âge ? (Je la regarde fixement et elle ne me répond pas.) C'est ça qui se passe, Sofía Mirta ?

— J'en sais rien… me dit-elle. Peut-être bien que oui.

— C'est maintenant que tu te réveilles ! Ça fait deux ans que j'attends ce moment… je lui avoue. Mais il fallait que ça soit maintenant, un lundi à 13 h 30 ? Regarde comment je suis fagotée ! Regarde mes cheveux… Un peu de sens de l'à-propos, voyons, Sofía…

— T'essaies de te débiner… me dit-elle.

— Pas du tout ! Normalement, une rencontre au sommet dans les rapports mère-fille, ça se passe le soir, Sofía, à l'heure où tout le monde dort, dans la plus stricte intimité.

— Pourquoi ?

— Parce que c'est une conversation entre femmes, sur un sujet sensible… Je m'imaginais vêtue du chemisier bleu roi que je portais pour Noël, le matelassé, tu vois… Et toi, dans ton pyjama en tissu tout léger… En train de boire un Nescafé toutes les deux…

— Vous parlez de quoi ? demande Zacarías, entrant dans la cuisine en même temps que Caio.

Un moment, j'ai cru que j'étais sauvée, mais Sofi a foncé sur son père :

— Dis, p'pa. C'est toi qui as dépucelé maman ou c'en est un autre ?

J'ai fermé les yeux, m'attendant à entendre claquer la gifle, mais Zacarías a pris un morceau de fromage dans le frigo et a dit :

— Moi, bien sûr ! Qui voulais-tu que ça soit ? répond le vaurien le plus naturellement du monde. C'était dans une 2CV… Ta mère grognait comme une truie !

— Hé-hé ! rigole Caio en donnant une tape à son père.

J'étais rouge de honte : j'aurais voulu être avalée par la terre et ressortir au Tibet pour commencer une nouvelle vie. Au lieu de quoi, Nonno a glissé sa tête dans l'encadrement de la porte et a dit en levant l'index :

— La doux-chévaux était à moi !

Parfois j'aimerais avoir une famille comme celle de *La Petite Maison dans la prairie*. La question la plus impertinente que Laura ait jamais posée à sa mère portait sur la manière d'enfourner les petits pains. Mais il est clair que je n'ai jamais eu de chance, dans la vie !

15 janvier 2004
Les enfants ne sont pas tous pareils

Nachito a appelé hier de Bariloche. Il dit qu'on lui manque, qu'ils sont sur la piste de la mère de Loutchia ; il dit aussi qu'il est amoureux… Après avoir raccroché, sans doute parce que je suis sensible en ce moment, je me suis assise sur le canapé et j'ai versé quelques larmes. Pas de chagrin, non ; une de ces réactions qu'on a parfois sans comprendre pourquoi. Ça fait longtemps que je ne fais plus ce cauchemar avec Nacho, ce rêve dégoûtant. J'espère que tout se passera bien pour mon petit, parce que c'est une perle.

Caio, qui fumait du haschich et s'amusait à noyer des fourmis dans un verre d'eau dans la salle à manger, s'est mis à me regarder. Il s'est approché tout doucement. Caio a toujours été très impressionné par mes pleurs. Ça l'effraie.

— Tu vois que je ne suis pas le seul de tes enfants à te faire pleurer ? me dit-il, content.

Caio a toujours été jaloux de son frère et de sa sœur. Il est si jaloux qu'un jour, voyant que son père collait une mornifle à Sofi, un de ses beaux revers bien sonores, il m'a regardée d'un air rageur et m'a dit : « Tu vois ? Papa ne s'applique jamais autant pour me frapper, moi. » Malade de jalousie, ce Caio.

— Je pleure parce que Nachito a appelé.

— Eh oui ! Nacho te fait pleurer, lui aussi… Finalement, il est moins bon fils qu'on ne croyait, dit-il, triomphal.

— Oh, Claudio, ne dis pas de bêtises, ça me fait mal aux varices, le grondé-je. Ce n'est pas comparable : Nacho me fait pleurer de joie, alors que toi, tu me fais pleurer de désespoir, par exemple quand tu mets le feu à l'école ou que tu passes ta journée à essayer de faire un pentagramme avec tes excréments…

— Pas un pentagramme, non ! J'essaie de faire la clé de sol, me corrige-t-il. Tu vois que t'en as rien à cirer de ce que je fais !

— C'est faux, lui dis-je en essuyant mes larmes. Mais tu fais de ces trucs, aussi…

— Comme n'importe quel garçon de mon âge.

— Les enfants de ton âge jouent au foot, Claudio : ils ne passent pas leur temps à chier et à photographier leur merde… Les garçons de ton âge se droguent en cachette… Tu trouves normal de me recracher à la figure la fumée de cette saloperie ?

— C'est de ma faute, si mon dealer, c'est Nonno ? me demande-t-il. Les garçons de mon âge sont obligés d'aller à la Pampa Chica pour chercher du shit. Moi, j'ai juste à aller dans la chambre à côté… C'est pas facile, de se cacher dans un couloir.

— J'ai bon espoir que tu grandiras un jour.

— Moi aussi ! me dit-il. Tous les lundis et tous les jeudis, je me pends par les pieds dans la cour. L'an dernier, j'ai pris deux centimètres. Je fais déjà un mètre quarante-sept, et si je me coiffe comme Elvis, j'arrive à un cinquante, mais j'aime pas ça. J'aime encore mieux être petit que d'avoir un style rétro.

— Je voulais dire que tu grandisses intérieurement, Claudio, intérieurement ! lui dis-je en lui donnant une chiquenaude sur la tête. Que tu arrêtes de te droguer, que tu trouves une fille de ton âge… Voilà ce dont je rêve… Que tu t'en sortes dans la vie. Quand ça arrivera, je pleurerai de joie à cause de toi aussi.

Il me regarde fixement.

— Je te promets que quand j'arriverai à faire la clé de sol et que je serai champion sud-américain de crotting, je t'achèterai une petite maison et une robe neuve, maman…

« Décidément, ce petit est fichu », ai-je pensé. Je me suis caché le visage et j'ai fondu en larmes. Alors il m'a serrée dans ses bras et m'a dit :

— Là t'es en train de pleurer de joie grâce à moi, pas vrai, mamounette ?

16 janvier 2004
Va donc te frotter la bouche avec du savon

J'en ai assez de les entendre parler comme des charretiers du matin au soir, mon mari, mon beau-père et les enfants… De vrais poissonniers. On ne peut donc pas dire les choses autrement ? Je me le demande. Assez de les entendre jurer à toute heure du jour et de la nuit. Mais il est inutile que je le leur dise, ce n'est pas leur faute, c'est dans l'air du temps.

J'ai parfois la nostalgie de cette époque où on déguisait les jurons.

— Punaise de Chine ! s'exclamait ma mère quand elle se piquait le doigt avec une aiguille, mais elle y mettait le même ton que si elle avait dit « Putain de chiotte ! ».

Le tout était de trouver un mot qui commence par la même syllabe, d'avoir la bonne intonation puis de bifurquer au bon moment.

— Bout d'aile de mouette… disait mon père au lieu de « bout d'aile de merle », qui était déjà le camouflage de « bordel de merde », juron qu'on n'entendait que dans la rue, jamais à la maison. Bon sang, ce qu'on était bien élevés et équilibrés.

Comme à cette époque les choses avançaient lentement, qu'il n'y avait pas de télévision ni rien de tout ça, j'ai longtemps cru que le mot « bout d'aile » était en soi un gros mot. Je le cherchais dans le dictionnaire et, ne le trouvant pas, cela me confirmait que c'était un terme vraiment très grossier. Ce n'est que vers l'âge de treize ans que j'ai compris de quoi il s'agissait.

« Mercuriale ! » s'exclamait ma mère quand elle faisait tomber la bouteille de lait en verre par terre. Quant à mon petit frère, il disait souvent « pique ta sœur », au lieu de « nique ta… ». Je lui en ai toujours été très reconnaissante.

Dans la rue, avec ses amis, au travail, mon père proférait des insanités interminables. Un jour que je me tenais à la fenêtre de chez nous, je l'ai entendu dire à un type qui avait enfoncé le garde-boue de sa Studebaker : « Putain de connard de fils de pute d'enfoiré de ta chienne de mère, bordel à queue ! » J'ai mémorisé la phrase et, le soir, j'ai compté sur mes doigts, elle contenait dix-sept mots. Mon père était une sorte de Victor Hugo du gros mot. Mais jamais à la maison.

— Tu me casses les nouilles ! disait-il quand il se disputait avec maman.

« Je chie sur deux », disait-on couramment au lieu de « Je chie sur Dieu », car Dieu s'énervait, mais pas les chiffres (c'est du moins ce qu'on pensait jusqu'à l'inflation monstre qu'on a connue sous Alfonsín). On remplaçait le mot « chier » par « chipoter ». « Ton frère a chipoté dans sa culotte », me disait ma pauvre mère.

C'était une autre époque. Tout à l'heure, Sofi et Nonno se sont pris le bec parce que Nonno fait parfois la sieste sur le lit de Sofi, or Sofi n'aime pas ça parce que le grand-père bave sur son oreiller et laisse des auréoles. Ils se sont balancé de tout. Il n'y en a pas eu un pour rattraper l'autre. J'avais de la visite. Quelle honte… Mais le pire de tout, c'est Sofi qui l'a dit :

— Non, mais, suce-moi la chatte, espèce de vieux trou du cul !

— Sofía ! l'ai-je grondée. Va te frotter la bouche avec du savon !

C'était facile, avant, de tout mettre sur le dos de Menem. Mais l'homme n'est plus là. Heureusement qu'il nous reste Internet… Maintenant, on peut tout mettre sur le dos d'Internet. Alors j'ai dit à Sofi que, tant qu'elle n'aurait pas recours à la métaphore pour insulter les gens, je ne la laisserais plus utiliser l'ordinateur le soir. Putain, mais où est-ce qu'elle apprend à s'exprimer comme une pouffiasse, cette petite conne, si ce n'est sur Internet ?

19 janvier 2004

Le soir où nous avons été riches

Depuis que Nacho est parti, on gagne toujours autant, mais ça part plus vite. L'argent nous file entre les doigts et nous ignorons comment. Le pompon, ça a été hier, dimanche, où on n'avait même plus de quoi acheter le pain. « Pour l'amour de Dieu, comment est-il possible qu'il n'y ait pas un kopeck pour acheter un demi-kilo de pain, dans cette maison ! » ai-je commencé à hurler comme une folle, dans un accès de panique. Alors Nonno s'est levé de son fauteuil et a dit :

— Io crois qué lé moment est arrivato !

On n'a rien compris. Le grand-père est parti dans sa chambre, puis il est revenu aussitôt avec une énorme valise. On a tous fait un cercle autour de lui, y compris Zacarías qui regardait une course de F1.

— Y a quoi, dans cette valise, Nonno ? demande Sofi.

— Dou fric, bambina ! s'est exalté le grand-père. Toutté les miennes économié de la vente de l'ancienne maisonne !

— Quelle maison ? Celle de la Trocha qu'on a vendue, papa ? s'est étonné Zacarías. Celle où on habitait quand j'étais petit ?

— Ecco ! Chento vingté milliardes di pesos !

Zacarías m'a serrée dans ses bras. J'ai remarqué qu'il tremblait. Il m'a dit à l'oreille :

— Je me suis toujours douté de quelque chose… L'argent de l'ancienne maison a disparu. Maman pensait qu'on nous l'avait volé… Je crois qu'on est sortis d'affaire, Mirta, c'est beaucoup d'argent.

Nonno ouvre la valise d'un geste triomphal. Zacarías, pauvre innocent, devient pâle comme un linge. Caio s'approche, regarde les billets et demande :

— C'est quoi, papa ? C'est des dollars ?

J'ai regardé de plus près : je suis tombée de l'armoire et le sourire qui s'était figé sur mes lèvres s'est transformé en horrible grimace lorsque j'ai reconnu la tête de San Martín tout jeune.

— Papa… dit Zacarías, dégonflé. Pourquoi est-ce que vous avez gardé ça ? Vous êtes con ou quoi ? Se sont des pesos en monnaie nationale, d'avant l'époque de Lanusse…

— Ecco !! Répète mon beau-père, ravi. Chento vingté milliardes !

Zacarías a envie de le plaquer contre le mur. Je le connais.

— C'est beaucoup ? s'informe Sofi, qui se demande encore comment réagir. Elle va chercher une calculatrice pendant que mon mari et moi examinons les énormes liasses bleues empilées les unes sur les autres.

— Aboule, petite ! File-moi cette calculette, dit Zacarías, bouillonnant, puis il commence à faire la conversion. Il n'y a pas assez de place pour tous les zéros. 120 milliards de pesos, ça se dit vite, mais il faut un moment pour l'écrire.

On regardait tous Zacarías, aux aguets. Il transpirait et marmonnait pendant qu'il faisait le calcul :

— Monnaie nationale en pesos, valeur en 1970, j'ôte quatre zéros, dit-il en sortant le bout de la langue, ensuite je convertis en pesos argentins de 1983, j'ôte trois zéros… je convertis en australes, j'enlève quatre zéros…

Caio me regarde :

— Qu'est-ce qu'il fait, comme calcul ? Pourquoi il dit « j'ôte » ? Quand on additionne, on dit pas « je retiens un », « je retiens deux » ?

— Dans le reste du monde, peut-être, lui dis-je. Mais ici, en Argentine, il y en a un seul qui retient tout, et, avant de partir, il ôte quatre zéros à ce qu'il laisse, pour ne pas que ça se voie…

— Ah ! fait Caio.

— Tu arrives à combien, chéri ? je lui demande en me frottant les mains sur le tablier.

— … en pesos actuels… Ça me donne…

Zacarías appuie sur le bouton « = » et dit d'un filet de voix :

— Un peso vingt…

Parfois, le monde s'écroule en silence. Les briques vous tombent sur la tête sans bruit. C'est comme un bombardement d'avions invisibles. Pourtant, on transpire comme en pleine guerre. Voilà à quoi ressemblèrent les vingt secondes de silence qui s'ensuivirent et que Caio interrompit en disant :

— C'est bien, non ? Pile de quoi acheter du pain. On n'avait pas besoin d'un peso pour le pain ? Il nous restera même vingt centimes pour acheter du papier à rouler.

On est partis faire la sieste avec une boule dans la gorge. Je dis toujours que le problème de ce pays n'est pas d'ordre économique. Le problème, c'est qu'il n'y a pas de règles… Ils sont beaux, les pays qui ont des règles. Comme l'Allemagne ou Cuba.

En Allemagne, on sait dès sa naissance qu'on est riche et qu'on le restera. À Cuba, c'est pareil : on naît en sachant qu'on sera toujours un crève-la-dalle. Personne ne parle argent, dans ces endroits-là. À quoi bon, puisque tout est joué d'avance.

Ici… en Argentine, la seule chose qu'on sait depuis sa naissance, c'est qu'on parlera toujours d'argent, sa vie durant ! C'est tout ce qu'on sait. Difficile de savoir si ce qu'on a est réellement ce qu'on a. Le jour où on sait ce qu'on a, on ne sait pas si ce qu'on a vaut ce que ça dit valoir sur le papier. Jusqu'au jour où on l'apprend. Et là, paf ! On nous explique qu'on ne peut pas le retirer avant que ça vaille beaucoup moins…

Nous, par exemple, on a été riches jusqu'aux années 80 et on vient de l'apprendre ce soir, grâce à la valise de Nonno. Mais ça nous a laissé le sentiment qu'hier, quand on ne savait pas qu'on avait été riches, on était bien mieux lotis que maintenant.

20 janvier 2004
Jalousie de rhinocéros

La jalousie de Zacarías est d'un style quelque peu préhistorique. Il me semble que sa manière de délimiter ce qui lui appartient, il la tient de ses ancêtres rhinocéros. Car je ne pense pas que mon mari descende du singe, ces bêtes si drôles et sympathiques.

Douglas est venu dîner hier soir. « Je viens en paix », m'a-t-il dit : il voudrait qu'on redevienne amis comme au début. Ça m'a ôté un poids, alors je l'ai fait entrer. L'Uruguayen était tout content, mais Zacarías a été pris d'une de ses crises de jalousie qui ressemblent à des crises de gastrite : pendant tout le dîner, il n'a pas arrêté de roter, de se gratter l'intérieur de l'oreille avec le manche du couteau, de manger la bouche ouverte et de raconter des blagues salaces.

Caio adore cette facette jalouse de son père et il rit de tout, de chaque bruit, de chaque goujaterie… On dirait que le rire de Caio encourage mon mari, l'incite à en faire deux fois plus. Si précédemment il avait roté, ensuite il soulève une fesse et émet un bruit de ventilateur ; si, au plat de résistance, il mangeait la bouche ouverte, au dessert il nous montre carrément ce qu'il est en train de mâcher… Et ça va en empirant. Un cercle visqueux entre le père et le fils qui nous fait honte, à Sofi et à moi.

Douglas, le pauvre homme, qui venait avec l'espoir d'une conversation profonde, vu que c'est une âme délicate, a résisté courageusement au concert de pets. Les six premières fois, il a même esquissé un sourire. Ensuite, il essayait de faire semblant de ne pas entendre, mais je l'ai vu retenir sa respiration à deux ou trois reprises.

Le chef cuisinier oriental ne s'est pas attardé. Il a poliment serré la main à tout le monde et m'a dit qu'il avait passé une excellente soirée. Il m'a salué très poliment, mais j'ai vu au fond de ses yeux qu'il s'apitoyait sur mon sort.

Le soir, au lit, j'ai fait la gueule à Zacarías. Je ne lui adressais plus la parole. Une demi-heure plus tard, il m'a sondée :

— Qu'est-ce qui t'arrive, ma poule ? T'es en rogne ou quoi ?

— Tu le fais exprès, voilà ce qui m'arrive ! T'es insortable ! Tu fais ça pour me ridiculiser devant ce brave homme, qui est une crème.

— T'es conne ou quoi ? Tu vois bien que c'est moi, qui me ridiculise.

— Et alors, pourquoi tu fais ce numéro quand on a du monde ?

— Pas quand il y a du monde, m'explique-t-il en faisant comme ça avec le doigt. Seulement quand on a des bourdons uruguayens comme ce bouffon qui veut t'attirer au pieu avec ses phrases ronflantes…

C'est le moment que je préfère, quand Zacarías commence à faire le coq. Mais je continue malgré tout à feindre la colère.

— Et ça rime à quoi, de roter et de lâcher des pets, Zacarías ?

— Ça rime à quoi ? Ça rime à quoi, qu'elle dit ! Je fais comprendre aux bourdons que leurs efforts ne valent pas un pet, tiens ! m'explique-t-il. Que c'est pas pour mon élégance que tu m'as choisi, mais parce que j'en ai une énorme. Que notre histoire est purement sexuelle. Alors ils s'en vont, les connards, la queue entre les jambes, comme ce freluquet. Il est parti en se disant que j'en avais une maousse.

— Mais enfin ! T'en as une toute petite, lui dis-je, sans pouvoir m'empêcher de rire.

— Je sais, espèce d'idiote, mais eux ils peuvent pas savoir, si avec moi on touche le gros lot ou pas…

— Ah, Zacarías ! T'es vraiment cinglé, dis-je en éteignant vite la lumière au cas où la jalousie lui durerait encore un peu et que j'emporterais un lot. Certes, c'est un petit lot, mais, au point où j'en suis, je ne vais pas cracher dessus. C'est ça, être affamée !

24 janvier 2004
Brigades nocturnes de voisins

Il n'y a pas si longtemps, vivre à cent kilomètres de la capitale, c'était vivre au paradis. Mercedes était un lieu sûr, où il ne se passait jamais rien, ni en bien ni en mal, et nous vivions en paix. Depuis quelques années, tout a changé.

On a déjà eu dix-huit cambriolages dans le quartier depuis le début de l'année. La goutte qui a fait déborder le vase, ce sont tout de même les sept braquages nocturnes de cette semaine, dont trois dans le même magasin. Comme la police ne fait rien, vu que les seuls qui travaillent, en janvier, ce sont les voleurs, les hommes du quartier ont organisé une surveillance civile de nuit.

Ils sortent munis de bâtons ou même d'armes à feu et ils assurent des tours de garde dans les zones stratégiques, prêts à lyncher les voleurs s'ils tombent dessus. Ils font des flambées dans des barils et ils sont tous équipés d'un sifflet. Tout ça est bien triste. Vraiment triste.

Jusqu'ici, Zacarías s'était débrouillé pour passer entre les mailles du filet. Il se défilait à son devoir de voisin et de père de famille, mais ce matin, ils sont venus le chercher de bonne heure pour qu'il se joigne à la brigade nocturne.

— Non, Pertossi, m'enquiquinez pas avec ce truc-là, se débinait Zacarías devant le chef de brigade. Il faut que ça soit précisément cette nuit, en plus ?

— On ne surveille pas le quartier quand on veut, voyez-vous, mais plutôt quand les voleurs le veulent… lui explique le boucher.

— Oui, mais ce soir, il y a un match Boca-River, Pertossi. Tous les voleurs sont supporters du Boca, c'est bien connu. Vous pensez qu'ils vont sortir braquer des maisons en plein match ?

— Bon, ben, si vous voulez, vous prenez le créneau de nuit, aucun problème là-dessus.

Zacarías fait non de la tête.

— La nuit ? Encore moins… La nuit, ils passent la ligue espagnole sur FoxSport. Pourquoi vous ne reprenez pas la surveillance après la fin des tournois ?

— Zacarías ! Vraiment, tu me fais honte ! dis-je en chemise de nuit. Tout le quartier est mobilisé. Ces gens-là ont besoin de toi et tu as une famille à protéger…

Don Américo pointe son nez par la porte de derrière, un passe-montagne sur la tête, brandissant l'énorme fusil rouillé qui a toujours été suspendu dans sa chambre.

— Laissez-lé, le mío figlio, c'est oune poulette mouillée, dit Nonno en levant son arme comme s'il était le commandant Marcos. Io acompagnérai la troppa.

— Vive BatmaNonno ! crie Caio, en pyjama. Je peux faire Robin, papy ?

— Ecco ! Il bambino é Robino, il viendra avec moi sourveillare la Chitá Gothique.

— Oh, non, dit Pertossi, vous êtes un peu âgé, grand-père… Et toi, petiot, dit-il à Caio, je ne te conseille pas de sortir dans la rue vu que la moitié du quartier est persuadée que c'est toi, le voleur.

— Je vous interdis de dire ça ! dis-je au boucher. Vous pouvez traiter mon mari de froussard et mon beau-père de vieux déchet, mais j'interdis qu'on dise que mon fils est petiot devant moi.

— Enfin, maman ! proteste Caio. Il m'a traité de voleur, c'est encore pire !

— Ça, tu l'as bien cherché, Claudio ! Mais pour ta petite taille, tu n'y es pour rien.

— Bon, ça suffit ! dit Zacarías. Qu'on ne vienne

pas me dire que j'ai pas de couilles. Ce soir, je serai là à 21 heures, monsieur Pertossi. Et je resterai toute la nuit à surveiller, comme n'importe quel bon fils du quartier.

— Tu vois ? Les fils du quartier peuvent y aller aussi ! dit Caio.

— Bien parlé, Bertotti ! Voilà un homme, un vrai ! dit Pertossi en donnant une tape dans le dos à mon mari et en ignorant Caio.

Après ça, le boucher sort de chez nous d'un pas viril en laissant plein de traces de boue dans mon entrée.

Debout dans la salle à manger, on mesure en silence à quel point les temps ont changé. Il n'y a pas si longtemps, à peine quelques années plus tôt, on disait avec fierté : « À Mercedes, t'es pas obligé de verrouiller ta voiture ni ta maison… » Or nous voilà maintenant dans des brigades de quartier, à veiller toute la nuit, à entendre les sirènes de police hurler toutes les cinq minutes. Je me souviens que les petits pouvaient jouer dans le terrain vague de la 40e Rue jusque tard le soir, sans qu'il leur arrive jamais rien… Comme cette ville a changé ! Zacarías me regarde. À mon tour je le regarde.

— Tu penses à la même chose que moi, hein ? lui dis-je d'un air triste en le serrant un peu dans mes bras.

— Oui, chérie, bien sûr… Mais t'en fais pas… me dit-il, la tête basse. Tu vas m'enregistrer le match River-Boca et je le regarderai en rentrant. C'est pas la peine d'être triste pour ça. Ils rejouent dans trois semaines…

26 janvier 2004
Rêves et numérologie

Il est facile de rêver. Je ne dis pas se bercer d'illusions. Je dis se coucher, s'endormir et voir un film dans sa tête. Moi, je rêve tout le temps, pas comme Zacarías qui prétend qu'il ne rêve jamais. D'après moi, ce qui se passe, c'est qu'il n'entend pas l'histoire parce qu'il ronfle comme un moteur d'avion.

D'après lui, quand il était petit, il rêvait, mais ses rêves étaient si ennuyeux qu'il s'endormait en plein milieu. C'est curieux, parce que don Américo, qui est son père biologique, il rêve, lui, et il rêve même en version sous-titrée. La semaine dernière, il nous a raconté un rêve qui se passait entièrement en République tchèque et il a pu le comprendre grâce aux petites lettres jaunes en bas de l'écran.

Nachito, qui est un ange, dit qu'il rêve en seize neuvièmes, sans doute parce qu'il a envie d'avoir une plus grande télé. Et moi, un jour, j'ai eu un cauchemar qui me donnait l'heure et la température en bas à gauche, comme à la télévision.

Le fait est que, hier matin, quand Zacarías s'est réveillé, il avait l'air soucieux. Il a déjeuné sans rouspéter. Pourtant, Caio était encore plus pénible que d'habitude et aurait bien mérité une taloche. Mais Zacarías ne bougeait pas, comme si on n'existait pas. J'ai fini par lui demander :

— Il y a quelque chose qui ne va pas, chéri ?

Comme s'il avait attendu que je lui pose la question, il me regarde d'un air épouvanté et me dit :

— Tu te rends compte que j'ai rêvé... ? J'ai fait

un rêve entier, ma biche : ça faisait au moins trente ans que ça ne m'était pas arrivé.

— Comment ça, t'as rêvé ? s'étonne Sofi. Toi ? Et t'as rêvé quoi ?

— J'étais au bar La Estación, comme d'habitude, et je buvais mon petit verre de Fernet à la table où je me suis toujours assis, raconte Zacarías en fouillant dans sa mémoire. À ce moment-là je vois se pointer le vieux Casaretto.

— Le vieux Casaretto ? lui dis-je. Il est mort noyé dans le Luján il y a une dizaine d'années.

— C'est pour ça que je pense que c'était un rêve. J'ai eu un peu peur en le voyant, mais pas trop. Ça non plus, ça colle pas. Je lui ai dit : « Asseyez-vous, Casaretto… »

— Et il a fait quoi ? demande Caio.

— Il s'est assis, il s'est assis, dit Zacarías avec angoisse avant de marquer un long silence. On s'est mis à discuter comme si de rien n'était. On a passé tout le rêve à parler. Un chic type, ce Casaretto.

— Et il t'a dit quoi ? De quoi vous avez parlé ?

— De choses et d'autres, de bêtises… Tu sais, il parle pas des masses, depuis qu'il est mort, Casaretto… Je lui ai raconté que je m'étais fait virer de chez Plastivida, qu'on avait ouvert une pizzeria, ce genre de choses. Au fait, il t'envoie le bonjour, me dit-il en me regardant.

— Merci beaucoup.

— Il né t'a pas parlé d'oune noumérroti pour jouer au loto ? s'informe don Américo.

Depuis qu'il sait que ses économies ne valent pas

un clou, mon beau-père passe son temps à jouer au loto dans l'espoir de relever le front.

— Non, je crois qu'il n'a dit aucun numéro, se souvient Zacarías.

— Faut quand même jouer quelque chose. Qu'est-ce qu'il pourrait y avoir comme numéros dans ce rêve, Nonno ? demandé-je.

— « Morto qui parla » : quarante-houite, dit don Américo, expert en la matière. Et pouis « lé noyé », cinquante-houite.

Mon beau-père est le seul de la famille à connaître par cœur la table de correspondance des numéros et des songes. Chaque fois qu'on fait un rêve bizarre, on lui demande quel numéro il faut jouer.

Zacarías s'est rendu à contrecœur à l'agence du Loto tenue par Bocha Blandini pour jouer le 4 858, au cas où demain on serait en veine, mais je l'ai quand même trouvé très accablé.

Sans compter qu'il l'a toujours clamé aux quatre vents, le couillon : « Moi, rêver ? Faites-moi rire ! C'est un truc de pédé, ça ! » Il vient d'être dépossédé d'une source de fierté.

27 janvier 2004

Cunni... quoi ?

Tout à l'heure, profitant que le trio des hommes Bertotti assurait la surveillance nocturne du quartier, j'ai pris mon courage à deux mains et j'ai attiré Sofi dans la cuisine pour qu'on ait enfin cette discussion sur la sexualité restée en suspens.

— Faut que ça soit maintenant ? me demande la rosse. Mon feuilleton va commencer !

— Tu le connais par cœur, Sofía, lui dis-je. Il est temps que je t'explique certaines choses, parce que tu ne peux pas continuer à avancer à l'aveuglette dans ce domaine.

Nous nous sommes assises à la table de la cuisine devant deux petits cafés. J'ai allumé la lumière de la cour pour apporter une touche d'intimité et j'ai essayé de dissimuler ma nervosité. Mais à l'intérieur, je me sentais trembler comme si on avait passé l'aspirateur dans mon intestin grêle. Pour couronner le tout, cette garce me regardait comme si elle attendait le début du spectacle de cirque et que j'étais la puce dressée.

— Bon, commencé-je en levant les sourcils… Alors voilà…

— Mouais, me dit-elle en examinant ses ongles.

Silence radio. Sofi mâchouille son chewing-gum sans cesser de me regarder, attendant que je commence. Son haleine fruitée m'arrive en pleine figure. La trotteuse de la pendule de la cuisine tourne lentement, en rythme.

— Voyons voir. Je suis ta mère, ça, nous le savons… Mais maintenant je voudrais que tu imagines que je suis ton amie et que tu peux me poser toutes les questions que tu veux. Je suis une sorte d'amie qui a beaucoup d'expérience et tu as la possibilité de m'interroger pour dissiper tes doutes. (Je la regarde fixement avant de poursuivre.) Que veux-tu savoir ?

Elle se gratte la tête, réfléchit un instant et me dit :

— Comment est-ce qu'il faut dire à un mec d'arrêter le cunnilingus et d'y aller franco ? Il faut le lui dire directement ou alors lui attraper la tête et le faire monter ?

J'ai pas moufté et je suis restée immobile. Immobile comme un canari en cage. Je ne pensais qu'une chose : « Qu'est-ce qui m'a pris d'organiser cette conversation ! » Ce qui me dérangeait le plus, ce n'était pas de ne pas savoir de quoi elle me causait, ce qui me dérangeait le plus était son petit air de vouloir une réponse.

— Ton feuilleton commence à quelle heure ? lui dis-je.

— Il commence, là. C'est la version argentine, j'ai super envie de le regarder.

— Bon, ben, vas-y, lui dis-je, on reprendra notre conversation un autre jour… T'es peut-être encore un peu jeune pour aborder ces sujets-là.

— Peut-être… me dit-elle, et elle file regarder la télévision.

Dès qu'elle a disparu de ma vue, je me suis précipitée sur Google. Comme une furie, mais discrètement pour ne pas faire de bruit, j'ai tapé ce petit mot, « cunnilingus ». Mes mains tremblaient, probablement la peur d'être une mauvaise mère ou quelque chose dans ce goût-là.

Le mot y était ! Je suis restée cinq minutes sur la première page que j'ai trouvée. Inutile d'aller chercher plus loin. J'ai lu quatre-vingts fois le même paragraphe qui dit : « 68 % des femmes âgées de 18 à 44 ans sont attirées par la pratique du sexe oral, contre 40 % des femmes entre 45 et 59 ans. »

J'ai aussitôt ressenti deux besoins irrépressibles.

J'ai imprimé la page et je l'ai glissée sous l'oreiller de Zacarías (premier besoin satisfait). Ensuite, je me suis rendue dans la buanderie, j'ai attrapé le balai des deux mains, je suis entrée dans la salle à manger en catimini et, sans crier gare, sans engueuler Sofi ni rien du tout, j'ai commencé à lui taper dessus pour lui apprendre à être aussi dévergondée et mal élevée. Je tapais aussi par jalousie générationnelle et parce qu'elle employait des mots latins pour faire sa maligne.

Ensuite, j'ai bu une tisane de tilleul et j'ai attendu Zacarías dans le lit, décidée à lui demander des explications.

28 janvier 2004
Home, sweet home

L'ancienne maison a été vendue hier. Ce sont des gens de la capitale qui l'ont achetée pour la démolir et installer un vidéoclub à la place. Quand le monsieur de l'agence immobilière nous a appelés cet après-midi pour nous annoncer que la serrure avait été changée et que nous n'avions plus qu'à aller signer, nous sommes restés sans voix.

En notre for intérieur, on pensait que le panneau « À vendre » resterait à jamais accroché à la fenêtre. Et maintenant qu'il a été décroché, un sentiment d'impuissance nous étreint. Comme si on venait d'apprendre la mort d'un proche avec six mois de retard. On a envie de pleurer à reculons, envie d'avoir pleuré en temps et en heure. Dorénavant, quand on ira de ce côté-là de la 15e Rue, on devra faire une croix sur le passé.

C'est là que sont nés Sofi et Caio, là que se trouvent tous leurs souvenirs. Ils s'y sont étalés sur le plancher en apprenant à marcher, ils y ont joué à cache-cache et à chat dans toutes les pièces, ils ont grimpé à l'arbre du jardin jusqu'à ce que la foudre le frappe en 93… C'est pourquoi, depuis cet après-midi, ils sont tous les deux un peu patraques, ils se retiennent de pleurer mais ils ont un nœud dans la gorge, ça se voit.

Pour Zacarías et moi, l'achat de cette maison a été la seule chose réussie dans notre vie. À coups de maux de tête et de douleurs lombaires, d'heures supplémentaires chez Plastivida et dans la boutique, on a réuni un peso après l'autre. Nacho était petit, on ne s'en occupait pas beaucoup, ce sont les grands-parents qui l'élevaient, parfois on se regardait et on prenait conscience qu'on n'en pouvait plus, qu'on était à bout de forces. Vivre chez mes parents était humiliant, mais on était prêts à tout. Avoir quelque chose à nous était notre idée fixe, notre combat… On voulait une famille et un toit. C'était notre seule ambition dans la vie.

Puis un jour on y est arrivés et on a passé quinze ans sous ce toit qui nous appartenait. Les petits y sont nés, dans les années 80 est arrivé le papier peint à fleurs et Alfonsín est parti ; dans les années 90 sont arrivés les gadgets du Tout pour Rien et la convertibilité de la monnaie en dollars ; puis le nouveau siècle, paradoxal, où on avait un modem pour la première fois et pas de travail pour la première fois.

Tapis dans la vieille maison, comme si elle était le parapluie pour nous abriter de tous les maux argentins, on attendait que l'orage passe. Comme si la maison nous étreignait dans son giron.

Et voilà qu'on nous annonce qu'on va y installer un vidéoclub... Qu'on va la démolir. Tu parles d'une nouvelle ! Dans six mois, Mercedes proposera des films de Stallone là où se trouvait le tiroir de mes culottes. Les films de Meg Ryan à l'endroit où Caio a balbutié « papa » pour la première fois. Le rayon « classiques » là où Nacho rangeait son circuit auto. Et les DVD là où maman, avant de mourir, m'a dit pour la dernière fois qu'elle m'aimait.

L'ancienne maison est née le 12 mars 1988. Je me souviens de ce jour comme si c'était hier, ce doux après-midi où on nous a remis les clés qui n'ouvrent plus désormais aucune porte. On est entrés tous les deux et on a vu la maison vide, calme comme la rivière Luján en été, attendant de se remplir de nous. Le soleil pénétrait par la fenêtre de la cuisine et un petit rayon de lumière heurtait le plan de travail en marbre, faisant scintiller la poignée de la porte. Cette image est gravée dans ma mémoire.

Et moi, devant une telle merveille, après avoir supporté sans me plaindre de travailler comme une bête pendant quatre ans, après avoir pleuré en silence pour ne pas faire souffrir mes parents, j'ai craqué et, tout en serrant dans ma main la clé rutilante, je me suis mise à pleurer de bonheur sur l'épaule de Zacarías. Lui, le pauvre chou, mon héros, mon bourreau de travail me disait : « T'as vu, ma poule ? On y est arrivés, bon sang ! » Il avait encore des cheveux, à l'époque. Et moi, j'étais si jolie… Nous ne savions pas que Caio était déjà en train de me chatouiller le ventre.

30 janvier 2004
Tes robes sont vieilles

Hier, j'ai été réveillée de ma sieste par un ramdam de casseroles en train de tomber par terre. « Badaboum ! ai-je pensé. Le buffet où on range la vaisselle qu'on a eue pour notre mariage s'est écroulé. » J'ai filé vers la cuisine, mais tout était en ordre. Soudain, j'entends le même bruit à nouveau, cette fois plus net et assourdissant. On aurait dit que ça venait des fondations. Du noyau de la Terre.

Effrayée, j'ai suivi la piste des coups de cymbales jusqu'à la chambre de don Américo. Je suis entrée sans frapper, craignant qu'il ne lui soit arrivé quelque chose. J'ai trouvé Nonno derrière une batterie Tama Rockstar de cinq éléments.

— Qu'est-ce que vous foutez avec ça, Nonno ? ai-je crié en le voyant.

Mon beau-père s'est arrêté de taper dès qu'il m'a vue m'encadrer dans la porte, il a jonglé avec les baguettes et m'a expliqué :

— Io l'ai achétée cette matina, é d'occasionné mais va bene. Elle te piache, Mirta ?

Au bord des larmes, je suis sortie dans le jardin chercher Zacarías, occupé à traiter les plantes.

— Ton père s'est acheté une batterie ! lui dis-je en montrant l'intérieur de la maison.

— Une batterie ? Mais il n'a pas de voiture, voyons !

— Une batterie pour faire du bruit ! lui expliqué-je en l'entraînant jusqu'à l'épicentre du séisme. T'entends pas le boucan qu'il fait ?

— Ce vacarme vient de la maison ? me dit-il tandis qu'on entre. Je pensais que c'étaient les enfants du quartier qui s'entraînaient pour le carnaval.

— Penses-tu ! Le carnaval se passe à la maison ! Va parler à ton père, parce que je te jure que j'en peux plus. On dirait un préado…

— Où est lé problema, Mirtitta ? m'interpelle don Américo en sortant la tête par la fenêtre. Tou devere êtré contenta que le couore me fa boumboum piú forte…

— Tu vois ? Même côté audition, il est mieux loti que nous !

— Papa, Mirta ne voulait pas vous offenser, explique Zacarías à son père. Mais une chose est que vous vous sentiez en forme, une autre que nous devions aller vous sortir de prison tous les quatre matins, que vous cherchiez à sauter des jeunes femmes et que vous fournissiez Caio en haschich…

— Io non fournisso persona en hashiché ! corrige Nonno. Io lo vendo à Caio ! Cossi el bambino apprenne que niente é gratis dans la vitta…

— Papa, le coupe Zacarías en le prenant doucement par les épaules… Papa, écoutez-moi une minute… Vous êtes à un âge où vous devriez vous pisser dessus, vous chier dessus…

— … on serait ravis si vous vous pissiez dessus, don Américo, lui dis-je pour l'encourager.

— Vous devriez commencer à confondre les prénoms de vos petits-enfants, enchaîne Zacarías, dire toutes les cinq minutes que vous avez envie de mourir, regarder les émissions débiles à la télé… Vous me suivez ?

Don Américo le regarde sans piper mot.

— Nonno… lui dis-je, d'un ton plus calme, on adorerait pouvoir vous accompagner dans votre vieillesse, mais il faut que vous y mettiez un peu du vôtre.

— Ma commé ? dit-il.

— Il faudrait que vous deveniez vieux ! lui dit Zacarías. Il en serait grand temps.

Don Américo nous regarde d'un air sérieux, mais il ne comprend pas notre conseil. Comment pourrait-il le comprendre avec ce ruban rouge autour de la tête, ce marcel noir tout neuf où il est écrit AC/DC, ce bracelet hérissé de piques… ? Il nous regarde, il nous écoute, mais il ne nous voit pas et ne nous entend pas.

— Tes robes sonno vieillé, pas moi ! me corrige-t-il. De mon temps, lé rocanrole n'existait pas et maintenant si. Io adoro la batteria alora io ai formato oune orchestre de heavy métal et io vous emmerde !

Vaincu, Zacarías retourne à ses plantes en hochant la tête… Je reste debout dans le couloir, faisant face à l'énergumène encore un moment. Je le regarde dans les yeux, furieuse, renfrognée. Lui non plus ne me lâche pas des yeux. Il me dit en levant un sourcil :

— Et toi, Mirta… Tou crois que la bellé-fillé de Charlie Watts loui interdite de jouer lé tambourrr ? Mon cul ! dit-il en me faisant un doigt et en rentrant dans sa chambre, le salopard… !

Il y a des moments où j'admire Nonno (et vous le savez), où j'aimerais, arrivée à son âge, avoir sa joie de vivre, sa force et son caractère. Mais à d'autres moments, comme hier, je l'aurais bien drogué et envoyé dans une clinique gériatrique… Quelle triste maladie, que la jeunesse, à un certain âge !

2 février 2004
Méthodes pour domestiquer un gendre

Hier, Sofi a amené Pajabrava, son nouveau petit copain, boire du lait chocolaté à la maison. Il était mort de trouille, le pauvre ! Apparemment, Zacarías est connu dans tout le quartier pour son mauvais caractère. Le môme est donc entré tout penaud, rouge comme une tomate, et il est resté collé à la petite.

— Papa, maman, voici mon petit ami, Pajabrava, nous dit Sofi.

J'étais en train de repasser et Zacarías piquait du nez devant la télévision. On a levé les yeux et on a dévisagé le garçon un long moment, avant tout pour lui faire peur. On l'a fixé d'un air méchant, sans le saluer ni rien. Ensuite, on s'est regardés comme deux vautours qui flairent la charogne.

— Va chercher quelque chose à boire à ce jeune homme, Sofía, dis-je d'une voix de sainte-nitouche. Et toi, petit, assieds-toi là, fais comme chez toi, poursuis-je en lui montrant le canapé où est installé Zacarías, imperturbable.

— Non… moi… Je ne veux pas déranger, madame, je vais plutôt accompagner Sofía… bégaie le chérubin.

D'un geste sec, mon mari écarte le journal et la télécommande pour lui faire une place sur le canapé. Quand un futur beau-père vous fait de la place, vous êtes obligé de vous asseoir : autant dire que vous êtes déjà dans la cage du tigre. Alors le garçon, mort de peur, a obtempéré. Zacarías et moi avons échangé un regard complice.

J'ai fait le signe convenu à Zaca. Deux doigts en l'air au-dessus du sein gauche. Ce qui signifie : Tu lui racontes pourquoi on t'a viré de Plastivida ou je lui montre l'album de famille ? Zacarías a réfléchi un instant, jaugeant notre proie, puis il a cligné des yeux trois fois avec le petit doigt en l'air. « Compris », ai-je répondu en pliant deux fois le pouce.

— En attendant que Sofía arrive avec le lait chocolaté, veux-tu voir des photos, mon trésor ? lui demandé-je. Et avant que le pauvre diable ait le temps de dire ouf, je prends dans la commode les trois albums de la famille, de 1967 à nos jours, puis je m'assois à côté de lui sur le canapé.

Zacarías (on l'a fait si souvent !) se lève et part distraire Sofi pendant deux bonnes petites heures. Il quitte la pièce sans dire au revoir, comme il se doit, en poussant des « pff pff pff », ce qui signifie aux oreilles du nouvel arrivant « Quel abruti, ce gars, il ne mérite même pas que je lui dise au revoir ».

Et alors mon travail commence. « Tome I, été 1967, vacances à Capilla del Monte. » Je pose le doigt sur la première photo, je prends une grande bouffée d'air parce qu'on va en avoir pour un bon moment :

— Oh, regarde comme c'est chou ! dis-je en l'attrapant par le tee-shirt. Voici tante Negra, la sœur de

Mecha, qu'on voit derrière la Ford. On avait de ces coiffures, à l'époque, t'as vu ? Le gros du milieu, c'est tonton Agustín, l'arrière-grand-oncle de Sofi. Il est mort d'un cancer de la prostate, le pauvre. C'était horrible, tu peux pas savoir…

Il faut parler vite pour essayer d'étourdir sa proie. Tout est là. Au bout d'une heure, on commence à fatiguer, mais ce qui compte c'est de ne pas perdre la cadence tout en évitant d'avoir la bouche complètement sèche. Caio vient régulièrement m'approvisionner en eau ou en SevenUp.

— On faisait des photos minuscules, à l'époque, dis donc ! lui dis-je au bout d'une heure et demie, alors qu'on entame le tome II. Tu vois ? Ici, c'est mamma Francesca, et là, c'est sa fille Inesita, qui n'était pas aussi grosse, en réalité ; elle avait sûrement déjà eu les jumelles… Tu verras les jumelles dans le tome III…

Et ainsi de suite pendant deux longues heures. On finit par avoir la langue pâteuse, mais généralement la torture fonctionne… Cela dit, on s'ennuie à mourir, mais on ne peut pas y couper car c'est la seule manière de savoir si les prétendants que nous amène Sofi sont de bonne famille ou si ce sont des malotrus. Pajabrava s'est révélé assez sympathique. Il s'est endormi au milieu du tome III, mais il ne s'est pas plaint une seule fois.

— Tu ressembles comme deux gouttes d'eau à ta grand-tante Pochi, dit Pajabrava à Sofía quand enfin la petite revient avec le lait chocolaté.

— À qui ? demande-t-elle.

— Ta grand-tante, la mère de Rúben Bertotti, celui

qui travaillait chez Dupont, lui explique Pajabrava, bien informé.

Zacarías et moi nous regardons, satisfaits. Le gamin a réussi le test, obtenant huit et demi sur dix. Pour l'instant, nous ne voyons pas vraiment d'objection à ce qu'il continue à venir chez nous, mais il faut encore qu'il passe l'épreuve finale de Zacarías, et elle est vraiment vicelarde, celle-là. Il ne sait pas ce qui l'attend, le pauvre malheureux.

3 février 2004
Futur « cinglé du quartier » présumé

Ce qui nous chiffonne, dans cette nouvelle facette de Nonno batteur, ce n'est pas le boucan qu'il va faire à la maison. Ce problème-là s'arrange avec des boîtes d'œufs sur les murs et du coton dans les oreilles. Le plus grave, notre plus grande crainte, c'est qu'il devienne le « cinglé du quartier ».

Pour ne rien arranger, don Américo présente toutes les caractéristiques de la fonction : il est vieux, ce n'est pas un clodo, beaucoup de gens le connaissent, il vient d'une famille relativement connue, il s'habille bizarrement et se conduit d'une manière qui, sans être franchement délictueuse, fait un peu peur aux vieilles et aux enfants. C'est ce qu'on appelle un fou, à Mercedes.

Il y a un tas de fous, dans ce bled, mais dans chaque quartier, il y en a toujours eu un qui, pour une raison mystérieuse, devient « le fou du quartier ». Chaque fois que le fou du quartier meurt, un autre le remplace. C'est incroyable, mais il y en a toujours un nouveau. Et comme le fou de notre quartier est mort il y a environ six mois (écrasé par le rapide de 20 h 20, le pauvre, quel besoin il avait d'aller aboyer sur la locomotive, aussi !), on serre les fesses de peur que les voisins ne déclarent Nonno « fou du quartier ». Quelle honte, mon Dieu, je préfère ne pas y penser !

La vieille Monforte était la mieux placée pour emporter le titre de folle du quartier, mais pour y prétendre il faut déambuler souvent dans les rues, or la Monforte ne met jamais le nez dehors. Caio aussi a le profil de l'emploi, mais il est encore trop jeune. Et puis on n'a jamais vu le « fou du quartier » se droguer… Quant à Viande Crue, ce qui l'exclut, c'est que c'est un clochard : il est interdit de cumuler les fonctions de « clodo du quartier » et de « fou du quartier ». C'est passible de prison.

Pour commencer, le « fou du quartier » ne fait de mal à personne. Il ajoute même une petite touche pittoresque au quartier. S'il s'habille de façon comique, les gamins l'acclament, et si en plus de ça il ne pue pas, il fait monter la cote des bals populaires. Moi, je n'ai rien contre les fous qu'on a eus chez nous, dans le quartier de la gare. N'empêche, je ne voudrais pas que ça tombe sur quelqu'un de ma famille parce que ensuite, à l'épicerie, on te regarde de travers.

— Don Américo ! lui ai-je hurlé hier soir. Je vous interdis de sortir dans la rue avec le slip par-dessus le pantalon !

— Io sonno oune étoile dou rocanrole, et io me ficho dou qu'en-dira-t-on, riposte-t-il.

— Allez vous changer immédiatement ! lui dis-je. Enfilez votre béret, sortez avec votre canne et vos lunettes, pour l'amour de Dieu… Un peu de discrétion !

Il y a un autre inconvénient : les fous de chaque quartier sont des candidats naturels à la place de « fou du village », et si ça arrivait, j'en mourrais. Si un jour don Américo devenait le fou de tout le canton de Mercedes, je ne m'aventurerais plus jamais dehors. Qui plus est, les gens ne viendraient plus à la pizzeria et on ne trouverait de travail nulle part. On me dirait : « Mirta Bertotti ? Dites donc, le fou du village, le fou Bertotti, il serait pas de votre famille, par hasard ? » Seigneur, pas ça ! J'ai la chair de poule rien que d'y penser…

4 février 2004
Dans le lit avec mon ennemi

D'après ce que racontent les personnes âgées, la rivalité entre Mercedes et Luján a débuté lorsque les deux communes étaient parmi les championnes nationales de basket. Une haine raciale est semble-t-il née à cette époque et elle s'est prolongée jusqu'à nos jours.

Pourtant, on sait que l'origine de l'inimitié est une affaire de jupons. En toute modestie, il faut dire que les femmes de Mercedes sont cent fois plus jolies que les leurs. C'est une évidence. Depuis la nuit des temps, les hommes de Luján sont venus aux bals de Mercedes pour draguer, et ils sont toujours repartis tout amochés car les valeureux hommes d'ici, très à cheval sur la protection de leur patrimoine culturel, leur démolissent immanquablement le portrait.

Caio lui-même s'est écorché les poings à corriger des jeunes de Luján venus pique-niquer au parc. Il déteste tellement ce bled que, quand il va à Buenos Aires, il fait un détour de soixante kilomètres pour ne pas fouler le sol ennemi.

C'est pourquoi on lui a toujours caché le grand secret de son père, le dérapage aussi infamant qu'involontaire dans la biographie de Zacarías.

Mais les cachotteries finissent toujours par être démasquées. Caio est tombé par hasard hier sur la carte militaire de mon mari. Le gamin est tellement curieux que, en voulant voir la tête de son père quand il était jeune, il a découvert quelque chose de pire, s'il en est. Il s'est pris une grosse gifle de la part de la vie.

— Mamaaaan ! a-t-il hurlé, horrifié. Ferme la porte de ta chambre à clé et appelle les pompiers. Celui qui fait la sieste là-dedans n'est pas papa, c'est un ennemi !

— Qu'est-ce qui t'arrive, chéri ? lui demandé-je en m'essuyant les mains sur mon tablier. Je t'ai déjà dit de ne pas te droguer à la maison, ça ne se fait pas.

— Regarde, regarde ! me dit-il, haletant, et il me montre la carte de Zacarías. Il est de Luján ! L'enfoiré, il est de Luján et il nous a toujours menti !

Au point où on en était, j'ai décidé de lui raconter

la vérité une fois pour toutes. Cette vérité qu'on n'aurait jamais dû lui cacher.

— Assieds-toi, Claudio, lui dis-je. Tu vas bientôt avoir seize ans, il est temps que tu saches… (Le gamin me regarde tout à coup d'un air sérieux.) Il y a très longtemps, ta grand-mère Pancha et ton grand-père Nonno venaient d'acheter une fougère à Moreno ; ta grand-mère était enceinte de près de neuf mois, elle a perdu les eaux sur la route Acceso Oeste. Un drame ! À cette époque, ce n'était pas comme maintenant : il y avait des champs partout et l'hôpital le plus proche, c'était celui de Güemes…

— Celui de Luján ?

— Oui, mon chéri, tu l'as dit, chuchoté-je en fermant les yeux et en acquiesçant, la mine soucieuse. Comme tu peux l'imaginer, ça n'a pas été une décision facile pour don Américo, mais effectivement, son fils, ton père, donc, a eu le malheur de naître là-bas…

— Il a fallu qu'il naisse à Luján ? Dans cette putain de ville de merde ? Dans ce bled pourri, plein de sales pédés, de crottes de pigeons et d'enfoirés de curés ? s'est plaint Caio, qui n'a jamais été doué pour les synonymes.

— Il faut que tu comprennes que ton père était en danger, c'était moche qu'un bébé meure sur l'Acceso Oeste, avec tous les cambriolages qui faisaient rage.

— Ça aurait été préférable, crie-t-il. J'aurais mille fois préféré avoir un père mort qu'un père né à Luján !

À ce moment-là, craignant qu'il ne commette une bêtise, je n'ai eu d'autre choix que de lui dire ce qu'il n'osait encore comprendre :

— Claudio… lui dis-je, avec le plus de doigté possible. Tu as entendu parler de gènes, n'est-ce pas ?

— Un instrument de torture ? me dit-il en s'essuyant la morve.

— Non, ça, c'est la gégène, abruti. Les gènes, ce sont des trucs que tu partages avec ton père.

— Tu veux dire les Adidas.

— Est-il possible que tu sois aussi bête ! Les gènes, c'est le sang. Le sang des Bertotti, lui expliqué-je… Alors ne dis pas de mal des gens de Luján, mon chéri, parce que la moitié de ton sang provient de Luján.

Il m'a regardée, immobile, les traits tirés, la bouche entrouverte, tâchant d'assimiler cette nouvelle information. J'ai cru qu'il allait se remettre à pleurer, mais pas du tout. On a entendu un borborygme : le soulagement est venu de l'estomac.

— Ne vomis pas sur la nappe, gros cochon ! lui dis-je, bondissant en arrière pour ne pas être éclaboussée. Y a pas de quoi en faire un plat, Claudio.

— Ça me dégoûte ! dit-il en pleurant à chaudes larmes.

Je l'ai serré dans mes bras pour le réconforter. Il s'est laissé cajoler, inconsolable, jusqu'à ce que l'ombre d'un doute survole son front. Il me regarde, méfiant, et me demande d'une voix effrayée :

— Et toi, tu n'es pas… ? me dit-il, blême. T'es née où, maman ?

Je souris en lui caressant la frange :

— Moi ? Ici, mon amour ! Sois rassuré, ta petite maman est née à Mercedes…

— Ça veut dire qu'en plus de ça, il se tape une

fille de Mercedes, le fils de pute ? crie-t-il en s'emparant d'un couteau, blessé dans son amour-propre. Il faut le tuer, ce salaud.

Je l'ai arrêté à temps, avant que l'imbécile n'aille tuer son père dans son sommeil. Pour le convaincre, j'ai dû lui dire qu'il allait se salir les mains avec du sang d'un habitant de Luján. À ce moment-là il a craqué et il est allé vomir dans les toilettes. Ça confirme ce que j'ai toujours pensé : s'il était moins sensible, ce môme serait en tôle depuis des années.

6 février 2004
Nacho est déconnecté

Je suis vidée, les yeux grands ouverts face à l'écran sans pouvoir me décider à fermer Messenger. La famille vaque à ses affaires autour de moi, comme si de rien n'était, comme si rien n'était mort, comme si on ne m'avait pas arraché un bras.

MIRTA DIT :
Nachito ! Que fait mon chéri debout à une heure aussi tardive ?

NACHO DIT :
Enfin ! Qu'est-ce tu fous avec le téléphone, maman ? J'essaie d'appeler depuis une heure…

MIRTA DIT :
C'est ta sœur, Ignacio ! Elle n'arrête pas de téléphoner à son petit copain. Je la boufferais !

NACHO DIT :

Dis-lui de raccrocher, il faut que je te parle.

MIRTA DIT :

Parlons ici, vas-y, ça fait un bail qu'on n'a pas bavardé. Tu vas bientôt rentrer, je sais, mais je ne m'habitue pas à ne pas te parler.

NACHO DIT :

C'est important, maman chérie. Je préférerais le faire par téléphone.

MIRTA DIT :

N'aie pas peur, chéri ! C'est pareil. Un problème ?

NACHO DIT :

On a vu des maisons, avec Lucia, si tu voyais ça…

MIRTA DIT :

Super !

NACHO DIT :

Écoute, maman. Je suis dans un cybercafé qui est sur le point de fermer. Je te raconte vite fait, mais je t'appellerai ce soir tard… Ne te monte pas le bourrichon tant qu'on ne se sera pas parlé…

MIRTA DIT :

Qu'est-ce qui se passe ? Tu me fais peur…

NACHO DIT :

On va rester vivre ici, à Lago Puelo…

NACHO DIT :

Cet après-midi, on a visité une très jolie maison dans le village et on vient de la louer. Tu te souviens, la station balnéaire au bord du lac dont je t'ai parlé l'autre jour ? Ce serait à environ six cents mètres de là, un endroit magnifique… tout près de l'école. Lucia s'y est présentée pour donner des cours de dessin…

NACHO DIT :

Maman ?

NACHO DIT :

T'es là ?

MIRTA DIT :

Oui, oui…

NACHO DIT :

On se parle tout à l'heure au téléphone, OK ?

MIRTA DIT :

Non, raconte, je t'écoute.

NACHO DIT :

C'est tout, maman. J'y ai beaucoup réfléchi, j'y ai vraiment beaucoup réfléchi, et je m'étais jamais senti aussi bien. Je suis amoureux, je me sens comblé… C'est comme si je respirais à pleins poumons… Je respire profondément, j'ai des rêves… Mais on se verra souvent, vous viendrez nous voir, nous on ira là-bas… hein ?

MIRTA DIT :

Oui, oui, je suis contente pour toi, Ignacio. Je suis ravie, mon trésor.

NACHO DIT :

Si tu réfléchis, il n'y a que mille et quelques kilomètres. Sans compter que vous auriez un endroit pour passer des vacances sans débourser un sou, tu vois ?

MIRTA DIT :

Ben oui, si tu le dis… Bon, je vais préparer le repas. Tu veux parler à ton père ?

NACHO DIT :

Non, maman ! C'est à toi que je parle. Qu'est-ce qu'il t'arrive ??

MIRTA DIT :

Rien mon amour rien que veux-tu qu'il m'arrive.

NACHO DIT :

Tu pleures ? Quand tu ne mets pas de ponctuation, c'est que t'es en train de pleurer.

MIRTA DIT :

Ignacio, mon cœur, visiblement tu as déjà pensé à tout. Et si toi tu es heureux, moi aussi…

NACHO DIT :

Ça ferme, maman. Épargne-moi tes toi-heureux-moi-heureux, chaque fois que tu dis ça, tu regardes par terre. Arrête de pleurer. Je t'appelle dans un petit moment, d'ac ? T'inquiète pas pour ton petit carnet, je continuerai à te le mettre à jour d'ici dès qu'on sera installés…

MIRTA DIT :

T'en fais pas, Nacho, le petit carnet est un prétexte… pour être avec toi.

NACHO DIT :

Ça ferme. Je t'appelle. À plus.

MIRTA DIT :

Un prétexte pour parler avec toi, pour boire du maté… J'aime bien que tu m'apprennes de nouveaux trucs… Tu veux savoir la vérité, mon cœur ? Je ne sais pas si je supporterai que tu ne sois plus là. Mais si tu es heureux, je serai heureuse. Je sais que quand je te dis ça, en général, je pleure. C'est pourtant vrai, ce que je dis. Quand tu auras un enfant tu comprendras que c'est vrai.

Nacho est déconnecté.
Le message suivant n'a pas pu être envoyé :
un prétexte pour parler avec toi, pour boire du maté…

MIRTA DIT :

Ça y est, t'es déjà parti… ? Vingt-huit ans, c'est trop tôt, Nacho… T'es encore si jeune. Si un jour j'avais su que tu partirais à l'autre bout du pays, je me serais arrangée pour que tu naisses à Saint-Marin, parce que c'est un tout petit pays… La Patagonie de Saint-Marin, ça doit se trouver à deux rues du centre-ville… et tu aurais pu revenir à la maison le soir pour discuter et boire du maté…

Nacho est déconnecté.
Le message suivant n'a pas pu être envoyé :
Ça y est, t'es déjà parti… ?
Vingt-huit ans, c'est trop tôt, Nacho…

MIRTA DIT :

Je préfère même pas savoir comment je vais faire pour ne plus t'avoir près de moi jusqu'à la fin de mes jours, je ne veux pas y penser… Au bout d'un mois sans toi, je suis déjà au trente-sixième dessous ! Je ne supporterai pas que tu me voies vieillir d'un coup, mon amour…

Nacho est déconnecté.
Le message suivant n'a pas pu être envoyé :
Je préfère même pas savoir comment je vais faire pour ne plus t'avoir près de moi...

MIRTA DIT :
Tu te souviens quand tu me disais que tu ne te marierais jamais pour pouvoir rester toujours avec moi ? Je savais que c'était pour rire, t'aimais bien plaisanter, mais j'aimais bien l'entendre… Et quand tu as commencé à nous verser tout ton salaire, je ne t'ai jamais remercié, ni ton père ni moi ne t'avons rien dit. Mais le soir, on se regardait et on se disait : « Merde, quel sacré fils, quand même ! » On aurait dû te le dire, mon amour…

Nacho est déconnecté.
Le message suivant n'a pas pu être envoyé :
Tu te souviens quand tu me disais que tu ne te marierais jamais...

MIRTA DIT :
C'est nul, ce Messenger, Nacho, on peut même pas envoyer une caresse… Le téléphone sonne ! Ça doit être toi. Je vais décrocher, mais attends un peu que je m'éclaircisse la gorge. Je t'aime beaucoup, mon fils.

Et t'inquiète pas si je pleure… c'est parce que t'es heureux et que je deviens vieille.

Nacho est déconnecté.

---

9 février 2004
Des gens de bonne famille

Depuis que Caio a appris le nom entier de Pajabrava, les hommes Bertotti ont commencé à regarder le petit ami de Sofi d'un autre œil. Ici, à Mercedes, le nom des gens, c'est un peu comme leur compte bancaire, ça ne trompe pas.

Les noms espagnols courants constituent la catégorie sociale la plus modeste. Dans la Pampa Chica, il y a pléthore de Pérez, de Sosa, de Gómez, de Fernández et de García, tous des crève-la-faim. Ensuite il y a nous, les noms italiens, qui constituons la classe moyenne travailleuse. Dans notre quartier, il y a des Pertossi, des Della Zizza, des Bertotti et des Blandini. Notre trait commun, c'est qu'on parle tous très fort.

Dans le quartier du parc, il y a la classe moyenne supérieure où ils ont tous des noms français, basques ou catalans : Betancourt, Caseneuve, Gorrosterrazú, Goicochea, Ferrer et compagnie. Mais les meilleurs noms de famille, ceux des gens qui ont une assurance privée, qui vivent dans le quartier des villas, ce sont les noms espagnols composés : les López Ayala, les Pérez Itúrregui, les Hernández Olalla… Ils ont presque tous de grandes entreprises et sont associés avec un Juif de Luján, parce que, pour une raison mystérieuse, les Juifs de Mercedes n'ont pas aussi bien réussi que dans le reste du monde.

Or, hier après-midi, Caio a demandé à Pajabrava comment il s'appelait, et le gamin a timidement décliné son nom complet :

— Agustín Dámaso Iraola.

Quelle mauvaise idée ! L'information s'est répandue dans la maison comme une traînée de poudre. Caio l'a dit à Nonno, qui en a informé Zacarías. Peu après, tous les trois ont proposé à Pajabrava de jouer au poker sur la table de la salle à manger, dans l'intention de le plumer. Et comme le gamin est timide, il n'a pas su refuser.

Dès qu'elle a vu qu'on lui avait confisqué son petit ami, Sofi est arrivée dans la buanderie en pleurant. Moi, j'étais plongée dans ma lessive, indifférente à tout le reste.

— Maman ! On m'a piqué mon Pajabrava !

— S'il t'aime, il reviendra, lui dis-je, pédagogue. Et s'il ne revient pas, c'est qu'il n'a jamais été tien, Sofía.

— Bien sûr qu'il va revenir ! Mais il va revenir fauché comme les blés ! Et qu'est-ce que j'en ai à faire, de ce guignol, s'il est fauché ?

En quelques mots, elle m'a expliqué que les hommes de la maison étaient en train de le plumer au poker parce qu'ils avaient appris que c'était un Dámaso Iraola.

— Ton petit ami est un Dámaso Iraola ? lui demandé-je en ouvrant des yeux comme des soucoupes. C'est un parent du propriétaire de l'usine de ciment ?

— C'est son fils.

— Ah, ma chérie, t'aurais dû commencer par là, lui dis-je en hurlant, incapable de contrôler mon émotion désintéressée. Prends soin de ce garçon, ma chérie, prends-en bien soin parce que c'est un amour… C'est un saint, ça se voit, ne le fais pas souffrir…

— Moi, j'en prends soin ! me dit-elle. Mais va mettre un peu d'ordre dans la salle à manger parce que l'argent, je veux le dépenser, moi, je veux pas qu'il aille à mon frère, à mon père et à mon grand-père !

Je suis partie en courant et, effectivement, de la fenêtre de la cour, je les ai vus se livrer à leur magouille. Nonno ressemblait au mime Marcel Marceau, tellement il gesticulait à l'adresse de ses acolytes. Zacarías était sérieux, mais on lisait sur son visage l'émotion du péché. Caio faisait office d'appât, faisant exprès de perdre pour que Pajabrava pense que c'était un problème d'adolescent malchanceux.

— Viens ici immédiatement, Zacarías ! lui crié-je de la cuisine.

— Attends, chérie, je suis pris au jeu, me dit-il.

— Non, mais t'as pas honte, Zacarías ! lui dis-je, rentrant dans la salle à manger et brandissant un balai. Fini le poker ! Rendez son argent à ce garçon où je vous assomme tous les trois. Vous n'avez pas honte de plumer un gamin ?

Ils me regardent tous les quatre, interloqués. Le front perlé de sueur, Zacarías me souffle :

— Chérie, je te promets que c'était notre intention

initiale, mais il est en train de nous mettre la pâtée, le morveux…

— Nous perrdons beaucoup dé l'argent, Mirta, me confirme don Américo… Le Pacabrava nous couichine à pétit feu…

Caio se tait, mais on lit l'humiliation dans ses yeux.

Je regarde l'argent et je vois que c'est vrai : tous les billets sont entre les mains du jeune Dámaso Iraola, alors que les Bertotti n'ont plus que des pièces. On aurait dit une métaphore de la vie réelle.

— Vous en faites pas, madame, dit le petit ami de Sofi. Dans cinq minutes, je leur pique leurs dernières pièces et je les leur rends pour qu'ils passent un bon dimanche en famille…

Ce garçon m'a foutue en rogne ! Si Sofi n'avait pas été amoureuse de lui, je lui aurais retourné deux claques, à ce petit insolent… Au lieu de quoi, je me suis mordu la langue et j'ai fermé mon clapet, parce que je suis une dame respectable.

— Viens m'aider à repasser, chérie, ai-je dit à Sofi, et nous sommes sorties de la salle à manger le front bas.

— Excuse-moi, maman… Je pensais que Pajabrava perdait… me dit-elle en chemin.

— Dorénavant, je t'interdis de penser ! Aime ce garçon autant que possible, mais arrête de penser. Comment as-tu pu imaginer une seconde qu'un Bertotti pourrait soutirer de l'argent à ces gens-là ? Tu sais bien que ce sont les riches qui ont inventé l'art de tricher, ma chérie !

— Comment je pouvais le savoir, moi ! protestet-elle.

— Ce que tu peux être naïve… dis-je dans ma barbe tout en fourrant les chemises sales dans le lave-linge. T'es trop niaise, Sofía…

10 février 2004
Chuchotements dans la cour

Aujourd'hui, Zacarías et moi avons décidé de nous coucher de bonne heure, mais, une fois dans la chambre, on a entendu deux voix chuchoter dans la cour. On a tendu l'oreille, immobiles. À travers les lattes de la persienne on a aperçu Caio et Sofi, puis l'odeur douceâtre du joint est arrivée jusqu'à nos narines. Allongés par terre, indifférents à ce qui les entourait, ils regardaient le ciel.

— Clau, tu crois qu'il y a quelque chose, au-delà ? demandait Sofi, mais leur conversation avait dû commencer avant.

— Ben oui, grosse bêtasse. Y a le terrain de la vieille Monforte, et ensuite il y a la voie ferrée.

— Mais non, abruti, quand on sera morts, dit Sofi. Tu crois qu'on retrouvera Dieu et tout le tralala ?

— Nooon… chuchote Caio. Et puis même, t'as déjà vu comment ils ferment les cercueils ?

— Comment ils les ferment ?

— Ils les clouent… Ensuite, ils les soudent, à cause de l'odeur. Alors, même s'il y a une vie après la mort, tu peux toujours t'accrocher pour sortir. À moins que ta famille te mette quelque chose à l'intérieur qui serve de levier.

Zacarías me regarde, l'air de dire « Mais quel

couillon, ce gamin ! ». Je le fais taire d'un geste du doigt parce que j'adore quand les petits discutent entre eux au lieu de se disputer.

— Moi, je crois que Dieu existe, susurre Sofi. Toi, tu ne crois pas à l'âme ni à rien de tout ça ?

— Je crois à l'âme, si, mais pas en Dieu, affirme Caio.

— On a une âme, pas vrai, Clau ? Même si on ne la voit pas…

— Ben oui, on en a une… Quand t'as des aigreurs d'estomac, en fait c'est l'âme qui te brûle, parce que c'est ni le ventre ni la gorge, c'est un truc entre les deux, alors à mon avis, c'est ça, l'âme.

Je mets ma main devant ma bouche. Ce que raconte Caio me fait rire, je ne sais pas pourquoi.

— Je n'ai jamais eu d'aigreurs, avoue Sofi.

— Les filles n'ont pas d'âme, donc pas d'aigreurs, lui explique son frère. L'âme, elle se manifeste quand tu rotes et quand tu pètes. C'est un truc que tu sens venir, mais tu ne peux pas le toucher, comme les voitures sur une autoroute. C'est pour ça que les chiens sont éblouis, sur les routes.

— J'ai peur que papa et maman meurent, Clau. Tu n'as jamais pensé à ça ?

— Si, et ça me fait un truc ici…

Zacarías baisse les yeux, me regarde d'un air grave.

— Comme une crampe, non ? Moi aussi…

— Je m'imagine obligé de travailler pour vivre et c'est l'horreur.

— Pas seulement le fait de travailler, dit Sofi. Tu ne penses pas que tout est inutile ? Qu'après on va mourir à notre tour et que personne se souviendra qu'on existait ?

— Le premier qui va mourir, c'est sûrement Nonno, parce que c'est le plus âgé…

— Pas questionné ! marmonne don Américo en sortant la tête par la fenêtre de sa chambre. Manifestement, il les écoutait en douce, lui aussi.

— T'es réveillé, papy ? lui dit Caio. Viens discuter avec nous dehors, la nuit est d'enfer…

— Vous zavez dou pétard ? s'enquiert Nonno.

— Oui, il reste quelques taffes.

Don Américo saute par la fenêtre en pyjama avec l'agilité d'un jeune chat et s'allonge sur l'herbe fraîche près de ses petits-enfants.

— On regardait les étoiles, dit Caio. Y en a à peu près dix mille, aujourd'hui.

— É bella cuesta notte, vero ? chuchote don Américo.

— Moi, les nuits comme celle-là, ça me rend triste, Nonno, dit Sofi en se blottissant dans les bras de son grand-père.

— Sofi dit que Dieu existe, reprend Caio, et ils regardent tous deux le vieil homme, dans l'attente d'une confirmation ou d'un démenti de l'hypothèse.

— Pas toujourrs… Dé temps en temps, Dio dort, explique don Américo, catégorique. Ma cé soirrr, il est là.

— Ici ? Où ça ? demande Caio en regardant sur les côtés.

— Dio é dove qualcuno parla di Lui, dit Nonno.

— Comment ? demande Sofi, qui ne pige pas un mot d'italien.

— « Dieu est là où quelqu'un parle de lui », traduit Caio.

— Bene, bambino, approuve Nonno en caressant la tête de Claudio.

— Quelle belle phrase, se réjouit Sofi. Et comment on sait s'il est là ou pas ?

— Perque nous chouchotons, dit Nonno, parlant encore plus bas. Tou vois bien, bambina, que nous chouchotons sans aucoune razone ?

— Oui… murmure Sofi.

— Et nous chouchotons perque Dio est avec nous.

Morts de sommeils, Zacarías et moi refermons la persienne avec le sentiment que, ce soir, nos enfants sont entre de bonnes mains. On se glisse sous les couvertures, on ferme les yeux. Sans le vouloir, on continue à entendre les chuchotements de notre famille dans la cour, de plus en plus lointains tandis que le sommeil nous emporte. Le bruit du ventilateur nous berce, le doux parfum de la spirale antimoustiques…

Certaines nuits d'été – rares, il est vrai –, la philosophie plane dans cette maison. On a du mal à y croire, mais c'est ainsi.

11 février 2004
Chaque fois qu'ils passent Sur la route

Hier soir, ils ont encore passé *Sur la route de Madison*. Chaque fois que je tombe dessus en zappant, je me dis : « Mirta, ne regarde pas ce film, change de chaîne, Mirta. » Je ne sais pas ce qui m'arrive, avec cette histoire, c'est comme si elle m'hypnotisait et qu'elle m'empêchait d'appuyer sur les boutons. Et après l'avoir vue, j'ai de ces bouffées de chaleur dans le bas-ventre ! Envie de réveiller Zacarías…

En plus, il y a Meryl Streep qui joue dans ce film, c'est mon sosie quand j'étais plus jeune, alors je m'identifie encore plus au personnage, une femme au foyer de Madison (un patelin comme Mercedes) mariée depuis des années à un Zacarías quelconque, ils ont un Caio et une Sofi comme n'importe qui. Jusqu'au jour où… patatras ! arrive dans le village un photographe de Buenos Aires pour photographier le pont du parc municipal.

Pour ne rien arranger, Zacarías est parti pêcher à San Andrés de Giles et il a emmené les enfants. Meryl Streep est donc seule à la maison, à balayer derrière les meubles, à écouter la radio, à préparer des flans pour quand la famille reviendra et des choses de ce genre… Mais Dieu a voulu que la Studebaker du photographe (joué par Clint Eastwood, un tombeur irrésistible) tombe en panne devant la porte de cette dame.

Et c'est là que je commence à avoir des bouffées de chaleur. Parce qu'il est clair que Meryl a envie qu'on lui débouche la tuyauterie, parce qu'il est clair aussi que Zacarías est un bon paysan de Madison, mais c'est un catholique très pratiquant qui n'utilise le lit que comme lieu de prière. Tandis que Clint Eastwood, lui, est un homme du monde, de ceux qui portent tout naturellement un chapeau, qui s'habillent en beige, qui racontent des histoires de safaris… Un peu comme Arguiñano ou, sans aller plus loin, comme Douglas… Heureusement que dans le film il est photographe, parce que si en plus on m'avait mis un cuisinier, j'aurais perdu ma virginité avant la fin !

À un moment, ils sont presque devenus amis, Clint vient dîner et lui apporte un petit cadeau (jamais Zacarías n'a eu un geste aussi délicat envers Meryl Streep !)… Clint ne claque pas les portes en entrant, lui, alors elle fait une moue, l'air de dire « Quel homme charmant, je le boufferais tout cru ».

On atteint le paroxysme quand elle lui dit « Attends-moi une seconde », qu'elle va dans la salle de bains et qu'elle se débarbouille à l'eau froide pour faire baisser la température… Ensuite il l'aide à faire la cuisine, ils se frôlent du coude, ils pressent des citrons sur la table de la cuisine… Ah, Seigneur ! Dans ce passage-là, je retiens mon souffle : je serre les cuisses très fort parce que quand ils coupent les citrons je mouille mes collants.

Et alors là, plaf ! Le photographe lui dit tout à coup : « Allez, Meryl, tu ne crois pas qu'on est un peu âgés pour ces conneries ? » Et elle lui répond : « T'as raison, Clint. » Elle se donne à lui, la garce, et ils se mettent à copuler comme si la fin du monde approchait, à même le carrelage. Quel soulagement quand ils se mélangent les poils ! Et alors tout me tombe dessus en même temps : chaleurs, culpabilité, tout à la fois.

Le film finit très mal pour tout le monde, sauf pour Zacarías, qui revient avec plein de poissons et ne se doute de rien. Il y a une scène où on voit Clint sous la pluie, pleurant d'amour parce qu'il voit Meryl Streep et Zacarías avec les enfants à la sortie du supermarché. Il sait qu'il doit rentrer à Buenos Aires parce qu'il n'y a plus rien à faire. Ça se termine là. Et c'est là que, au bord des larmes, les sens en feu, je donne des coups de coude à Zacarías pour le réveiller et je lui dis tout bas :

— Chéri, tu trouves pas que je ressemble à Meryl Streep ? tout en glissant ma main sous le drap pour le mettre en marche.

Se sachant coincé, il me dit :

— Ils ont encore passé le film sur Madison ? Quelle plaie ! À ce train-là, on va finir par baiser chaque fois que t'en auras envie et il n'y aura plus moyen de dormir, dans cette maison…

Même s'il râle, Zacarías enlève son tee-shirt avec des gestes poussifs, il éteint lui-même le plafonnier pour allumer la petite veilleuse. Or tout le monde sait que quand Zacarías allume la veilleuse…

12 février 2004
Julito

Ma mère, Adela González, a obtenu son diplôme de l'école normale d'instituteurs en 1939, à une époque où les femmes restaient à la maison et ne lisaient quasiment aucun livre de toute leur vie. Elle n'a exercé que pendant dix ans, jusqu'à son mariage. Quand je suis née, elle s'est consacrée à mon éducation, puis à celle de mon petit frère Francisco, que Dieu ait son âme. Elle nous a appris à lire et à écrire, pendant que mon père travaillait à l'imprimerie.

Aujourd'hui, en parcourant ce carnet, je me suis

aperçue que je n'ai pas beaucoup parlé d'elle. Un jour, je m'y attellerai, mes chéris, parce que c'était une femme peu ordinaire. C'est elle qui m'a parlé pour la première fois d'une personne qu'elle appelait « Julito ».

Elle ne l'avait rencontré qu'une fois, à Chivilcoy, parce qu'il était enseignant lui aussi. Elle l'a vu dans la salle des professeurs et elle est tombée raide dingue amoureuse de lui. Ma mère avait dix-huit ans et il en avait vingt-cinq. Cortázar n'était même pas célèbre encore. C'était un tout jeune professeur débarqué de Bolívar pour donner des cours de littérature.

— On était toutes bouche bée, me raconta maman des années après. Il était grand, il avait des yeux clairs, séparés comme les yeux des chats, et surtout il avait un visage de gamin, mais de gamin viril. Les élèves et les institutrices le dévoraient des yeux.

Maman ne l'a vu que cette fois-là, mais elle a suivi sa piste parce que petit à petit son « Julito » a commencé à publier de la poésie et des nouvelles dans des revues. Quand elle s'est mariée, Julio est parti vivre en France. En 1951, quand je suis née, est paru son premier recueil de nouvelles : un magnifique livre que ma mère m'a souvent lu, si souvent que quand je le relis, je repense davantage à ma mère et à mon enfance qu'à l'auteur.

Je n'y connais rien, en matière de livres, parce qu'à l'époque où j'aurais pu profiter de ces choses-là, j'ai dû travailler. Maintenant que je pourrais m'y mettre, le hasard a voulu que je commence à écrire. Mais après le décès de maman, deux des personnes qui comptent le plus dans ma vie sont devenues de grands lecteurs et, grâce à eux (mon frère Francisco et Nacho), Cortázar a continué à entrer et sortir de la maison comme un oncle célibataire d'un naturel avenant.

Un jour, j'ai apporté un roman de « Julito » à Mar del Plata, mais je n'ai pas pu le lire. Je n'y comprenais rien. Ça m'a démoralisée parce que je n'avais pas arrêté de me dire que je le lirais d'un bout à l'autre. Alors que ce livre de nouvelles à couverture jaune tout abîmé m'a toujours beaucoup plu et qu'il m'arrive encore de le feuilleter, surtout en été.

Il y a des années de cela, j'ai demandé à mon frère ce qui se passait avec Cortázar, pourquoi il écrivait si bien, et je me souviens qu'il m'a répondu texto :

— Je ne sais pas s'il écrit si bien que ça, Mir, mais c'est un de mes meilleurs amis.

Francisco l'adorait. Il l'aimait tellement que quand il a su qu'il était recherché, le pauvre, il a mis dans un sac des vêtements de rechange, une cartouche de cigarettes et son édition toute démantibulée de *Marelle*. Cependant, il n'a pas eu le temps de quitter le pays ni d'aller où que ce soit. Il n'a pas pu.

Des années plus tard, alors qu'il n'a pas connu son oncle, Nacho me disait la même chose :

— Si Cortázar vivait, maman, il tiendrait un blog, et je ne sais pas si ce serait le meilleur de tous les blogs, mais, tandis que les autres n'auraient que des lecteurs, lui, il aurait plein d'amis.

Maman a survécu à mon frère et c'est pourquoi elle est morte si jeune : le chagrin l'a tuée. Mais elle était encore en vie le jour où les journaux ont annoncé que Julito avait été emporté par une leucémie à Paris.

Zacarías, Nacho tout petit et moi vivions chez elle. Après tant de désastres, la démocratie et l'espoir revenaient peu à peu en Argentine. C'était un 12 février, il faisait chaud. Vingt ans se sont écoulés depuis.

— Mon fils va être content de le voir, il se sentira moins seul, a dit maman en pleurant quand elle a lu la nouvelle en couverture de *Clarín*, et en regardant la photo, Nachito ne savait pas qu'un jour cet homme aux yeux écartés serait aussi son ami.

Je ne suis donc pas une grande lectrice. Je suis même assez ignare. Mais trois des êtres que j'ai le plus aimés en ce monde ont été heureux et sont devenus des gens meilleurs après avoir lu Julio Cortázar. À présent que deux de ces personnes ne sont plus et que celle qui reste est partie vivre loin, je caresse du bout des doigts le premier livre jaune, ce *Bestiaire* disloqué, et je me dis que si c'était vrai pour eux, cet homme aux yeux de chat, si bel homme, si grand, est également mon ami. Je l'aime comme si je l'avais toujours lu, comme si son amitié avait changé ma vie moi aussi.

13 février 2004
Ne te marie pas, ne t'embarque pas

Les jours de Negra Cabeza chez nous sont comptés, parce qu'elle commence à dépasser les bornes. Et pas simplement du fait qu'elle est un peu sorcière et qu'elle croit à toutes les superstitions (moi aussi, je suis croyante) : le problème, c'est qu'elle pousse trop loin, et puis elle nous impose ses traditions paraguayennes, qui sont complètement différentes des nôtres.

Il y a à peine dix minutes, au beau milieu de la pizzeria, alors qu'il y avait encore des clients, elle a jeté un œil sur la pendule puis elle a commencé à se déshabiller. Elle s'est retrouvée en slip et soutien-gorge, l'effrontée ! Au lieu de l'envoyer derrière, mon mari est resté à la reluquer, bouche bée. Alors j'ai dû la traîner par les cheveux jusqu'au fond.

— Vous êtes folle ou quoi ? lui dis-je.

— C'est parce qu'on est vendredi 13, m'explique l'insolente. « Vendredi 13, ne t'habille pas, ne te lave pas. »

— C'est peut-être vrai dans ton pays de cradingues, lui dis-je, mais ici, c'est « Ne te marie pas, ne t'embarque pas ».

— Oui, mais au Paraguay on a presque pas d'accès à la mer, se défend-elle. Et puis, à Asunción, on ne se marie pas, on se met à la colle. Il faut respecter toutes les religions, m'dame.

— La versione paraguayanne est plou sensata, ma pétite Mirta, intervient Nonno en regardant les seins de la bonne… Enlève toute, Necra, enlève toute !

C'était la goutte qui a fait déborder le vase. J'en ai ras le bol de sa collection de trucs qui portent malheur. Par exemple, pour elle, si on passe sous une échelle de chantier, on va se marier avec le maçon ! Quel sens ça a ? Une autre : à table, on ne te passe pas le sel, pas plus que le saladier ni la boisson. Ça veut dire que, quand Negra mange à la maison, elle a plutôt l'air mal élevée que superstitieuse.

Autrefois, on pensait que ça portait malheur de

marcher sur les jointures du carrelage, jusqu'au jour où un psychologue a décrété que c'était un « trouble obsessionnel compulsif ». Ensuite est sorti un très beau film avec Jack Nicholson sur ce sujet. D'après la Paraguayenne, quand on marche sur les trottoirs, il faut mettre les pieds dans le caca. C'est vrai que marcher dans de la merde porte bonheur, mais de là à le faire exprès…

— C'est de la triche ! lui ai-je dit un jour. Il faut que ça soit par hasard, sinon, ça ne marche pas.

Mais elle ne veut pas en démordre. Sur les trottoirs, elle traque les crottes de chien et les écrase comme si c'étaient des cafards… Ensuite, quand elle rentre à la maison, elle me salope tout. L'autre jour, sans aller plus loin, elle a écrabouillé quatre sculptures de Caio, après quoi le petit a chialé pendant deux jours.

— T'énerve pas, chérie, me dit Zacarías. Au Paraguay, ils ont pas les mêmes superstitions que nous. Laisse-la faire…

— Mais il faut qu'elle se mette dans la tête qu'elle vit ici et pas là-bas, rétorqué-je. Il y a des moments où j'aimerais être comme Sharon et envoyer des hélicoptères aux hérétiques.

Visiblement, au Paraguay, ce ne sont pas les chats noirs, mais les chats blancs, qui portent malheur. Pour déjouer le maléfice, ils lancent des cailloux à la bête sur son passage. C'est pourquoi Cantinflas se planque dès qu'il voit Negra. Un jour, le pauvre minou ne s'est pas caché à temps et la Paraguayenne lui a lancé un gros caillou, le pauvre chou. En plus, le caillou a poursuivi sa course et m'a brisé le miroir de l'entrée. Et cette garce n'a pas bougé le petit doigt.

— Casser un miroir, c'est sans conséquences. Vous en faites pas, m'dame.

Du temps de ma mère, quand on avait les oreilles qui sifflaient, ça voulait dire qu'on était en train de marcher sur votre future tombe, mais il semblerait qu'Onganía ait réformé cette loi et qu'à présent ça signifie qu'on dit du mal de vous. Pour Negra Cabeza, en revanche, si on a les oreilles qui sifflent, c'est qu'un satellite de la NASA est en train de vous espionner. Elle est cinglée !

— Écoutez, Negra, lui ai-je dit. Je vous conseille de vous rhabiller fissa. Et si vous recommencez vos bêtises, je vous vire. Je ne peux plus tolérer vos simagrées.

— Mais on est vendredi 13, se plaint-elle.

— Et puis ici, en Argentine, c'est le mardi 13 qui porte malheur. Le vendredi 13, c'est aux États-Unis.

— Justement, tiens ! Qui est-ce qui a eu plus de chance : l'Argentine ou les États-Unis ?

Là-dessus, elle a raison, la garce. Mais ma décision est prise : si je la surprends encore une fois à poil dans la maison, elle prend la porte. La vérité, c'est que je ne supporte pas de voir à quel point elle est encore bien roulée à son âge… La veinarde !

16 février 2004

Nous partons à l'aventure

Nous prenons des vacances imprévues, direction le sud. Pendant que j'écris ces lignes à la va-vite, Zacarías est au téléphone en train de se renseigner sur les horaires des bus. Don Américo est dans sa chambre en train de faire sa valise en poussant la chansonnette. Caio et Sofi n'en reviennent pas, ils sont tout sourire, les joues rouges, ils ont du mal à croire qu'ils vont voir de la neige pour la première fois.

Je ne sais pas combien pourra nous coûter ce voyage, je ne sais pas si nous avons assez d'argent dans nos escarcelles, mais, cette fois, on s'en fiche. On fermera la pizzeria quelques jours (on l'a bien mérité) parce qu'on a tous quelque chose à faire, là-bas, en Patagonie. Si seulement vous pouviez me voir en ce moment, mes chéris, pendant que je vous écris maladroitement. J'aimerais tellement que vous voyiez mon sourire jusqu'aux oreilles.

Voilà un voyage planifié en deux heures. Un voyage en bande, insensé. Je ne sais pas combien de temps il faut pour atteindre Lago Puelo. Mais je préfère vous raconter depuis le début : cet après-midi, Nacho a téléphoné. C'est Zacarías qui a décroché, mais mon fils tenait à me parler en premier.

— Est-ce que tout le monde est là avec toi ? m'a-t-il demandé.

— Oui, chéri, que se passe-t-il ?

— Ils sont bien tous là ? Papy Zaca, pépé Nonno, tonton Caio, tata Sofi, tout le monde ? C'est bien sûr, mamie ?

J'ai tout de suite compris. Je ne suis pas bête à ce point. Mais j'étais incapable de parler, aucun son ne sortait de ma gorge. J'avais envie de lui dire tant de choses, à mon petit Nacho, mais ça ne venait pas. Je me suis mise à sangloter au téléphone, pendant que

Nacho me disait qu'il voulait être sûr avant de nous dire quoi que ce soit, et c'est pourquoi il avait attendu pour m'annoncer la nouvelle… Loutchia et lui, me disait mon fils adoré, sautaient de joie.

Quand j'ai raccroché, j'ai annoncé la nouvelle à la famille. Ils sont restés pétrifiés pendant dix secondes, puis nous nous sommes embrassés comme quand Maradona a mis un but aux Anglais. Je ne sais plus qui de nous a suggéré qu'on parte sur-le-champ là-bas pour l'embrasser. Ça pouvait être n'importe lequel d'entre nous. Alors on a commencé à faire les valises.

On partira dès qu'on aura trouvé de la place quelque part, n'importe où : train, camion, car. On est même prêts à faire du stop s'il le faut. Prêts à y aller à pied. Je ne sais pas quand nous arriverons à destination, mais dès que je trouverai un cybercafé en route, je vous raconterai notre voyage parce que je voudrais que vous m'accompagniez.

Savez-vous que depuis aujourd'hui vous lisez le blog d'une grand-mère ? Je souris, je suis aux anges. Qui sait d'où je vous écrirai demain. On part à l'aventure. La Patagonie nous attend et nous voulons tous être là-bas le plus tôt possible pour toucher le ventre de Loutchia, qui abrite un Bertotti depuis cinq semaines. Un des nôtres… Si on m'avait dit qu'à cinquante-deux ans il était encore possible de renaître !

18 février 2004
« Le Bolide rouge »

Les hommes sont bons à rien, mal élevés et un peu cons, mais quand il s'agit de bricoler un truc à moteur, ils se transforment et nous époustouflent. J'ai toujours pensé qu'ils devraient vivre dans un garage. L'effort qu'ont fourni hier les hommes Bertotti et les voisins du quartier est indescriptible. Enfin si, il est descriptible, nous l'avons même surnommé « le Bolide rouge », et c'est à son bord qu'on parcourt le pays depuis cet après-midi.

Hier, pendant que je fulminais parce que ce petit carnet était tombé en rade, Zacarías ne m'a pas du tout aidée, ni consolée ni rien. Il est parti avec mon beau-père jusqu'au coin de la rue et ils ont acheté la fourgonnette de l'année 56 qui appartenait au mari de Teresa Gómez.

— On va partir avec ça ? leur ai-je dit en voyant le tas de boue. Ce machin n'a pas roulé depuis le Mondial 78 !

— Justement, m'ont expliqué les hommes de la maison. Comme elle marche pas, elle est pas chère. Et nous, on va la retaper en un tour de main.

Trop contente qu'on lui débarrasse son garage, Teresa nous l'a cédée pour une bouchée de pain. C'est alors que le miracle s'est produit : voyant une vieille bagnole toute démontée, les voisins ont commencé à approcher, chacun muni d'un outil différent, bavant de plaisir. Les uns apportaient de la peinture, les autres des tournevis, et à la fin est arrivé Pajabrava pour offrir à Sofi un moteur de Toyota Hilux modèle 81.

— C'est le moteur que j'avais installé sur mon karting, mais je ne m'en sers plus, a dit le gamin à Zacarías. Ça fait un mois que je sors avec votre fille, alors pour fêter ça je lui fais ce cadeau.

— Je voulais une bague ou un collier, imbécile ! hurlait la petite. J'en veux pas, de ton moteur de karting !

Pajabrava n'a pas marqué de points vis-à-vis de la petite, mais, depuis, Zacarías le regarde d'un autre œil… Moi, franchement, je ne vois pas ce que les hommes trouvent à toute cette ferraille graisseuse, mais ils étaient aux anges et ils ont emmené la fourgonnette au garage du Muet Carlitos. Nous, les femmes, nous sommes parties pour leur préparer du maté. Pour être franche, au début, on ne pensait pas qu'ils arriveraient à faire quelque chose de toute cette vieille tôle.

Deux heures plus tard, ils avaient déjà installé le moteur pendant qu'un tas d'enfants peignaient la carrosserie en rouge, selon mes souhaits. J'ai choisi cette couleur parce que comme ça, si on se perd sous la neige (comme les Uruguayens qui se sont mangés entre eux), la police nous repérera plus facilement du haut d'un avion. Le « Bolide » commençait à avoir plus fière allure, mais il lui manquait encore les vitres et beaucoup de choses auxquelles je ne comprends rien.

Ce qui est chouette, quand tout le monde s'y met, c'est qu'on oublie à quel point on se déteste. Les voisins étaient enchantés de nous aider, or ça n'arrive que quelques rares fois dans une vie. À 5 heures de l'après-midi, le boucher Pertossi et Zacarías ont demandé le silence pour voir si l'engin démarrait, et quand on l'a entendu ronronner, on a tous applaudi. Caio a pris une photo d'en haut.

Le reste, c'était de la gnognote. Pour les petits détails, les femmes ont aussi apporté leur contribution. Sofi a astiqué la carrosserie (aidée par les crachats de la vieille Monforte), Teresa Gómez a commencé à regretter de nous avoir offert quelque chose d'aussi beau et moi, en une petite demi-heure, j'ai tricoté un protège-volant au crochet.

Manija Pertossi, qui en connaît un rayon en menuiserie, a déniché des planches pour nous fabriquer une banquette arrière, vu qu'on ne tenait pas tous à l'avant. On dirait les bancs de l'église. (Pendant le trajet, on s'y assoit à tour de rôle.) Ensuite, on a sorti l'engin dans la rue et on est allés se préparer pour le voyage.

Avant de partir, on a pris une dernière photo du Bolide devant la place de la 40e Avenue. Après avoir remercié tout le monde, on a pris la route en direction du sud en chantant la chanson de l'éléphant qui se balançait sur une toile d'araignée. Tous unis, le cœur battant, dans une voiture neuve qui sentait la peinture.

— Si on tient un bon rythme, demain, à cette heure-ci, on sera en train d'embrasser Nacho ! a crié Zacarías avant le départ. En avant le Bolide rouge !

Tu parles ! Je vous écris d'un cybercafé dans la ville d'Azul, à 340 kilomètres de Mercedes. À 23 h 34, notre Bolide rouge est tombé en carafe. Notre bonheur a duré quatre heures. Le Bolide a commencé à fumer de partout, il faisait un boucan de tous les diables.

— C'est quoi, ce bruit, papa ? a demandé Zacarías à don Américo, assis à l'arrière.

— Commé la Moulinex quand on mouliné de la viandé avec un os, décrit Nonno.

On a encore mille six cents kilomètres à tirer et on ne sait pas quoi faire. Avec ce qu'on va devoir payer en hôtel, on aurait eu de quoi prendre un bus jusqu'à Lago Puelo et on serait déjà là-bas, bon sang de bonsoir… Il n'empêche que c'est vraiment chouette quand les hommes retroussent leurs manches et font quelque chose tous ensemble, même s'ils bâclent systématiquement le boulot !

19 février 2004
Caio perd son identité

Caio s'en veut et en veut à la terre entière, il est au trente-sixième dessous et n'a envie de rien car il vient de découvrir que Mercedes n'est pas unique au monde. Le premier indice s'est présenté à lui hier matin, alors qu'on prenait notre petit déjeuner dans le centre-ville d'Azul avant de reprendre la route à bord du Bolide rafistolé. Il est arrivé en courant à la cafétéria et nous a dit, haletant :

— Venez voir, c'est un hasard incroyable ! (Il pointait un index tremblotant vers l'extérieur.) Ici aussi, il y a une place San Martín ! C'est diiingue !

Voyant qu'aucun de nous ne réagissait, il s'est dit que sa découverte était peut-être trop subtile pour nous et, pendant tout le voyage, il nous a serinés avec ce qu'il appelait « une chance sur un million ».

Mais, une heure plus tard, nous nous sommes arrêtés à Laprida pour déjeuner, puis à Coronel Pringles pour faire le plein, et ensuite à Tornquist pour goûter. Il a alors découvert peu à peu la triste réalité, à savoir qu'il n'était pas quelqu'un de spécial, qu'il ne vivait pas dans une ville unique.

— Ici aussi, il y a une place San Martín et une banque Provincia en face, et puis une mairie… nous disait-il dans chaque patelin où on s'arrêtait, nous regardant, les yeux embués de larmes, espérant une explication à une telle aberration.

— Oui, lui disions-nous. Si tu marches deux cents mètres par là, tu trouveras une école primaire et une bibliothèque Sarmiento, et puis une boutique de vêtements La Favorita… Et quand on arrivera à Bahía Blanca, tu verras la même chose, mon trésor, toujours la même chose…

— Sofi ! a dit alors Caio en regardant sa sœur. Tu savais ça, toi ?

La petite, qui est toujours de mauvaise humeur à cause de son petit ami, l'a regardé d'un air méprisant :

— Non, Claudio, je savais pas, mais j'en ai rien à cirer. Pour moi, Mercedes n'a rien de spécial, c'est un trou comme n'importe quel autre.

— Et toi, Nonno ? dit-il, cherchant les yeux sages de son grand-père. Tu savais que Mercedes n'avait rien de spécial ?

— Toutte les villagi di provinchia sono identiques, bambino, déclara don Américo, ils se croient toutte spechiaux…

Maintenant qu'on s'apprête à passer la nuit à Bahía

Blanca, les garçons essaient de remonter le moral à Caio tout en plantant les piquets de la canadienne :

— Demain matin, pour la première fois, tu verras le jour se lever ailleurs que dans la province de Buenos Aires, fiston, lui dit Zacarías. Oublie Mercedes ! Tu vas connaître des provinces aux noms étranges, des lieux dont tu n'aurais jamais soupçonné l'existence…

Le pauvre Caio, qui n'a jamais écouté un cours de géographie, ouvre des yeux comme des soucoupes, terrifié à l'idée de franchir la frontière de la province. Quand on était autour du feu de camp, calmé par son petit pétard nocturne, il a demandé à son père :

— Combien de provinces il y a en Argentine ?

— Ça, personne ne le sait ! a dit Zacarías d'une voix grave, le visage éclairé par le feu. Demain nous entrerons dans une province qui s'appelle Río Negro. On raconte qu'il y en a beaucoup qui y pénètrent, mais que rares sont ceux qui en sortent.

— C'est vrai, Nonno ? a demandé Caio, qui n'en menait pas large.

— É vero, bambino. À l'entrée de Cipoletti, il y a oune panneau qui diche : « Lasciate ogni speranza, voi ch'entrate. »

Sofi et moi sommes venues au cybercafé du camping pour écrire et relever nos mails, mais on a entendu qu'ils continuaient à remonter le moral de Caio autour du feu pour qu'il oublie Mercedes un instant. J'ai entendu que Nonno lui disait :

— Les voyageurs doivent rrelever doué grandes défis, bambino : oublier d'où ils sono partiti et ne pas savoir quel sol ils vont fouler. Et tou sais cé qui est nechessaire pour réoussire cuesto ?

— Le pétard ? a hasardé Caio.

— Molto bene, bambino… Molto bene.

Nonno et Claudio s'entendent à merveille. Parfois, nous ne saurions que faire avec l'un si l'autre n'était pas là pour l'écouter. Je n'avais jamais vu deux malades sévères prendre soin l'un de l'autre comme eux. On suppose que le voyage va se poursuivre en paix.

20 février 2004

Un grand homme sous la pluie

Nous sommes en prison. Mais ce n'est pas le plus grave. Ce qui est grave, c'est qu'on est morts de trouille après avoir passé la nuit la plus étrange de notre vie. Au lieu du coup de fil de rigueur, j'ai demandé au sergent de m'autoriser à utiliser Internet pour vous envoyer ce message. Ce post est donc la seule communication que nous sommes autorisés à effectuer en prison et je sais que ce n'est pas du gâchis. Voyons si j'arrive à mettre un peu d'ordre dans mes idées pour vous raconter ce qui nous est arrivé.

Hier, à midi, après avoir consulté la carte, nous avons quitté Bahía Blanca en direction de Zapala. L'idée était de traverser la province de Río Negro dans la journée. À 4 heures de l'après-midi, il a commencé à pleuvoir et nous nous sommes arrêtés à la station-service de General Conesa. On a remonté la capote de la voiture et on a acheté des Coca. Jusque-là, tout allait bien. Soudain se matérialise devant nous, sous la pluie, un homme de grande taille en costume gris :

— Bonjour, je m'appelle Shultz, je suis un voyageur… Vers où allez-vous ?

On l'a trouvé étrange, mais on n'arrivait pas à définir en quoi exactement. On lui a dit qu'on allait à Zapala, alors il nous a demandé de le rapprocher de Cutral Có, qui se trouve à mi-chemin. On s'est regardés, hésitants, alors il a ajouté avec un petit sourire :

— Ça m'est égal de monter à l'arrière ; la pluie ne me dérange pas.

Comme il avait l'air bien sérieux, on l'a laissé s'asseoir derrière avec Caio et don Américo, puis on a repris la route. Caio m'a raconté ensuite que le dénommé Shultz regardait beaucoup sa montre et le ciel ; il semblait nerveux, mais ni lui ni Nonno n'ont rien remarqué de bizarre jusqu'à ce qu'on arrive à Pajalta, un village perdu dans la province de Río Negro.

Tout à coup, le ciel s'est assombri. Comme il pleuvait depuis un moment, on a pensé que c'était un gros nuage. Zacarías a allumé les phares parce qu'on se serait cru en pleine nuit. Alors j'ai entendu que quelqu'un faisait toc toc sur la lunette arrière. Zacarías s'est garé sur le bas-côté pour voir ce qui se passait.

— Je m'excuse, monsieur, a dit Shultz, mais j'ai besoin d'aller au petit coin.

L'homme est descendu de notre guimbarde et s'est éloigné, indifférent aux trombes d'eau. On regardait tous les cinq M. Shultz faire pipi. On sentait qu'il se passait quelque chose d'anormal, mais à ce moment-là on n'aurait pas su dire quoi. On éprouvait une sorte de malaise confus.

C'est alors qu'un phénomène inexplicable s'est produit. On l'a tous vu, malgré la torpeur qui nous gagnait… On a d'abord pensé que le temps avait commencé à se lever parce qu'on a observé comme un rayon de soleil à travers le gros nuage, comme quand le ciel va se dégager. Mais le rayon nous a paru artificiel et il n'éclairait que Shultz. Ensuite il y a eu un flash.

Je me souviens que je me suis pelotonnée contre Zacarías et que j'avais de plus en plus sommeil. Shultz a regardé calmement le ciel et a commencé à faire des signes au rayon de lumière, comme pour l'aider à manœuvrer. On a entendu un bruit de sèche-cheveux géant, puis on a vu se lever un vent qui secouait les feuilles mortes et l'herbe ; les oiseaux s'envolaient des arbres, affolés. J'ai entendu que Sofi m'appelait en pleurant et puis c'est le trou noir.

Quand on s'est réveillés, il faisait nuit noire, la batterie de la fourgonnette était à plat, on avait un mal de crâne épouvantable et on était tous nus à l'entrée d'un village qui n'était pas Pajalta. Plus étrange encore : on avait quitté la province de Río Negro.

Quand la police nous a trouvés à 10 heures du soir, marchant enveloppés dans la bâche du Bolide, elle nous a tous envoyés au trou pour atteinte aux bonnes mœurs. On est à Telsen, dans le Chubut, à cinq cents kilomètres de là où on pensait se trouver. En garde à vue et morts de trouille. D'après ce qu'on nous dit, ça fait dix jours qu'il n'a pas plu en Patagonie : c'est pourquoi ils pensent qu'on est fous ou qu'on cache quelque chose. Ils vont nous garder ici jusqu'à lundi pour vérifier nos antécédents. Ensuite, ils nous relâcheront, disent-ils. Je n'ose pas appeler Nacho, pauvre chéri. On va se débrouiller. Mais on ne cesse de ressasser tout ça. Tout à l'heure, Sofi m'a demandé, terrifiée :

— Tu sais ce qu'il avait de bizarre, ce type, maman ?

Je la regarde et je fais une moue interrogative :

— Quand il est apparu devant nous sous la pluie, à la station-service, tu te souviens ? Ensuite, quand il est descendu pour pisser et que nous, on le regardait…

— Oui, je m'en souviens… Qu'est-ce qu'il avait de bizarre ?

— Il était jamais mouillé. Il se promenait sous la pluie, mais il était sec.

J'ai réfléchi un instant et elle avait raison : on ne l'a pas vu se mouiller. Voilà cette sensation d'étrangeté qu'on n'arrivait pas à cerner.

23 février 2004
Le pays de Nacho

On est à Lago Puelo depuis samedi soir. Hier après-midi, installée dans une chaise longue, j'admirais la colline en me demandant à quand remontait la dernière fois où j'avais été comme ça, ventre à l'air sans penser à rien. Je me suis rendu compte que quinze ans s'étaient écoulés depuis mes dernières vraies vacances. Ça doit être pour ça que mon corps est plein de ressorts : j'ai un mal fou à me détendre, je suis tout le temps en train de penser à ce que je vais faire à manger, aux blouses des enfants que je dois laver, au ménage… Alors, j'ouvre les yeux et je vois ça, je respire un air complètement différent de celui de Buenos Aires, et de penser que je ne l'ai pas fait plus tôt ni régulièrement me donne envie de pleurer.

Des voisins sont venus aujourd'hui nous apporter un gâteau de bienvenue. « Pour la famille d'Ignacio », ont-ils dit, et ils nous ont salués un à un, nous souhaitant un bon séjour. Alors là, chapeau ! Nacho parle avec les gens d'ici comme s'il y habitait depuis des années. On l'aime beaucoup, Loutchia et lui. Les voisins sont comme le gamin, des gens tranquilles qui aiment lire et travailler, qui ont des enfants en bas âge et envie de vivre en paix. On se sent d'un autre tonneau.

Tout à l'heure, Nonno et Caio se sont mis à s'engueuler dans la rue et tout le voisinage est sorti pour voir ce qui se passait. C'est là qu'on a commencé à se rendre compte qu'on était d'un autre monde. Nacho est devenu tout rouge et nous a demandé de baisser le ton, de ne pas faire un scandale.

— Pas besoin de crier, ici, nous disait-il. Les voix résonnent énormément.

Nacho est un peu anxieux depuis qu'on est arrivés. Il est ravi qu'on soit venus, mais il n'aime pas trop qu'on ait brisé sa « paix intérieure ». Vendredi soir, il a dû se rendre en fourgonnette jusqu'à Telsen (après avoir lu dans ce livre de bord la nouvelle de notre arrestation), il a payé la caution et nous a conduits ici. Mais, pendant tout le trajet, il nous a demandé de ne pas faire d'histoires une fois arrivés sur place. Maintenant je comprends : il a un peu honte, il a peur de revenir en arrière.

Je me rends bien compte que, parfois, je ne peux pas m'empêcher de hurler au lieu de parler normalement. C'est une habitude. Des années à crier sans raison, à me faire du mauvais sang pour tout, à compter l'argent qui nous reste et l'argent qui nous manque. Je regarde Nacho qui n'a rien, pas même une maison terminée, mais qui est heureux, épanoui. En paix. Il touche le ventre de Loutchia, fend du bois, discute avec ses nouveaux amis, regarde le ciel. Il a trouvé son truc.

— Tu aimes bien cet endroit, pas vrai, mon petit Nacho ? lui ai-je demandé tout à l'heure. On ne te manquera pas une seconde…

— Mais si, vous me manquez, me répond-il en me tendant le maté. Je pense tout le temps à vous. En même temps, j'ai le sentiment d'avoir trouvé ma place. Je me réveille et j'ai l'impression que tout ça m'est destiné. Je n'ai pas cette impression, quand je me réveille à Mercedes.

— Quoi donc ? Le lac ? La montagne ?

— Non, maman chérie, me dit-il, et ses yeux s'emplissent de larmes. Un pays. Je ne voyais pas un pays. Maintenant, quand je me lève, je vois un pays pour mon enfant. Un endroit à construire à partir de rien. J'en avais assez de voir les ruines d'un pays qui n'existe plus. Ce pays commence avec moi.

Ce que me dit Nacho est comme un coup de poignard. Parce qu'il nous exclut, parce qu'il essaie aussi de me dire qu'on a eu cette occasion et qu'on n'a pas su la saisir. Mais je suis contente en même temps de me dire que l'enfant à naître de Nacho réclamera un vrai pays, construit avec enthousiasme par beaucoup d'hommes courageux. Comme ce que j'ai demandé quand j'étais petite et qu'on ne m'a pas donné. Comme ce que demandent Caio et Sofi et qu'on n'a pas su leur donner. J'espère que mon petit-fils verra tout ça en se réveillant, parce que c'est le paradis, mes chéris.

Par moments, quand j'ouvre les yeux et que je vois le lac, la Cordillère, ce Sud si silencieux, si immense et unique, je me demande ce que fabriquent les quatorze millions d'idiots qui s'entassent et vocifèrent dans la province de Buenos Aires… Alors qu'ils pourraient être ici, éparpillés, comme Heidi et son grand-père, pour commencer à bâtir un pays. J'ai parfois du mal à comprendre qu'on soit tous tellement dénaturés et qu'on ne s'en rende même pas compte.

24 février 2004
Les babas aiment Caio

Personne n'a jamais cru en Caio, dans cette famille, et encore moins en ses dons artisanaux. Force est de le reconnaître. On le laissait faire du crotting parce qu'on pensait qu'il grandirait, mais on n'a jamais pensé que ça le mènerait quelque part. Hier encore, on a essayé de l'en dissuader :

— Où tu vas avec ces boîtes à chaussures, Claudio ?

— Je vais au marché baba pour y tenir un stand, nous a-t-il expliqué, plein d'allant.

— Et pourquoi est-ce que les mouches te suivent ? s'est renseigné Zacarías.

— Je vais vendre mon travail d'artisanat, a répondu Caio en montrant les boîtes à chaussures.

On s'est pris la tête à deux mains, on s'est dit : « Ça y est, ce Caio va encore aller se fourrer dans le pétrin. » Zacarías est allé plus loin : il était sur le point de l'arrêter en lui lançant une brique, mais Nacho lui a bloqué le bras.

— Papa, je te l'ai déjà dit mille fois : on ne veut pas de violence ici. Si tu veux que Caio aille mieux, essaie de lui parler. Arrête de lui lancer des trucs à la tête.

— Je n'ai pas la parole facile, Ignacio, s'est plaint mon mari. Par contre, je vise bien. J'ai élevé mes trois enfants à coups de pierres, je t'en prie, ne me demande pas de changer ma méthode d'éducation maintenant…

Caio a profité de la discussion pour s'éclipser et se rendre au marché artisanal de Plaza Pagano, à El Bolsón. Il est revenu dans l'après-midi en compagnie de quelques chevelus. Ils devaient avoir mon âge, c'étaient des babas vieux et cradingues, ils donnaient à Caio des tapes dans le dos, le traitaient en héros.

— J'ai tout vendu ! nous a annoncé le gamin, exultant, en nous montrant un éventail d'euros et de dollars.

Au début, on ne l'a pas cru. « Va chier, Claudio... » lui a dit sa sœur, sceptique.

— C'est exactement pour ça que je suis rentré, a dit Caio. J'ai écoulé toute la marchandise, il faut que j'en produise d'autre. Je vais aux toilettes et j'arrive, Cartucho.

Cartucho était le plus âgé des babas. Il nous a tous regardés d'un air enjoué :

— Ce gamin est une mine d'or, nous a-t-il dit en pointant l'index vers Caio. Ça fait trente ans que je suis ici, à vendre des saloperies aux touristes : des ceintures, des colliers, des poudres magiques... Je n'avais jamais vu personne vendre de la merde non fabriquée. De la merde authentique.

— Les Allemands raffolent de ce que fait ce môme ! a dit un autre baba complètement édenté.

On était pétrifiés. Encore incrédule, j'ai compté les billets qu'avait déposés Caio sur la table :

— Il y a une grosse somme, ai-je dit à Zacarías.

— Cent cinquante euros minimum, a confirmé Cartucho. Je peux vous assurer qu'il vend plus que n'importe qui... On s'arrache ses crottes, j'avais jamais rien vu de pareil depuis la sortie du Rubik's Cube dans les années 80.

— Faut faire gaffe avec les touristes japonais, parce qu'ils pensent que ça se mange, a dit un autre baba. Y a déjà eu deux intoxiqués. Mais ce petit problème mis à part, c'est une affaire en or. Il mange quoi, le gamin ? Il a un secret ?

Zacarías a tout à coup compris ce que faisaient les babas chez nous :

— Ahhh ! Maintenant je vois pourquoi vous êtes

si intéressés et pourquoi vous l'avez raccompagné. Vous voulez la formule ! Poh poh poh ! Tirez-vous de là, bande de pouilleux !

Et il a commencé à les pousser dehors. Les babas ont eu beau dire « Cool, mec » et « Peace and love », mon mari les a virés fissa. Ensuite, on est allés à la porte des toilettes encourager notre petit Claudio :

— Chéri ? lui ai-je demandé. Tout va bien ?

— Oui, je travaille. Me dérangez pas, je sors tout de suite, nous disait Caio d'une voix déformée par l'effort.

C'était la première fois qu'on voyait Caio travailler. On s'est assis contre la porte des toilettes, émus et impatients. Parfois les parents ne croient pas en leurs enfants, jusqu'à ce que ceux-ci réussissent dans la vie. Cela nous a emplis de bonheur et de remords. À cet instant, prenant conscience des efforts que déployait mon fils pour accomplir ses rêves, j'ai pensé que j'aurais dû être plus attentive, lorsqu'il avait démarré son activité quelques mois plus tôt. « Courage, Caio ! » aurais-je voulu lui dire. Mais, ému, Zacarías m'a devancée :

— Eh, Claudio ! lui a-t-il dit en comptant les billets. Occupe-toi seulement de chier, fiston. Je te torcherai le cul… si tu veux.

Ému, Caio a mis un certain temps avant de répondre :

— J'en serais très honoré, papa.

J'ai deviné que le gamin avait les yeux embués de larmes.

25 février 2004

Est-ce que tu aimes papa ?

— Par moments, je la regarde, me disait Nacho tout à l'heure, et je me dis qu'elle porte notre petit dans son ventre… Quelque chose qui va m'attacher au monde pour toujours. Ça me plaît bien… Mais en même temps, ça me donne froid dans le dos, parce que je ne sais pas ce que c'est, de passer toute sa vie avec la même personne.

— Tu parles de ton enfant ou de Loutchia ? lui demandé-je.

— De Loutchia, bien sûr.

Il me regarde d'un air effaré.

— Depuis combien de temps tu connais papa ? Depuis combien de temps t'es avec lui ?

— Poh… ! Plus de trente ans, mon cœur. Plus de trente ans…

— Et c'est possible… ? Je veux dire : comment on fait pour rester si longtemps avec quelqu'un ? Il y a encore de l'amour entre vous ?

On est au beau milieu de la nuit, tout le monde dort dans la maison, et moi, qui n'en sais rien, qui ne sais pas comment j'ai fait pour rester si longtemps avec Zacarías et qui ne saurai probablement jamais s'il y a encore de l'amour – ou si même il y en a eu un jour –, je regarde Nacho, pas fichue de lui répondre.

— T'as perdu ta langue ?

— Oui.

— Tu l'aimes, papa, toi ?

Je sens que je peux avoir des conversations sérieuses, avec Nacho : il vit dans un autre monde.

Nous avons toujours été bizarrement connectés. Quand on en avait ras le bol de la famille, nous nous réfugiions ensemble dans de longues conversations nocturnes, mais nous n'avions jamais parlé de ça. Il a été là chaque fois que j'ai eu besoin de lui, il m'a donné des conseils fabuleux, ne m'a jamais sous-estimée. Ceci, par exemple, ce blog que je tiens depuis le mois d'octobre, c'était une idée à lui et ça m'a sauvé la vie.

Je n'ai jamais expliqué en détail qui j'étais un mois avant, en quoi j'étais en train de me transformer. « Maman, t'es en train de devenir une vieille rombière, m'a dit un jour Nacho. Quelles étaient tes aspirations, avant de rencontrer papa ? » Ça se passait l'année dernière, fin septembre. « Écrire », ai-je avoué sans même y réfléchir. Alors il m'a dit deux autres mots : « Vas-y ! »

— Peu importe si j'aime ton père ou pas, Nacho. Le problème est ailleurs… Tu veux quoi, quand tu vas te coucher et que tu serres Loutchia dans tes bras ?

— Être à ses côtés.

Ce n'est pas à son fils qu'on peut dire combien il est difficile d'avoir une famille, toutes les larmes qu'on verse, tout ce qu'on sacrifie. Je ne crois pas qu'il soit nécessaire de lui expliquer que l'amour s'en va très vite et que ce qui reste est autre chose qu'on a beaucoup de mal à expliquer… Comment dit-on à un jeune homme qui n'a pas encore trente ans qu'un matin on se réveille à côté de quelqu'un qu'on ne désire plus, mais sans qui on ne serait rien ?

L'autre jour, quand on parlait du pays, j'ai oublié de dire à Nacho que mon pays n'était ni Mercedes ni le Sud, que je me soucie de la centralisation, du fédéralisme comme de ma première chaussette. Que je peux vivre n'importe où pourvu que ce soit cette brute de Zacarías qui m'ouvre la porte.

— Tu veux être à ses côtés, chéri ? lui demandé-je, et le conseil qui s'impose sort spontanément de mes lèvres : Alors vas-y !

26 février 2004
Vacances et lune de miel

Hier, Nacho et Loutchia nous ont annoncé qu'ils n'avaient pas l'intention de se marier, qu'ils n'en éprouvaient pas le besoin et, à mon propre étonnement, je me suis entendue leur dire « C'est très bien ». J'ai toujours cru que j'étais contre le fait que les gens vivent ensemble sans signer de papiers, mais, au point où j'en suis, je m'en tamponne. Ce qui compte, c'est que mon môme soit heureux.

— Le seul inconvénient à ne pas se marier, a dit Loutchia, c'est qu'on n'aura pas de lune de miel.

Je crois que c'est comme ça que le sujet est venu sur le tapis. Sofi m'a alors demandé où on était allés en lune de miel, Zacarías et moi. Caio a voulu le savoir aussi. Quant à Nacho, il nous regardait d'un drôle d'air.

— Nulle part, ai-je dit, honteuse. À l'époque, on mettait chaque petit sou de côté pour acheter l'ancienne maison.

Ça me gêne, de parler de ça, parce que Zacarías a toujours culpabilisé de ne pas avoir pu m'offrir une lune de miel. Sans le vouloir, Caio a remué le couteau dans la plaie.

— Ça m'étonne de ta part, papa, a-t-il ironisé. Toi qui aimes tellement faire plaisir à maman.

Zacarías a cette réputation à la maison, le pauvre. Une réputation de mari peu attentionné. Généralement, il oublie mon anniversaire et à peu près tout ce qui me concerne. Moi, je sais qu'au fond il est timide, qu'il a l'impression que montrer ses sentiments est un truc de pédé. Mais voilà la réputation qu'il s'est taillée et il le sait.

— À cette époque, partir en lune de miel était réservé aux riches, s'est défendu Zacarías. Et puis Mirta était d'accord.

On a aussitôt changé de sujet, puis on s'est retirés pour faire la sieste. Je crois bien que c'est là que tout a commencé. Tout à l'heure, avant de nous coucher, Zaca me dit :

— On peut y aller, si tu veux.

— Où ça ? lui demandé-je, étonnée de le voir rougir.

— Ben, en lune de miel, me répond-il sans me regarder. Je te la dois.

J'ai failli tourner de l'œil et fondre en larmes. Cela faisait tant d'années que cet homme ne m'avait pas proposé une activité ensemble. Mais au lieu de m'évanouir ou de pleurer, j'ai souri.

— T'as trop bu ou t'es sérieux ? Fais attention, parce que je vais te prendre au mot et tu ne pourras plus faire machine arrière…

— Mais oui, je suis sérieux… Si tu veux, on emprunte la fourgonnette aux jeunes et on part. Où tu veux. Ça fait combien de temps qu'on ne s'est pas trouvés tous les deux en amoureux ? Vingt ans ? (Il prend une bouffée d'air et insiste.) Alors, t'en penses quoi, ma biche ?

— D'accord ! Allons-y ! lui dis-je en le serrant fort dans mes bras. L'air du Sud te fait le plus grand bien, dis donc.

— Je pose une seule condition, ajoute-t-il en levant l'index, l'air très sérieux. Juste toi et moi.

— Mais oui ! On ne va quand même pas emmener ton père.

— Toi et moi, ça veut dire autre chose. Je veux dire, tout seuls, sans que tu aies besoin de partir comme une flèche pour écrire à la terre entière que t'as lâché un pet, tu me suis ?

C'est à mon tour de prendre une mine sérieuse.

— Sans mon petit carnet ?

— C'est avec toi, que je veux partir en lune de miel, pas avec un personnage comique. Tu t'en rends pas compte, chérie, mais ça fait cinq mois que, chaque fois que j'ouvre la bouche, j'ai peur de figurer dans ton blog et qu'ensuite un tas de gens se moquent de moi.

Il parlait sérieusement. Très sérieusement. Et moi, j'acquiesçais.

— Si tu veux, on oublie les enfants, la pizzeria, tout pendant un temps, me dit-il en me prenant la main. On part toi et moi quelque part, déconnectés du monde. Est-ce que t'es capable de te déconnecter quelques jours pour moi ?

Émue comme une adolescente, j'ai donné ma réponse à Zacarías sans hésiter un instant.

Trente et quelques jours plus tard…

1er avril 2004
Dans ce lieu sacré…

On peut défaire ses valises, commencer à ranger les vêtements d'été, voir si aucune plante n'est morte, vérifier si Cantinflas a à boire et à manger, téléphoner à la banque pour présenter ses excuses, saluer encore ses voisins, écrire son premier post après un mois de silence, réveiller Sofi pour qu'elle aille à l'école, repasser des blouses, boire du maté dans le jardin, se rendre compte qu'il n'y a plus de café, plus de lessive, reprendre le cours habituel de sa vie comme si on ne l'avait jamais interrompu… On peut faire ce qu'on veut, au retour des vacances. Mais moi, je n'ai eu l'impression d'être rentrée à la Maison, avec un grand M, que lorsque je me suis assise pour faire caca dans mes propres toilettes.

Ça peut paraître fou, mais c'était essentiel pour moi de m'asseoir sur cet artefact qui a pris au fil des ans la forme de mon derrière, qui me connaît comme s'il m'avait faite.

La cuvette des W.-C. est le seul équipement ménager de cette maison qui connaît le pire et le meilleur de ma personne : mes grands efforts et mes grands échecs. C'est pourquoi, quand on a déménagé, on a pris avec nous la cuvette de notre ancienne maison. Je n'aurais pas pu faire mes besoins sur une autre. À cinquante ans, ça aurait été comme de changer de gynécologue. Dès lors qu'on en a un qui connaît vos misères, à quoi bon en chercher un autre ? Quand je regarde Zacarías, je me dis à peu près la même chose : « Pourquoi j'en changerais alors que maintenant je le connais par cœur ? »

Dans les hôtels où nous avons logé pendant notre lune de miel, je me suis assise sur de telles cuvettes que je n'en reviens toujours pas. Il y en avait même qui décrétaient qu'on avait déjà fait ce qu'on avait à faire et qui, sans crier gare, vous envoyaient un jet d'air chaud dans le popotin. Oh, quelle trouille j'ai eue, mon Dieu ! Vous me direz que c'est le meilleur endroit pour se chier dessus, mais c'eût été dommage de mourir à la belle saison… Après ça, je redoutais tellement d'aller aux toilettes que, le lendemain, j'ai dû ruser.

— Pourquoi tu chies dans un sac de supermarché ? m'a demandé Zacarías quand il est sorti de la salle de bains.

— Dis pas de grossièretés, chéri, n'oublie pas qu'on est en lune de miel.

— Et toi, sois pas dégueu ! Chier dans un sac, c'est pire que d'être grossier, rétorque-t-il fort à propos.

— Le problème, l'informé-je, c'est que la cuvette te souffle dans les fesses et ça chatouille horriblement.

Il ne voulait pas me croire, l'imbécile. Mais peu après je l'ai trouvé la tête dans la cuvette en train de se faire sécher les cheveux dans le souffle d'air chaud. Quand il a eu fini, on aurait dit qu'il avait fait de la moto sans casque. Il ressemblait à la panthère rose le jour où elle est restée enfermée dans le lave-linge.

Mais je reviens à mes moutons : ça fait drôle, de rentrer chez soi après un mois d'absence. S'asseoir dans ses propres toilettes vous aide à reprendre peu à peu possession de votre vie. Tout paraît quand même très difficile, le retour à la vie de tous les jours s'opère au ralenti, on a du mal à s'y habituer. Tout ce que je faisais automatiquement à peine un mois plus tôt est maintenant la mer à boire. Y compris ce premier post, mes chéris. Ne m'en demandez pas trop aujourd'hui parce que je ne trouve même plus les touches sur le clavier.

— Comment est-il possible qu'avant j'aie fait tout ça sans me plaindre ? me disais-je ce soir en considérant le tas de linge à repasser, la pizzeria à tenir, le petit carnet de bord à remplir de mots, mon fils drogué à soigner… Sainte Vierge du bel amour, que la vie est compliquée sur terre !

Mais ça me manquait, de m'asseoir dans mes toilettes, vraiment, ça me manquait… Ce moment d'introspection, ce moment où l'on regarde bêtement le carrelage abîmé, les médicaments périmés au-dessus de l'armoire à pharmacie, la toile d'araignée au-dessus de la baignoire, le *Nuevo Cronista* du lundi précédent sur le panier de linge sale… Le silence de cette pièce où l'on est toujours seule, en train de se livrer à cette activité routinière : chier en se demandant ce qu'on deviendra après avoir tiré la chasse.

Vous m'excuserez de reprendre tout doucement, sans cahots, en tâtant le terrain. Peu à peu je retrouverai le rythme et je vous raconterai notre lune de miel, nous reprendrons notre vie de tous les jours. Mais aujourd'hui, je viens de rentrer à Mercedes, la maison est sens dessus dessous, tout à coup il n'y a plus de montagnes dehors et ma vie retrouve son cours ordinaire.

C'est très déprimant, de rentrer de vacances, heureusement que nos toilettes nous attendent, les nôtres, qui pour une raison mystérieuse sont les plus confortables du monde.

2 avril 2004

Qu'est-ce qu'il y a sous le lit, Caio ?

J'ai comme l'impression que Caio, Nonno et Sofi ont fait la fête pendant notre absence sans nous demander la permission. Je l'avais flairé, mais, ce matin, j'ai trouvé des preuves irréfutables. Quand j'ai voulu attraper mes mules sous le lit, j'ai poussé un cri qui a réveillé toute la maisonnée.

— Claudio Maximiliano ! Viens ici, bordel de chiotte !

Caio est arrivé aussitôt, la tête basse au cas où. Sachant que quand je l'appelle par son vrai prénom, il y a anguille sous roche, il a pris le pli de baisser la tête pour esquiver la torgnole.

— Tu peux m'expliquer ce que c'est que ça ? lui demandé-je en pointant le doigt sous le lit.

— Quoi ? dit l'imbécile et en se penchant pour voir. Ah ! Ça ?

— Oui, « ça »… N'essaie pas de gagner du temps pour m'inventer un baratin, je te connais.

Caio possède onze expressions faciales différentes (on ne peut pas dire qu'il soit très expressif), dont huit signifient qu'il ment. Une mère apprend à connaître ses enfants. Les trois autres expressions signifient : « Je vais vomir », « Il me faudrait dix pesos pour sortir » et enfin une dernière qu'on ne lui a pas vue depuis deux ans et qui veut dire « J'ai l'impression que j'ai une péritonite ».

— Je ne sais pas ce que c'est, me dit-il en me servant l'expression n° 6, laquelle consiste à hausser les sourcils et à faire la lippe. Faudrait une torche électrique. On dirait un paquet.

— Claudio… lui dis-je, de plus en plus énervée. Tu sais aussi bien que moi ce que c'est. Je ne te pose pas la question pour que tu me l'apprennes. Je te la pose pour te torturer. Faut-il encore que je t'explique, à ton âge, que les mères posent des questions pour la forme ?

— Ah ! me dit-il. Tu sais ce que c'est, alors ?

— Oui, Claudio.

— C'est le Chilien Calesita, me dit-il.

Effectivement, en regardant plus attentivement, j'ai pu constater que c'était le Chilien Calesita. J'ai regardé mon fils, stupéfaite. L'aplomb de ce gamin s'accroît de jour en jour.

— Tu peux m'expliquer ce que fabrique ton copain sous mon lit ?

— Il doit dormir, me dit-il. Tu vois bien qu'il ne bouge pas.

Notre conversation a dû réveiller Sofi et Nonno, qui sont apparus dans le couloir en traînant les pieds, les yeux chassieux.

— Qué cosa arriva, Mirta ? Sonno houite hore de la matina, se plaint Nonno.

— Don Américo, lui dis-je. Savez-vous qui se trouve sous mon lit ?

Nonno se baisse pour regarder et déclare :

— I Chilieno Carrusele.

— Mais meeerde ! crié-je en joignant les mains vers le ciel. Personne n'en a rien à cirer que j'aie passé la nuit avec un ivrogne sous mon lit ?

— Qu'est-ce que tu racontes ! dit Zacarías en sortant de la douche. Ça fait un an que j'ai même pas flairé un bouchon. Qu'est-ce qui te prend d'étaler ton linge sale devant tout le monde ? Moi, ça fait trente ans que je dors avec un sac de cellulite et je ne l'ai jamais crié sur les toits.

— Je ne parle pas de toi, abruti. Je parle du Chilien Calesita qui est sous notre lit.

— Depuis quand ? demande Zacarías, recouvrant sa poitrine d'une serviette en présence de l'inconnu.

— J'en sais rien, moi, dit Caio. Ça peut dater de quelle fête, Sofi ?

— Une de celles du mois de mars, dit Sofi, puis elle m'informe : y a plus de Nesquick, maman. Passe-moi de l'argent pour aller en acheter.

— Sors-moi ce Chilien de là immédiatement, Caio, lui dis-je. Il doit être mort de faim. Ce garçon a besoin de toute urgence d'un café avec des cendres pour faire passer la gueule de bois. Ensuite, il faudra appeler son père pour le prévenir qu'il dort à la maison depuis quelques jours.

Dans la cuisine, tandis que je préparais le petit déjeuner pour la famille et pour l'invité, j'ai commencé à réaliser que, contrairement à ce qu'on a toujours cru, les enfants finissent par éduquer leurs parents. On finit par s'habituer à tout. À quel moment ont-ils commencé à fumer des joints sous notre nez, à ramener des gens à la maison sans nous demander notre avis et à ne plus avoir peur de nous répondre ?

Je vois que Zacarías est de plus en plus mou, il n'a plus envie d'enlever sa ceinture pour les corriger. Certains jours, j'ai l'impression que toutes ces années ont été une bataille, une lutte sans merci, jusqu'au jour où on a été battus par tir aux buts.

— Bonjour, madame, me dit peu après le Chilien Calesita en s'asseyant à table, les yeux explosés et les cheveux en bataille. Vous n'auriez pas des petites brioches pour le café ?

— Tout de suite, trésor, lui dis-je, résignée. Alors, dis-moi, tu as bien dormi, ces jours-ci ?

6 avril 2004

Les hormones de la jeunesse

Hier soir, quand les petits m'ont demandé l'autorisation de faire un pique-nique nocturne avec des amis, moi, comme une idiote, je me suis rappelé ma jeunesse, le jeu de la bouteille, colin-maillard, les conversations sur nos peines de cœur, les parties de football mixte (le seul sport un peu excitant), alors j'ai dit oui. Mal m'en a pris !

Il faut dire aussi que la petite Sandra était de la partie, une camarade de collège de Sofi qui est très croyante. J'étais donc à mille lieues d'imaginer qu'ils feraient des bêtises. Après tout, me suis-je dit, ce sont les derniers jours de l'été et, depuis qu'elle fréquente Sandra, ma môme s'est assagie. À 7 heures du soir (c'est-à-dire tout à l'heure) sont arrivés Jésica, Pajabrava, Sandra, Caio et Sofi avec plein de canettes de Coca et de paquets de chips. Ils ont disparu dans le jardin en m'expliquant d'entrée de jeu qu'ils ne voulaient pas être dérangés.

Comme le lundi Zacarías a club de billard, j'ai dîné toute seule dans la cuisine, quoique de temps en temps je jette un œil du côté du jardin, au cas où. Très vite, je me suis plongée dans mes souvenirs de pique-niques à la maison, quand on jouait à la balle au prisonnier et à la bouteille. Toute une époque !

Absorbée dans mes pensées, je ne sais plus à quel moment j'ai regardé à nouveau en direction des enfants. Je ne sais pas s'il s'était écoulé dix minutes ou deux heures… Le fait est qu'il faisait déjà nuit et qu'ils étaient tous les cinq à poil autour d'une nappe. Sur l'herbe. Nus comme dans les orgies qu'on voyait dans la série *Moi, Claude Empereur*, des histoires de dépravés du Moyen Âge.

— C'est quoi, ce bordel ! ai-je hurlé en sortant dans le jardin. Qu'est-ce que vous fabriquez ?

— On joue au strip-poker, madame, me dit la petite Sandra, et j'ai compris qu'elle n'était pas croyante mais nigaude.

— Mais comment est-ce possible ? Toi qui es si sage, Sandra ! dis-je en m'efforçant de ne regarder aucune partie de corps recouverte de poils. C'est quoi, cette histoire de strip-poker ? C'est comme le jeu de la bouteille ?

— Aucun rapport ! me dit Sofi, qui n'avait plus que sa montre sur elle. Chaque fois qu'on abaisse une carte plus forte que le deux, on doit enlever un vêtement.

— Mais enfin ! La plupart des cartes sont plus fortes que le deux, espèce d'écervelée !

— Pourquoi est-ce qu'on est tous à poil, à ton avis ? dit Caio.

J'ai regardé les cinq dépravés. On aurait dit un de ces tableaux de musée où sont représentés des personnages allongés sur l'herbe. On voit bien que Sofi et Caio ont souffert de malnutrition du temps de De la Rúa, parce qu'on leur voit les côtes, ai-je pensé.

— Sofía, Sandra et Jésica ! Rhabillez-vous immédiatement, avant que Zacarías n'arrive.

— Mais maman ! se plaint Sofi.

— Et vous ! dis-je en montrant Caio et Pajabrava. Regardez les filles dans les yeux ! Soyez discrets, au moins. On dirait des chiens en rut…

— Sofi a des yeux ? dit Pajabrava, et Sofía le regarde d'un air enamouré, comme si le gamin lui avait adressé un mot doux.

— Fais pas le malin, toi, et couvre tes parties intimes parce que ça me choque. T'as quel âge ?

— Seize ans, me dit Pajabrava.

— Comme Caio ? m'étonné-je. Quelle différence de calibre !

— Maman, t'as vu les seins de Sofi ? Elle serait

pas enceinte, ta fille ? fait remarquer Caio pour changer de sujet, car il n'aime pas que l'on compare son engin à celui des autres.

— Tu oses encore plaisanter ? lui dis-je. Ramasse-moi vite ces cartes avant que ton grand-père ne se rende compte que vous avez emprunté ses Fournier édition d'or !

Caio rigole et regarde à l'intérieur de la maison.

— Nonno est à sa fenêtre depuis deux heures, les jumelles braquées sur les fesses de Jésica, me dit-il. En plus, c'est lui qui nous a donné l'idée du strip-poker.

— Bambino rapporteur ! dit la voix de don Américo que je devine planqué derrière ses volets. É la dernière fois que te donno oune idée, espèce de traître, ingrato !

— Ton grand-père me mate le cul ? dit Jésica en se couvrant d'une serviette. Oh ! le vieux cochon !

— Chésica, por couvrire cette derrière tou auras besogno d'oune drap ! lui crie mon beau-père, vexé qu'on le traite de vieux cochon.

Une fois les cinq adolescents rhabillés, je les ai enfermés : les filles d'un côté, les garçons de l'autre, car de nos jours il faut se méfier des hormones de la jeunesse. À en croire l'état d'excitation de Nonno, on aurait intérêt à se méfier aussi des hormones du troisième âge.

Au bout du compte, le seul qui semble ne pas avoir de sang dans les veines, c'est Zacarías. Depuis notre retour, il ne joue plus avec moi, pas même à la crapette. Je suis malchanceuse, y compris aux cartes.

7 avril 2004

Tout est la faute des parents

Avant de partir en lune de miel, Loutchia m'a offert *La Neuvième Révélation*, un livre de développement personnel que je n'ai pas ouvert de tout le voyage, parce que je préférais coller mes poils à ceux de Zacarías. Mais maintenant que je suis plus tranquille à la maison, j'ai commencé à le feuilleter et je n'arrive plus à le lâcher. Grosso modo, le livre dit que tout le monde bouffe l'énergie de tout le monde. Au début j'ai trouvé ça un peu bidon (chaque fois qu'on me parle d'énergie, je pense à Rika Zaraï), mais finalement j'y ai découvert un tas de choses sur nous, les Bertotti.

L'auteur dit qu'on peut classer les gens en quatre catégories, indépendamment du fait qu'ils soient juifs, chrétiens, samaritains ou quoi que ce soit. Ces quatre catégories seraient :

• les intimidateurs : ceux qui te sucent l'énergie en te hurlant dessus, en te tabassant, en se faisant passer pour fous dans le but de t'intimider. C'est le cas par exemple de Pinochet, Mister T, Nonno, l'Incroyable Hulk, Ben Laden, et de la vieille Monforte ;

• les questionneurs : ceux qui t'assomment à coups de questions et passent leur vie à surveiller le moindre de tes gestes. Par exemple le boucher Pertossi, Sherlock Holmes et la présentatrice Bety, celle qui pose des questions le vendredi ;

• les distants : ceux qui te cassent les bonbons en jouant les détachés, qui ne te regardent même pas et prennent des airs supérieurs. Par exemple Clarens, le lion de Daktari, Nacho, Jésus-Christ et le prince Charles ;

• et enfin, les pauvres de moi : ceux qui te bassinent en se plaignant de tout, qui jouent les victimes et passent leur temps à pleurnicher. Exemple : le président De la Rúa, Caio, Gandhi et Caliméro.

Tout en lisant, je réfléchissais et je me suis aperçue que, du moins dans ma famille, chacun entre dans une de ces cases. Cependant, l'auteur va plus loin et explique qu'on a tous un de ces défauts de fabrication et que c'est la faute d'un de nos parents (celui qui nous emmerdait le plus dans notre enfance).

Quand on est petit, un de nos parents nous bouffe notre énergie au moyen d'une de ces quatre techniques. Alors on apprend à se défendre en utilisant une autre méthode qu'on gardera ensuite toute notre vie. À chaque mécanisme bouffeur d'énergie correspond un autre qui fait contrepoids. Un exemple :

• père intimidateur, enfant pauvre de moi : autrement dit, si votre père vous poursuivait avec un balai quand vous étiez petit, aujourd'hui vous allez raconter le drame de votre vie à la télé en prime time et vous allez soûler tout le monde en jouant les victimes ;

• père interrogateur, enfant distant : si votre mère vous prenait la tête avec ses questions, vous surveillait et vous demandait l'heure toutes les dix minutes, vous garderez la manie de vous enfermer dans votre bulle et de jouer les mystérieux ;

• père pauvre de moi, enfant intimidateur : si pendant toute votre enfance vous avez vu votre mère pleurer sans arrêt, vous aimerez probablement tuer des chats et taper sur votre femme, vous serez garde du corps ou un truc dans le genre ;

• et enfin, père distant, enfant interrogateur : si votre paternel est parti en voyage quand vous aviez trois ans et qu'il est revenu quand vous en aviez quinze, vous passerez votre vie à assommer de questions votre entourage et à vouloir tout savoir et tout contrôler.

Forte de ces informations, hier soir je suis restée jusque tard dans la nuit à dresser l'arbre pathologique des Bertotti. Je suis tombée à la renverse parce que tout coïncide à la perfection. Regardez un peu le tableau :

L'arbre pathologique des Bertotti

Si je vous raconte tout ça, c'est parce qu'il est fort probable que vous n'ayez pas la moindre idée de la raison pour laquelle vous êtes comme vous êtes. Grâce à cette grille de lecture, grâce à la science exacte prodiguée dans les livres de développement personnel, vendus trois fois rien dans les hypermarchés, tout devient plus clair.

Alors maintenant vous savez : si nous sommes tordus dans notre tête, c'est à cause de nos parents, et, la meilleure manière de s'en sortir, c'est d'emmerder nos enfants, mollement mais sûrement. Donc, au boulot, dépêchons, tant que bouffer l'énergie des autres n'est pas encore considéré comme un délit.

12 avril 2004
Le jour où on a vendu de la margherita bénite

Mercredi dernier, nous avons été confrontés à un dilemme : ouvrons-nous la pizzeria pour la Semaine sainte ou restons-nous tranquilles à la maison, en congés jusqu'au lundi ? Nous ne sommes pas des gens très pieux, à vrai dire, et encore moins des acharnés du travail. On a donc passé la journée à retourner la question dans tous les sens. Heureusement, à défaut des idées marketing de Nacho, Nonno a eu une inspiration qui a fait affluer la clientèle.

— E per qué non preparare una pizza bien catholique, apostolique et romaine ? a proposé mon beau-père. On a tous pensé que c'était la meilleure solution.

On a écarté deux trois idées (dessiner sur les pizzas un Jésus en mozzarella nous a paru un peu hérétique, surtout que Caio a proposé qu'on mette des anchois en guise de moustache et du poivron en guise de sang), jusqu'à ce qu'on trouve la solution : on remplacerait la pâte à pizza courante par de la pâte à hostie en couches superposées. Comme je le dis toujours : l'art est dans la simplicité.

Pour promouvoir le nouveau produit de la pizzeria Bertotti, on a fait imprimer le jour même des flyers et, pendant que Sofi et Negra Cabeza les distribuaient, on a passé la nuit à cuisiner et à prier. Le bruit a vite couru dans la ville, si bien que jeudi, dès 8 heures du matin, un tas de fidèles faisaient déjà la queue pour prendre une hostie aux quatre fromages et deux Coca-Cola.

Ce qu'on n'avait pas prévu, c'est que l'Église le prendrait mal. Jeudi, tout a marché comme sur des roulettes. On a vendu près de deux cents pizzas à l'hostie et une cinquantaine de pizzas normales (il y a aussi beaucoup d'athées, à Mercedes). Ça s'est compliqué quand Nonno s'est emballé et s'est mis à confesser des gens moyennant un supplément de deux euros.

— Quatre cinquante por oune pizza à l'hostie et oune confezione, plous oune Fanta à l'arange gratouite ! proposait-il.

L'affaire nous a dépassés, il est vrai, car la pizzeria ne désemplissait pas, certains clients (les plus pieux) arrivaient même à genoux et, après leur avoir vendu des pizzas, il fallait leur soigner les guiboles à la teinture d'iode.

Vendredi, quand tout Mercedes avait déjà mangé au moins deux portions de pizza miraculeuse, l'archevêque Emilio s'est pointé à la boutique, écumant de rage, accompagné du sous-commissaire Rementería et d'un avocat du diocèse.

— Ce sont eux, monsieur le sous-commissaire, disait-il en nous montrant du doigt. À cause de ces gens-là, mon église est à moitié déserte.

Le sous-commissaire nous a demandé nos papiers et ensuite (la force de l'instinct, mes chéris) il a mangé une demi-pizza gratuite. Ce n'est qu'après qu'il nous a interdit de confesser les clients et nous a collé une amende de cinquante pesos pour trouble à l'ordre public. On a payé sans moufter parce que, de toute manière, on avait fait une affaire en or. Mais l'archevêque Emilio a jugé la punition insuffisante.

LA PIZZERIA BERTOTTI PRÉSENTE

sa pizza à l'hostie

Ingrédients :

- Pâte à hostie
- Mozzarella
- Poivrons et tomates
- Olives Vatican (bénites)

Confession express

... et ses spécialités habituelles :

• Salade • Brocolis • Calzone • Crème • Épinards • Ail
• Olives • Aubergine • Marinara • Margherita

Un sachet d'eau bénite offert
pour 2 pizzas à l'hostie achetées

OUVERT LE LUNDI DE PÂQUES

Les propriétaires et Negra Cabeza vous y accueillent

42-6218 42-1802

— Non, monsieur ! criait-il de sa grosse voix. Il faut fermer leur commerce et les envoyer tous en prison… On ne peut pas faire de profit avec la foi.

— Comment ça, on ne peut pas ? ai-je lâché du fond de mon âme. Et la Toyota qui est garée devant la porte, comment l'avez-vous achetée, monsieur l'archevêque ? Vous l'avez gagnée à un tirage au sort ?

— Cette Toyota ne m'appartient pas, s'est défendu l'archevêque. Elle est la propriété du diocèse. Un archevêque ne possède rien, il est tout au plus le chauffeur de Dieu. Et l'Église ne s'enrichit pas aux dépens de la foi. Elle « est » la foi.

Se tournant vers un de ses avocats, il a poursuivi :

— Expliquez-le-leur, maître Martínez. Je ne vous ai pas fait venir pour que vous vous tourniez les pouces.

— Vous n'avez pas le droit de vendre des hosties au nom de Jésus, a ânonné Martínez, l'avocat de l'Église. Jésus-Christ et ses dérivés sont une marque déposée appartenant à son excellence l'archevêque Emilio.

— Dans ce cas-là, allez mettre en tôle Mel Gibson, s'est plaint Caio. En voilà un qui s'en met plein les poches… Pourquoi c'est toujours les consommateurs qui vont en tôle ? Allez choper les dealers !

On a passé l'après-midi à discuter théologie, cependant que Zacarías et Sofi continuaient en douce à vendre des pizzas comme si la fin du monde approchait.

Grâce à Dieu (c'est le cas de le dire), après de longues négociations, on est arrivés à un accord avec l'archevêque Emilio : il nous autorisait à commercialiser la Pizza l'Hostie™ jusqu'à dimanche, à condition que trente pour cent des gains lui soient reversés. Pardon : reversés aux pauvres (c'est ce qu'on a écrit sur le contrat). L'archevêque prétend qu'il ira lui-même cette semaine chez les pauvres distribuer une petite part des gains. C'est beau, la foi !

14 avril 2004
Sofi fête ses quinze ans

J'ai eu quinze ans en pleine dictature d'Onganía. Mon père, un imprimeur communiste (une très vilaine combinaison), avait dû disparaître du paysage pendant un temps et ma mère pleurait à longueur de journée, si bien qu'elle n'a pas eu le temps de s'aviser que, ce 19 décembre, je devenais une jeune fille. Ça m'a terriblement traumatisée, mes chéris.

J'ai été une des rares filles de ma classe à ne pas avoir de fête pour ses quinze ans et ça, à la fin des années 60, c'était aussi honteux que d'être édenté. C'est pourquoi, dès que Sofi est née, j'ai converti en dollars chaque petit peso qui me restait des courses, chaque pourboire touché à la boutique ou pour les pâtisseries que je vendais dans le quartier avant d'ouvrir la pizzeria… Car j'ai toujours pensé que, pour ses quinze ans, je devais offrir à ma fille la fête que je n'avais jamais eue, une fête conforme au rêve que j'avais dans la tête.

Hier soir est arrivé le moment de lui faire la surprise de sa vie. La petite aura quinze ans le 28 de ce mois. C'est dans deux semaines, alors j'ai loué le salon Anús, le plus chic de Mercedes. Avec l'autre moitié des économies, je pensais lui acheter la robe, mais, à mieux y réfléchir, j'ai décidé qu'il valait mieux qu'elle la choisisse elle-même. Hier soir, je l'ai donc assise dans la cuisine et je lui ai annoncé la nouvelle avec mon plus beau sourire.

— Une fête pour mes quinze ans ? Ça va pas la tête, non ! m'a sorti la garce en fronçant le nez comme si je lui avais demandé de nettoyer la cuvette des W.-C. C'est complètement ringard, maman. Ça ne se fait plus.

Je suis restée un instant immobile, le sourire figé, les dents serrées, comme si mes lèvres étaient une vitrine contenant des vieux jouets. Quand j'ai réalisé ce qui se passait, je me suis renfrognée et j'ai failli lui retourner une mornifle, mais je me suis retenue comme une grande dame :

— J'en ai rien à cirer ! lui dis-je d'une voix haineuse. Moi, je n'ai pas eu de fête, espèce d'ingrate ! Tes grands-parents n'ont pas pu me payer mon rêve doré, alors toi tu vas l'avoir. Que tu le veuilles ou non, je vais t'offrir le plus beau jour de ta vie.

— Mais enfin, maman, c'est complètement ringard, de faire une fête, c'est un truc de ploucs ! s'obstine-t-elle. Tu parles d'un bonheur !

De mon temps, la fête des quinze ans était, pour toutes les gamines de l'âge de Sofía, un avant-goût du paradis. Une sorte de répétition générale du mariage : on ne regardait pas à la dépense, on vous achetait une robe chère, on invitait un tas de gens, on dansait d'abord une valse, puis un twist et ainsi de suite. C'était presque toujours à l'occasion de cette fête qu'on roulait une pelle pour la première fois, derrière un troène, à la lueur d'un lampadaire. C'est pourquoi je ne comprends pas pourquoi ma fille m'envoie bouler.

— Écoute-moi bien, petite morveuse irresponsable, lui dis-je avec nostalgie. Ma mère avait toujours rêvé de jouer du violon et, comme elle n'a pas pu, elle m'a fait prendre des cours de violon pendant six ans. Je m'y suis pliée sans moufter, chaque jeudi de mon enfance !

— Et alors ?

— Maintenant c'est mon tour, fille indigne ! Je n'ai pas eu de fête, alors tu en auras une. Même si je dois t'attacher au pied du gâteau. Mes échecs, je les rachète avec toi, que ça te plaise ou non. C'est clair ?

— Les gâteaux n'ont pas de pieds, maman. Tu délires !

— Celui que j'ai choisi pour toi a trois étages ! je lui hurle à la figure. Alors mieux vaut qu'il ait des pattes, sans quoi il tombera.

— C'est gerbant, tout ça, maman… Un gâteau à trois étages, c'est ce qu'il y a de plus plouc au monde. Oublie.

La discussion s'envenimait, mais, le problème, c'est que j'étais en train de perdre mon sang-froid… Je n'aime pas ça, vous le savez, mais j'ai dû utiliser l'arme des mères, les larmes, comme ultime recours :

— Tu ne peux pas me faire ça. Tu vas me tuer, un jour, à force de me contrarier, lui dis-je en laissant s'embourber les mots dans une lippe bien sentie.

J'ai guetté sa réaction, mais la rosse n'a pas cillé :

— De nos jours, quand une fille a quinze ans, ses

parents lui offrent une mob ou un voyage à Disneyland, me dit-elle, complètement immunisée. Alors réfléchis-y, maman : ou tu m'offres un truc pour m'exploser la tête, ou tu m'offres un truc pour que j'aille m'éclater en avion, mais une fête de prolo, pas question.

Puis elle est partie en claquant la porte, la garce... En claquant la porte ! Je me suis retrouvée toute seule, le souffle coupé, assise au milieu de la cuisine pendant que toutes mes illusions se répandaient sur le carrelage comme les balles d'un jongleur atteint de Parkinson.

Et dire que j'avais sous la main, ici, dans le deuxième tiroir, la surprise finale : les invitations imprimées, les étiquettes à son nom, « Sofía Mirta Bertotti », en lettres roses sur fond blanc.

Moi qui avais déposé tous mes rêves dans cette fête : Zacarías dansant avec sa fillette, Nonno se dénichant une petite amie présentable, Nacho débarquant du Sud par surprise. J'avais même préparé les Kleenex au cas où Sofi se serait mise à pleurer d'émotion en apprenant la nouvelle. Mais, au lieu de pleurer, elle était partie en claquant la porte...

Sainte Vierge, pourquoi ai-je une fille aussi vache ? Je suis désolée pour elle, mais je n'annulerai pas la fête, même si je dois déguiser Caio en jeune fille de quinze ans. Aussi vrai que je m'appelle Mirta, cette fête aura lieu.

21 avril 2004
Vivre pour le raconter (lettre à Diego)

J'ai vu pleurer Zacarías trois fois dans ma vie. Quand on lui a dit que Nacho était un garçon, quand t'as mis le deuxième but aux Anglais et quand on t'a viré de la Coupe du monde 94. Tu te rends compte : c'est grâce à toi que j'ai découvert que mon mari avait du sang dans les veines. C'est pourquoi, quand il prie, je prie aussi. Tant pis s'il faut encore prier pour toi. Dans cette maison, quand mon mari dit qu'il faut allumer deux bougies, on allume deux bougies et c'est marre.

Tu sais que je ne te porte pas dans mon cœur, je te l'ai dit mille fois ; je t'ai toujours trouvé détestable parce que t'es fanfaron et ordurier. Zacarías prétend que je penserais autrement si j'aimais le foot, que sur un stade tu étais grandiose, prodigieux, qu'à ta meilleure époque tu étais capable de contourner les lois de la physique et patati et patata. Mais ça ne suffit pas pour me séduire. Je suis une femme, je n'y connais rien aux ballons ni aux crampons, et c'est tant mieux.

Il y a des choses que je comprends, en revanche. Et pour ces choses-là, je prie tous les soirs. Mais attention : ce n'est pas pour toi. Sais-tu pourquoi je prie ? Parce qu'il y a eu des moments où on n'avait rien, ce qui s'appelle rien à se mettre sous la dent, et toi tu donnais de la joie à ma famille.

Alfonsín faisait des ravages et, grâce à Dieu, nous est tombée dessus la Coupe du monde où tu as fait un triomphe. Ce fut un hiver horrible pour moi car je ne pouvais cuisiner que des beignets de blette au déjeuner et au dîner. Mais si je demande aujourd'hui à Nacho ou à Zacarías le souvenir qu'ils ont de cet hiver-là, c'est toi qu'ils citent, ils ont ton nom plein la bouche et sourient… Ils ne se souviennent pas d'autre chose ; ils ont totalement oublié qu'ils ont eu faim.

Dehors, devant l'entrée de la clinique où tu respires par un petit tube, il y a une foule de journalistes étrangers en train de photographier les gens qui allument des bougies et passent la nuit à réciter le Rosaire. J'ai parfois un peu honte à l'idée que le reste du monde va nous prendre pour des êtres primaires et butés. Mais ensuite j'ai envie d'expliquer à la terre entière que nous ne prions ni pour le grossier personnage ni pour le fanfaron. J'ai envie d'expliquer au reste du monde à quoi ressemble notre pays, comment les rares moments de joie que nous avons connus au cours de ces vingt dernières années c'est à toi que nous les devons.

On a tellement de mal à se mettre d'accord sur quelque chose. On a tellement de mal à rire ou à pleurer ou à crier pour la même chose. On a tellement de mal à chanter « Argentine, Argentine » en sentant notre poitrine se gonfler. On est tellement peu habitués à rassembler nos efforts pour avancer, pour tâcher de devenir meilleurs, tellement peu enclins à prendre collectivement le mors aux dents. Le jour où on l'a exclu pour dopage, je suis descendue dans la rue et je te jure, sur la tête de mes trois enfants, c'était la première fois de ma vie que je voyais pleurer tout le monde. Les gens marchaient en silence et en traînant les pieds, la larme à l'œil. Le pays tout entier était abattu et muet. Que nous sommes bizarres ! me suis-je dit, mais je me suis sentie fière d'appartenir à cette nation, parce que je pleurais moi aussi sans savoir quand j'avais commencé.

Tu te rends compte que même Caio, qui ne t'a pourtant jamais vu lever une coupe du monde, a un poster de toi dans sa chambre et parle de toi comme s'il t'avait connu ? Même Nonno t'a pardonné d'avoir envoyé toute l'Italie se faire foutre en direct. Même Nacho qui déteste le football sait que tu es bien plus que cela et prend ta défense… Comment veux-tu que je ne prie pas pour que tu guérisses ?

Dans très longtemps, les enfants de Sofi vivront dans un pays bien meilleur que celui qui est le nôtre aujourd'hui. J'en suis persuadée. Personne ne se souviendra que tu étais un homme fanfaron et ordurier. Dans les manuels scolaires, on ne dira de toi que l'essentiel, qu'un jour est né dans ce pays un petit noiraud qui jouait au ballon mieux qui quiconque, qui était capable de remonter le moral d'un pays accablé et le rendre fou de joie, heureux, même aux périodes les plus sombres de son histoire. Je prie pour que cela ne meure pas.

Pour que tu guérisses, pour que tu puisses te reposer de tous les efforts que tu as fournis pour être l'unique et pour que tu aies le temps d'être une personne comme tout le monde. Pour que tu puisses connaître tes petits-enfants, les embrasser, leur raconter qui tu as été. Ça doit être beau d'atteindre la vieillesse, de regarder son petit-fils dans les yeux et de lui dire, le cœur en éveil : « Tu sais qui j'étais ? J'étais Diego Maradona. » Vivre pour le raconter.

28 avril 2004
Le soir où j'ai accouché d'elle

Il y a quinze ans, à peu près à cette heure-ci, j'étais en train d'accoucher pour la dernière fois. Pourtant, dans mon souvenir, ce n'est pas une époque joyeuse. Sofi est venue au monde sans qu'on l'ait voulue, et qui plus est au pire moment de l'histoire de l'Argentine. En 1989, la situation était si mauvaise, si catastrophiquement mauvaise, que non seulement nous avons songé à ce que je me fasse avorter de Sofi, mais nous avons même envisagé plusieurs fois de tuer Caio qui avait un an et demi et bâfrait comme quatre. Ça vous donne une idée, mes trésors, de l'état dans lequel se trouvait le pays.

Les crises économiques affament la population, ce qui entraîne un tas de problèmes familiaux. L'argent qui ne suffit pas. Les disputes pour un oui, pour un non… Qui plus est, Zacarías avait voté pour Luder et moi pour Alfonsín. Alors l'imbécile, chaque fois qu'il voyait les australes disparaître de sa poche, il rejetait la faute sur moi :

— Tu vois ce qui se passe quand on tourne le dos au péronisme ? m'accusait-il. En plus d'être antipéroniste, t'es naïve…

C'était l'époque de l'hyperinflation. Encore aujourd'hui, chaque fois que j'entends ce mot-là, j'ai les guiboles qui tremblent. La chose la plus horrible qui puisse arriver à une mère de famille, mis à part qu'on entre avec les pieds plein de boue dans la salle à manger qu'elle vient de cirer, c'est que le budget pour les courses ne suffise pas à nourrir ses enfants.

Je me rappelle comme si c'était hier le jour où Sofi est arrivée. J'avais un ventre énorme, j'avais dépassé le terme et je faisais la queue au supermarché. J'avais enfin déniché de l'huile de marque Cocinero, très difficile à trouver à l'époque. J'avais aussi une bière pour Zacarías et un litre de lait pour Caio. Je serrais un billet de mille australes dans ma main, juste de quoi payer mes courses. À un moment, la caissière annonce au micro :

— À partir de la dame au pull rouge, les prix subissent une augmentation de trente pour cent.

J'étais bien sûr derrière la dame au pull rouge, si bien que le coût de mes courses était passé à mille trois cents australes. Je me souviens que j'ai fondu en larmes parce que je ne savais pas quoi rendre, qui priver au sein de ma famille. À ce moment-là, en pleine crise de larmes et d'impuissance, j'ai perdu les eaux et me suis retrouvée paralysée par une contraction.

Deux heures plus tard, à l'hôpital Dubarry, en voyant ma fille pour la première fois, j'aurais dû former de jolies pensées, remercier Dieu de l'avoir fait naître en bonne santé, la couvrir de baisers de bonheur. Au lieu de quoi, quand la sage-femme me l'a mise dans les bras, j'étais aux cent coups. Je l'ai vue avec son petit visage, ses petits poings serrés, qui respirait pour la première fois l'air de ce monde, et je me suis dit : « Comment je vais faire pour la nourrir, celle-là ? »

La misère rend égoïste, l'incertitude attise la colère… C'est pourquoi Sofi a toujours été la prunelle de mes yeux, la petite dernière à qui je ne refuse rien. Parce que je n'oublie pas que les mégots que Zacarías fumait, nerveux, pendant qu'il attendait l'arrivée de sa fille, il avait dû les ramasser par terre. Parce que je me souviens toujours que les premières couches de Sofi étaient en tissu, à l'ancienne, vu qu'on était trop fauchés pour en acheter des jetables.

J'ai dû beaucoup prier pendant la première semaine de vie de ma fille ; prier Dieu qu'il me donne du bon lait pour elle, autrement nous aurions dû voler du lait maternisé. Je crois qu'en 89 j'ai passé mon temps à prier pour qu'Alfonsín s'en aille et laisse mes enfants en paix. (Dieu m'a entendue, oui, mais, à cette époque-là, Dieu était un beau salaud : c'était bien la peine de virer Alfonsín pour mettre qui on sait à la place.)

Tout à l'heure, à minuit tapant, quand les pendules indiquaient qu'on était le 28 avril, j'ai filé dans la chambre de Sofi pour la couvrir de bisous, lui tirer quinze fois les oreilles, remercier Dieu de l'avoir fait naître en dépit de tout.

Et quand j'ai ouvert la porte, mes chéris, c'est moi qui ai eu une surprise : mes trois enfants étaient là (je me demande comment a fait Nacho pour débarquer du Sud sans qu'on l'entende entrer !) qui me souriaient. Chacun d'eux est venu au monde sous un président de merde. Mais à présent ils étaient là, à la maison comme quand ils étaient petits et qu'il ne restait qu'une mousse au chocolat pour trois. J'ai alors su que la fête d'anniversaire qu'on aurait ce soir – la chaise de Nacho occupée, Caio coiffé avec la raie au milieu comme j'aime, Sofi habillée en blanc, belle comme un cœur – serait aussi la première grande fête de ma vie.

30 avril 2004
Dans les fêtes, Zacarías se transforme en singe

Dans une fête, qu'est-ce qui incite un père de famille à mettre à un certain moment sa cravate sur la tête, gâchant ainsi des années d'économies et d'illusions ? Quel marionnettiste invisible l'y pousse ? Voilà un mystère que les scientifiques devraient élucider, au lieu de se consacrer à la maladie de Chagas. Et c'est ce détail de la cravate autour de la caboche qui indique que mon mari s'est transformé en homme des cavernes.

J'ai baptisé ce phénomène « la régression évolutive de Zacarías Bertotti », parce que je vous assure qu'il se mue en singe, et ce n'est pas une métaphore. Au fur et à mesure qu'il boit du cidre, des poils lui poussent aux oreilles, son ADN se désorganise et aucune force au monde ne peut freiner sa régression. Il se tient courbé, marche en traînant les mains dans les broussailles et retourne à l'état sauvage.

— T'as vu le show de ton mari ? me demandent les invitées BCBG.

— Où ça ? rétorqué-je, effarée, allongeant le cou pour essayer de l'apercevoir au milieu de l'assistance.

— Celui qui flaire le cul du serveur, là…

Depuis que je le connais, l'imbécile commence toujours son petit numéro en me disant « Quelle belle nuit, ma biche », tout en défaisant sa ceinture et en commandant son premier whisky au bar du salon Anús. Quatre heures après ces mots inauguraux, alors qu'il est déjà au fin fond du cloaque, il monte sur la table en slip, acclame Perón et s'écroule par terre, évanoui. La fête est finie pour Mirta. Ce qui se passe entre ces deux moments, mes chéris, me laisse toujours pantoise. J'ai beau connaître ça par cœur, je ne m'y fais pas.

Hier soir, Zacarías a mis sa cravate autour de sa tête à 23 h 07, heure locale. La suite des événements (parce qu'il se comporte toujours de manière identique dans les fêtes) se déroule selon un ordre que je divise en six phases :

Phase tropicale

23 h 10 [+ 2 whiskies]. Il oublie ma présence et se met à regarder les seins de toutes les petites camarades de Sofi. Il se rapproche d'autres hommes qui ont également mis leur cravate autour de la tête. Il hausse les sourcils et siffle. Il fait des bruits gutturaux et me fait danser le rock sans me demander mon avis.

[Phrase type de cette phase : « En sortant d'ici, je vais te culbuter debout contre le mur, ma biche : je me sens la vigueur d'un taureau. »]

Phase nationaliste

00 h 19 [+ 2 verres de rouge]. Il découvre que l'Argentine est un pays extraordinaire qu'il ne quitterait pas pour tout l'or du monde. Il affirme que, si

on n'a pas réussi à couler ce peuple, on ne le coulera jamais. Peu à peu il n'arrive plus à articuler la lettre *r*.

[Phrase type de cette phase : « Non, mais, franchement, dans ce pays, tu jettes deux pépins par terre et il te pousse un potiron, mon vieux ! »]

Phase coupable

1 h 21 [+ 4 bières]. Au dessert, il verse des larmes sur ses morts. Raconte à tout le monde qu'il est fâché avec son frère Jeremías depuis des décennies, mais que c'est la faute de personne, « c'est la vie ». Il confond l'imparfait et le conditionnel des verbes être, avoir et faire. Il casse de la vaisselle.

[Phrase type de cette phase : « Ah, si ma mère serait là ! »]

Phase Chango Cárdenas

2 h 36 [+ 1 bouteille de champagne]. Il décrit en hurlant, tant pis s'il interrompt d'autres conversations, le but de Chango Cárdenas contre le Celtic, but qui a consacré le Racing champion du monde en 66. Il arrache sa chemise. Titube. Chante « La Acadé, la Acadé ». Il a des flatulences qu'il amplifie au micro, à la grande joie du public infantile.

[Phrase type de cette phase : « Juan José Pizzutti est mon frère, mon ami, mon guide ! »]

Phase agressive

4 h 29 [+ la moitié d'un cigare]. Il voit Sofi et Pajabrava se bécoter près d'un buisson et casse une chaise sur la tête de son futur gendre. Le sang du garçon tache la robe de la gamine et, s'imaginant que

sa fille a perdu sa virginité, Zacarías se rue sur elle en hurlant : « Arrête de courir, tu aggraves ton cas ! » Ensuite, il s'assied à table et, sans transition, se met à ronfler.

[Phrase type de cette phase : « Les femmes sont toutes des salopes ! »]

Étape politique et perte de connaissance partielle

5 h 52 [+ 3 gins tonic]. Même si tout le monde l'évite, il trouve toujours une poire à qui expliquer pourquoi le communisme n'a pas fonctionné en Union soviétique. Un rien l'exaspère. Il se gratte les couilles. Il évoque le jour où le général Perón lui a offert des jouets et lui a caressé la tête. Il monte sur une table et crie. Il tombe dans le coaltar.

[Phrase type de cette phase : « Vivent Juan Domingo Perón et Eva Duarte ! Et vous, là, bande de cons, allez tous vous faire foutre ! »]

Vous pensez peut-être que j'exagère, mais je vous jure que ça se passe toujours comme ça et c'est ainsi que, hier, il a gâché la fête de Sofi et a effrayé tous les invités, le saligaud.

Depuis que je suis mariée, il n'y a pas eu une seule noce, un seul baptême ni le moindre petit anniversaire où Zacarías ne m'ait mise dans cette situation embarrassante, pire que de déballer devant tout le monde une crotte emballée dans du papier de soie. Mais je continue à espérer qu'un jour il changera.

Parce que, qu'est-ce que l'amour si ce n'est de conserver un minimum d'espoir et quelques Valium dans son sac à main ? Voilà la vérité, alors accrochons-nous et nous verrons bien ce qui se passera quand Caio fêtera ses dix-huit ans…

3 mai 2004

Nacho se tape un aller et retour

Mon fils est resté trois jours à la maison et, durant ces trois jours, nous fûmes à nouveau une famille unie. Il a repris sa chambre, intacte depuis son départ. Il a dormi dans ses draps d'avant et tous les matins je l'ai réveillé en lui apportant le petit déjeuner au lit. On a parlé de choses et d'autres.

— Ça va, mamounette ?

— Oui, on fait aller… Tu sais ce que c'est…

— Faut pas que tu baisses les bras, tu m'entends ?

— Prends de la confiture, il y en a d'autres dans le frigo.

Avec lui, il n'y a pas besoin d'en dire plus. Entre nous, c'est ainsi, on ne se dit qu'un petit bout de phrase et le reste, on le devine. Je vous ai raconté mille fois, mes chéris, que le seul de cette famille avec qui on peut aborder des thèmes sérieux, c'est lui. Nacho a toujours pris le temps de me demander comment j'allais et ce qui me passait par la tête. Voilà pourquoi cela me manque tellement de passer chaque jour un petit moment avec lui. Mais je n'en fais pas une maladie. D'ailleurs, si, au moment où je pense à lui, je suis occupée, j'interromps cinq minutes mon activité pour me languir plus agréablement.

Aujourd'hui, quand je le regarde, je me sens vieille. Je le vois si grand, si indépendant, si amoureux. Toutes les choses qui me faisaient le plus peur, celles que secrètement je redoutais le plus. Tout ce que j'ai toujours souhaité pour lui.

— Par moments, j'ai du mal à croire que tu vives si loin.

— Ce n'est pas si loin, maman, c'est juste la province de Chubut.

— De temps en temps, j'ouvre la porte de ta chambre et j'imagine que tu es là, en train d'écouter un disque de Spinetta.

— Tu détestais Spinetta.

— Et maintenant, tu n'imagines pas à quel point il me manque, ce chevelu.

Ça fait longtemps que je n'ai pas fait cet horrible cauchemar (un jour, je vous l'ai raconté) où Nacho et moi nous embrassons, où je suis sa petite amie. Maintenant qu'il ne vit plus avec moi, je n'entends sa voix que le samedi, au téléphone, sans oublier notre rendez-vous quotidien sur Messenger à 9 heures du soir et ses visites éclair de trois jours qui me laissent la bouche pâteuse. Je voudrais continuer à discuter et aimerais que les pendules s'arrêtent.

Tout à l'heure, on est revenus de la gare routière où on l'avait accompagné, son père et moi. Il est reparti à Lago Puelo après avoir fait la surprise à Sofi d'assister à sa fête, et après m'avoir donné un peu de lui.

— Ne pleure pas, me disait-il.

— Je ne pleure pas, c'est parce que je suis venue en moto sans casque, nigaud.

— Sois sage.

— Fais un petit bisou sur le ventre de Loutchia de ma part.

— On se voit au mois d'août, maman.

— Couvre-toi bien. Là-bas, il fait froid.

Je ne sais pas d'où vient cette coutume de sortir un mouchoir et de l'agiter pour dire au revoir. Mais, comme on le voit dans tous les films romantiques, je le fais systématiquement : je saluais le bus comme une idiote, même si je savais que Nacho ne me regardait plus.

J'ai secoué le mouchoir jusqu'à ce que le bus ne soit plus qu'un minuscule point noir sur la route 5, jusqu'à ce qu'il tourne à la station-service Shell et disparaisse. Alors j'ai essuyé mes larmes et me suis mouchée, j'ai pris Zacarías par le bras et me suis serrée contre lui comme s'il faisait froid. Comme si j'avais les jambes en coton. Comme s'il était plus fort que moi, comme s'il n'était pas lui aussi en train de perdre son fils.

Je m'accrochais au bras de mon mari de toutes mes forces pour ne pas partir en courant sur la chaussée et faire revenir le bus à coups de pied, pour ne pas remuer ciel et terre afin de faire reculer le temps… J'aurais été capable de n'importe quoi. N'importe quoi pour que mon petit Nacho descende de ce véhicule et redevienne un enfant de sept ans, pour que je redevienne sa maman et que plus personne ne grandisse dans cette maison.

5 mai 2004
Pas de pot

Des trois personnes qui ont fait le plus de mal à ce pays, deux étaient originaires de notre ville. Vous vous souvenez de la junte militaire de 76 ? Eh bien, deux de ces fils de pute, à savoir Videla et Agosti, sont nés ici, à trois rues de chez nous. On ne l'a jamais avalé et, chaque jour qui passe, on tâche de restaurer un peu notre image.

Pour ne rien arranger, cet imbécile de Raúl Porchetto est de Mercedes, lui aussi. Deux tortionnaires et un chanteur engagé. C'est injuste !

Avec le retour à la démocratie, notre honte a un peu diminué. Il y a eu le procès des militaires, Agosti est mort, Prochetto est devenu catholique et a quitté la scène. Mais on continuait à être la ville où naissent les monstres. Les mères des autres communes disaient à leurs enfants :

— Et maintenant, dors ou je te mets dans un train pour Mercedes !

Alors les enfants s'endormaient, terrifiés. Voilà la réputation qui nous collait à la peau ; pas moyen de nous en débarasser, même au Kärcher.

Dans les années 80, il nous fallait donc à tout prix une célébrité qui n'ait tué personne. Par chance la Vierge Marie nous a envoyé Osvaldo Príncipi. D'après Zacarías, Príncipi est le seul commentateur de boxe au monde qui soit rigolo. Moi aussi, je le trouve sympathique, ce petit. Depuis qu'il est devenu célèbre, on était à trois contre un. Trois méchants contre un gentil. On était toujours déficitaires, mais l'honneur était sauf.

Dans les années 90, lentement mais sûrement, on a obtenu une gloire bien méritée qui nous a valu d'arriver ex aequo. On a eu du mal, mais on a marqué les trois points grâce à Carolina Fal, une excellente actrice qui joue la méchante dans les feuilletons du soir, et puis Mariano Toledo, un styliste que Caio et Nonno adorent parce qu'il fait défiler ses mannequins seins nus.

Une fois qu'on avait réussi à égaliser (après tant de souffrances), on s'est pris au jeu et on a voulu un triomphe total. Mercedes était à deux doigts d'offrir au monde le quatrième crack de son histoire. Sur le point de devenir, enfin, une commune prestigieuse. Ça nous énervait un peu que Luján ait le célèbre auteur de tangos Cadícamo, que San Pedro ait le présentateur radio Lalo Mir, que Villegas et Bragado aient aussi leurs speakers, respectivement Antonio Carrizo et Héctor Larrea. Nous aussi, on voulait être une ville normale, sans dictateurs ni chanteurs efféminés. Avec des gens célèbres qui ne fassent de mal à personne. Était-ce trop demander ?

Alors, à la fin de l'année dernière, est apparu à l'horizon Gustavo Luza, le capitaine de l'équipe argentine de la coupe Davis.

— Tu te rends compte, ma poule… Le tennis ! La passion des foules, me disait Zacarías, ému, tandis qu'il punaisait le poster de Luza sur le tableau en liège de la pizzeria.

Nous étions à deux doigts de remporter les lauriers, mes chéris. Après deux décennies d'humiliation, les nuages de l'histoire se dissiperaient pour livrer passage à un ciel limpide au-dessus de Mercedes. On serait à 4 contre 3, la ville tout entière sortirait dans la rue, place San Martín, pour brandir les drapeaux blanc et jaune et entonner les chansons salaces de la victoire.

Mais le destin s'acharne contre nous et nous avons replongé dans la nuit. On s'est ramassés, notre ville est redevenue une caverne de tristesse et de médiocrité. Il semblerait que, du jour au lendemain, Luza soit passé du côté des méchants. On l'a vu dans le journal *El Clarín* d'hier et d'aujourd'hui, grand comme ça, et mon mari m'a lu l'article cet après-midi avec des larmes dans les yeux : les quatre principaux joueurs de l'équipe l'ont fait virer !

— C'est vraiment pas de bol, ma biche ! se lamentait Zacarías. Tous les joueurs de tennis d'Argentine ont envoyé une lettre je ne sais où (sans doute au Vatican) pour qu'on le vire et qu'on lui retire son maillot de capitaine, me racontait-il en sanglotant. Et le pauvre Luza, tout comme Agosti, Porchetto et Videla, a démissionné hier soir après avoir déclaré qu'il avait « rempli son devoir ». Les mots magiques que balancent tous les gens de Mercedes quand ils font une connerie à l'échelle nationale.

Maintenant on se retrouve à 3 contre 4, bon sang de merde ! et il faudra encore ramer pour que cette commune revienne sur la carte de la célébrité. Est-il possible d'être si malchanceux ?

7 mai 2004
C'est quoi, le péronisme, papa ?

Quand j'étais petite, maman m'avait appris le texte légèrement trafiqué d'une publicité qu'on entendait à la radio : « Lessive Federal… évite à la femme de frotter » devenait « Lessive Federal… Evita, la femme effrontée ». Un matin où on la fredonnait pendant la récré, une institutrice s'est approchée de moi et m'a collé une baffe qui m'a retourné la tête : « C'est quoi, cette histoire d'Evita la femme effrontée ? Il est interdit de parler de politique à l'école, mademoiselle González », m'a-t-elle dit.

C'est le premier coup que j'aie reçu en tant qu'activiste politique. Je n'étais pas encore réglée et j'ignorais totalement ce que le mot « démocratie » voulait dire. Ensuite, la vie s'est remplie de péronisme et on m'a flanqué beaucoup d'autres gifles : certaines de gauche, d'autres de droite, mais elles faisaient toutes PAF ! et je finissais toujours les quatre fers en l'air… Cela dit, il y a pire que de vivre dans un pays péroniste, c'est de se marier avec un homme qui pense que Perón et Eva étaient des super-héros indestructibles. Car je crois, sans plaisanter, que mon mari est persuadé que Perón pouvait voler.

Zacarías a été un de ces enfants pauvres qui, un jour, pendant la famine des années 50, a reçu un cadeau du général Perón. À quoi bon, Sainte Vierge ! Quelle grande erreur nationale que ces jouets offerts ! Depuis ce jour, Zacarías est plus péroniste qu'humain, et il se fiche complètement de savoir ce que cela signifie.

Mon mari n'a jamais voté avec sa tête. Quand il est dans l'isoloir, il choisit le bulletin qui porte un petit blason et voilà. A voté ! Il se fiche éperdument du reste : parfois il ne regarde même pas les gens. Mais mon cas est bien pire, pauvre cloche qui n'a pas vu la couleur de ces jouets et qui tous les quatre ans paie les pots cassés.

J'aborde ce sujet parce que, hier soir, Caio et Sofi devisaient dans la cour avant de rentrer dans la cuisine, rouges comme des tomates, pour demander à leur père de les départager :

— Papa, dit Caio, moi je dis que le péronisme est une religion et cette abrutie me dit que non, que c'est une maladie, comme le botulisme. Pas vrai que c'est une religion ? Pas vrai que tu pries toujours devant la photo de cette vieille pouffe qui a un chignon, celle qui se trouve dans le garage ?

Zacarías serre le poing imperceptiblement et sa paupière tremble comme chaque fois que l'on profère un blasphème contre Evita en sa présence.

— N'importe quoi, abruti ! argumente Sofi. C'est une maladie d'autrefois, de leur époque à eux ! Hein, maman ? me demande-t-elle. Tu dis toujours que c'est un fléau qui vient de loin et que personne n'y peut rien…

J'avale ma salive. Les enfants ouvrent des yeux comme des soucoupes, attendant le fin mot de l'histoire au sujet du péronisme. Pendant ce temps, Zacarías commence à ôter sa ceinture sous la table.

— Chéri, calme-toi, ce sont des préados, lui dis-je. Explique-leur avec des mots, les coups ne mènent à rien.

Mais il est trop tard. Zacarías se lève, pénétré de justice sociale, et brandit la ceinture en poussant son éternel : « Je t'interdis de prendre la défense de ces petits salopards ! » Quand il prononce cette phrase-là, ça signifie qu'il n'y aura pas de quartier et les mômes savent qu'il ne leur reste qu'à déguerpir fissa, sauter par-dessus le muret et traverser le terrain de la vieille Monforte. C'est ça ou mourir.

Cinq minutes plus tard, pendant que je regardais ma famille se donner en spectacle en se coursant dans la rue, je me suis souvenue de cette histoire où Dieu, il y a très longtemps, distribuait les qualités propres à chaque pays ; son secrétaire prenait note sur son calepin.

— Les Allemands seront des guerriers implacables, disait Dieu. Les Italiens seront travailleurs et comédiens. Les Yankees seront puissants et décérébrés. Les Argentins seront bons, intelligents et péronistes…

— Attendez, chef ! l'interrompit le secrétaire. Vous avez énoncé trois vertus au lieu de deux pour les Argentins. Il faut leur en enlever une, sans quoi ils auraient un avantage sur les autres et on aurait droit à des réclamations…

— Tu sais très bien que je ne peux pas revenir en arrière, Lucien, dit Dieu en réfléchissant à une manière d'arranger sa première bourde céleste. Voici ce que nous allons faire : on va garder les trois vertus, mais ils ne pourront en choisir que deux.

Depuis ce jour, mes chéris, les Argentins comme Zacarías (bons et péronistes) ne peuvent pas être intelligents ; ceux qui sont intelligents et péronistes ne peuvent pas être bons ; et il ne viendrait jamais à l'idée de ceux qui sont bons et intelligents d'être péronistes.

Quand les petits reviendront, je soignerai leurs plaies, je leur donnerai quelque chose à manger et puis je leur raconterai cette histoire, de manière à ce qu'à l'avenir ils cessent de poser ce genre de questions à leur abruti de père.

10 mai 2004
La vieillesse d'un coup

Tout a commencé dimanche matin, c'est-à-dire hier. D'abord, on n'y a pas prêté particulièrement attention. Nonno était dans les vapes, ailleurs. On a pensé qu'il était défoncé, mais Caio nous a juré que ni lui ni son grand-père n'avaient fumé quoi que ce soit. Plus tard dans la journée, il s'est mis à grelotter et peu à peu la catastrophe nous est tombée dessus.

Il est 10 heures et demie du soir. Je me suis échappée un moment de l'hôpital Dubarry pour vous écrire ces quelques lignes. Je suis dans le cybercafé situé à l'angle de la 29e Avenue et de la 12e Rue (mes lecteurs de Mercedes situeront) et ça va fermer d'un moment à l'autre. J'ai peur ; comme si on s'apprêtait à me couper un bras. J'ai eu du mal à laisser Zacarías dans le couloir, les yeux vitreux, accroché à Sofi.

C'est Sofi, justement, qui a remarqué quelque chose de bizarre à midi, alors elle est venue en courant dans la cuisine où je faisais la vaisselle pour me raconter, au bord des larmes : « Maman, Nonno m'a demandé qui j'étais. » Je suis restée un moment avec la tasse couverte de mousse à la main, comme si le temps m'avait subitement rattrapée. Sofi et moi, on s'est regardées :

— Comment ça, il te demande qui tu es ? lui demandé-je, histoire de répondre quelque chose.

— On dirait quelqu'un d'autre, chuchote la petite. On dirait un vieillard.

Quand Zacarías et moi sommes entrés dans sa chambre, on a eu l'impression que mon beau-père avait pris dix ans d'un coup. Impossible de le comprendre : il parlait en un italien si bizarre, si primitif que même son fils était perdu. Il s'est tourné vers moi avec des yeux pleins de larmes et m'a dit :

— Franchesca…, ai tornato…

— Je suis Mirta, Américo, lui ai-je dit en le regardant dans les yeux, mais c'étaient ceux de quelqu'un d'autre. Votre belle-fille, Mirta…

Alors mon mari l'a pris dans ses bras (c'était la première fois que je voyais Zacarías toucher son père), lui a caressé les cheveux tout en me disant :

— Appelle un médecin… Vite !

J'ai filé dans la salle à manger prendre le téléphone. J'ai eu le temps de voir mon beau-père se dégager de l'étreinte de mon mari et lui dire « Né mé touchez pas », mais je n'ai pas eu la force d'en entendre davantage.

Ensuite, le brancard, les voisins, toutes ces choses qui habituellement arrivent chez les autres, jamais chez vous. Les médecins qui passent devant vous sans rien vous dire, les infirmières qui vous jettent des regards en coin et, enfin, les nouvelles. On vous tapote le dos en vous murmurant que c'est la vie…

Caio ne veut pas entendre raison. Il est avec son grand-père en soins intensifs, il ne lui lâche pas la main et lui parle sans discontinuer. Les médecins lui ont dit et redit que Nonno n'entendait pas, qu'il n'entend plus personne, mais Caio refuse de l'admettre. Il lui parle encore et encore… Je ne sais pas ce qu'il lui raconte.

Nacho est en route. Le pauvre : deux fois le trajet en moins de quinze jours.

J'ai beaucoup de mal à vous écrire cela, mes chéris, mais on nous a déjà dit qu'il fallait nous faire à l'idée. Le cerveau de don Américo a vieilli d'un coup ; il ne souffre d'aucune maladie, ce qui fait qu'il n'existe aucun traitement pour le soigner. On nous dit que, s'il tient jusqu'à mardi, on pourra le ramener à la maison, mais que ce sera un grand-père muet, un vieillard impotent, plus jamais celui qu'il était. On nous explique que sa tête est dans un autre monde et que son cœur est faible.

— Je l'ai perdu, se lamentait Zacarías, et le docteur lui répétait que non, que le vieux pouvait vivre, mais mon mari insistait : S'il ne me reconnaît pas, s'il ne sait plus qui je suis, s'il ne reconnaît plus personne et qu'il ne sait plus où il est… c'est qu'il est mort. Qu'est-ce que ça peut me foutre qu'il respire encore… ?

Je voudrais croire qu'Américo Bertotti est en caoutchouc, qu'il est indestructible, que demain il se réveillera frais comme un gardon et qu'il se remettra à jouer de la batterie et à sortir faire la nouba avec

Caio. Comme il a toujours été bizarre, hors norme, ça ne m'étonnerait pas qu'il revienne de là où il est, qu'il remette son bandana sur sa bouche et balance une plaisanterie dans son sabir italien. Mais maintenant il fait nuit et je l'ai vu si vaincu, le pauvre vieux, que j'aime mieux ne pas me faire d'illusions… Vous me pardonnerez. Je vous assure que je préférerais être en train de vous raconter autre chose… J'adorerais être en train d'écrire un post sur la pluie qui tombe sur notre ville.

Tout à l'heure, j'avais pensé aller à mon PC pour vous écrire ces lignes, mais au dernier moment j'ai préféré le cybercafé parce que je ne sais pas si je pourrai entrer dans la maison… C'est sa faute, à Nonno, puisqu'il a essayé de tous nous convaincre qu'il était le plus jeune de la famille. Je devrais être en train de pleurer pour lui, ou pour Zacarías qui est son fils et qui se sent horriblement coupable de ne lui avoir jamais dit « Je t'aime », mais, en fait, c'est surtout Caio qui me fend le cœur. Il erre dans les couloirs comme un zombie, il dit qu'il ne fumera plus de haschich jusqu'au retour de son grand-père. Quand on l'a fait monter dans l'ambulance, il s'est accroché à ma ceinture : « Mercredi, on devait aller aux putes à Suipacha », me disait-il, comme si j'y étais pour quelque chose. « Avec qui je pourrai discuter, maintenant ? »

Je voudrais que le plus sage de cette famille continue à nous casser les pieds comme avant, à nous apprendre à vieillir avec le sourire. Jamais je n'aurais imaginé conclure un jour un post par ces mots, mes trésors, mais voilà : j'espère que mercredi, on sera toujours six, chez les Bertotti.

12 mai 2004
Jeremías se pointe sans qu'on l'ait sonné

Dans sa chambre, Nonno était plongé dans son sommeil amnésique, et nous tâchions de ne pas faire de bruit pour ne pas le déranger ; on traversait les couloirs en silence, à la fois joyeux et angoissés à l'idée qu'il soit revenu à la maison. Même s'il est encore très mal en point, tous les Bertotti étaient réunis. C'est du moins ce qu'il nous semblait… Car, tout à l'heure, un fantôme a surgi du passé.

À 3 heures du matin, alors qu'on était déjà couchés pour nous débarrasser des mauvaises heures passées à l'hôpital, la sonnette a retenti furieusement et j'ai tout de suite compris que ça ne pouvait être rien de bon.

J'ai enfilé ma robe de chambre et mes pantoufles et je suis sortie sans faire de bruit parce que, après ces horribles journées, Zacarías dormait à poings fermés. Qui ça peut être, un mercredi à 3 heures du matin ? me suis-je dit. Sans doute un importun, un copain de Caio, un témoin de Jéhovah insomniaque… J'ai regardé dans l'œilleton et j'ai vu la silhouette d'un homme qui s'apprêtait à allumer une cigarette.

— Qui est-ce ? ai-je demandé, inquiète. Mon cœur battait à tout rompre et j'ignorais pourquoi.

De l'autre côté, l'inconnu a gratté une allumette et j'ai pu le voir, comme sur une vieille photo, reconnaissable entre tous. Les lèvres fines, le regard vide. J'ai eu envie de pleurer, je me suis accrochée de toutes mes forces à la poignée de la porte.

Je crois avoir dit :

— Jeremías… Qu'est-ce que tu fais ici ?

Il me devine de l'autre côté de l'œilleton et me fusille du regard.

— Papa est mort, n'est-ce pas ? me dit-il d'un ton sec, sans me saluer. Comme d'habitude, personne n'avait l'intention de me prévenir.

La dernière fois que Jeremías Bertotti a pointé son nez à Mercedes, c'était quand il a appris la mort de sa mère, doña Francesca. Il venait chercher sa part, et aujourd'hui pareil. Je ne l'ai vu que quelques rares fois dans ma vie, et il ne nous a toujours apporté que des emmerdes. Chaque fois, après son départ, Zacarías passait un mois à errer en silence comme une âme en peine sans ouvrir la bouche.

Je lui ai ouvert la porte avec un mélange de rage et de frayeur. On s'est froidement fait la bise dans le noir et je l'ai conduit tout droit vers la cuisine, en priant pour que son frère ne se réveille pas.

— Comment as-tu eu le culot de… ? ai-je commencé en allumant la lumière.

Quand je l'ai vu, je suis restée sans voix. Jeremías était aussi beau que d'ordinaire, mais les années l'avaient bonifié. Il avait gagné en prestance. Cet homme me tue, parce que c'est le portrait craché de son frère, les défauts en moins. La version Sean Connery de Zacarías ; mon mari qui aurait passé sa vie à soulever des poids, à rouler tous les matins en décapotable et à prendre des bains de soleil à travers le monde.

— Quand est-il décédé ? me demande-t-il.

— Ton père est ici, à la maison. Il a eu une embolie mais, grâce à Dieu, il n'est pas mort. Cette fois, tu es arrivé trop tôt, oiseau de malheur… Si t'es venu chercher du fric, tu ferais mieux de ressortir illico par cette même porte.

Ce qui s'est passé ensuite m'a désarçonnée. Au lieu de faire le coq, comme à son habitude, Jeremías a caché son visage au creux de ses bras et a fondu en larmes comme un gamin. Je l'ai regardé, médusée.

— Tu veux un thé ? Qu'est-ce qui t'arrive ?

Il lève la tête et me regarde en face. Mon beau-frère souffre ouvertement, comme les héros dans les films. « Il est encore plus beau quand il pleure », me dis-je en me mordant la lèvre, et ça m'énerve de penser ça parce que je le déteste, du moins le devrais-je.

— Je suis fatigué, Mirta, me répond-il en s'épongeant le visage à l'aide d'une serviette en papier. Je ne suis plus celui que j'étais, je te le jure. Que mon père meure si je mens…

— Jure sur autre chose, espèce de salaud !

— Non, sérieusement. Je voudrais que mon frère me pardonne, que vous me pardonniez tous… Après tant d'années, je veux revenir, avoir une famille. Je suis au bout du rouleau, la belle vie est très moche.

Nous avons discuté un long moment, jusqu'à l'aube. Ensuite, il est parti sans faire de bruit à l'hôtel Costa où il loge. Il m'a dit qu'il était seul, qu'il voulait faire la connaissance de Sofi et de Caio, retrouver son frère et mener une vie honnête. Tantôt je le croyais, tantôt pas. Tantôt je le comprenais, tantôt je me disais qu'il était encore une fois en train de nous rouler dans la farine.

On s'est dit au revoir devant la porte ; je suis retournée au lit en tremblant comme une feuille. Quand il a senti ma présence, Zacarías m'a demandé, à moitié endormi :

— C'était qui, chérie ?

— Personne, lui ai-je dit, les yeux grands ouverts. Rendors-toi.

— J'ai des brûlures d'estomac.

« Forcément », ai-je pensé avant de fermer les yeux.

17 mai 2004
La tristesse d'un frère jaloux

Je n'ai jamais vu une personne aussi éteinte, aussi amoindrie que Zacarías depuis que son frère a mis les pieds dans notre maison. Ce n'est pas qu'ils soient comme l'huile et l'eau… C'est qu'ils sont comme l'huile d'olive vierge et l'eau croupie. Le meilleur et le pire du patrimoine génétique. Le plus triste, c'est qu'il s'en rend compte, le pauvre. Il se regarde dans le miroir déformant de son frère et y voit comment il aurait pu être. La jumelle de l'actrice Mirtha Legrand doit ressentir la même chose.

— Tu vois ? me dit-il pendant qu'on boit du maté dans la cuisine. Regarde Sofi comme elle rit, comme elle apprécie les plaisanteries de cet imbécile… Et moi, elle ne rit jamais de mes blagues…

— Quelles blagues, chéri ? La dernière fois que tu as fait une plaisanterie à Sofi, c'est quand elle est née et que tu l'as jetée dans la piscine du haut du toit de la maison…

— C'était pas une plaisanterie, c'était une expérience, m'explique-t-il en regardant d'un air triste Jeremías et les enfants qui ne cessent de rigoler et de s'amuser dehors.

Pour ne rien arranger, depuis qu'il a entendu la voix de son fils prodigue, Nonno a commencé à cligner des yeux. D'après Caio, il essaie de nous dire quelque chose, mais nous ne le comprenons pas, parce qu'il cligne des yeux en italien. Le fait est que même don Américo semble avoir repris du poil de la bête depuis l'arrivée de Jeremías. Et ça, mon mari ne le digère vraiment pas.

Ça me fait de la peine vu que je ne suis pas un cœur de pierre, mais le fait est que Zacarías n'est pas à proprement parler un père joyeux. Jeremías et lui se ressemblent tellement de visage que cela ne fait qu'accentuer leurs différences. Ils sont comme un cahier Clairefontaine et un cahier de brouillon. On peut écrire sur les deux, mais l'écriture est plus jolie sur le cahier de luxe.

Il a passé la journée dans cet état, à traîner les pieds dans la maison avec une tête de chien battu. Chaque fois qu'il levait les yeux, il voyait son frère prendre Caio sur son dos, offrir des vêtements de marque à Sofi ou parler philosophie avec Nacho (qui retourne ce soir à Puelo)…

— Je suis un peu bedonnant, non ? me dit Zacarías

à l'heure de la sieste en se regardant dans la glace de l'armoire. Et à moitié chauve, aussi.

— Par rapport à qui ? lui demandé-je, remuant le couteau dans la plaie.

— À ton avis ?... Par rapport à l'innommable, oui. Il a un an de moins que moi et on dirait mon fils. Il a des cheveux et des tablettes de chocolat. On lui voit les côtes, à cet enfoiré.

— Vas-y, va discuter un peu avec lui, ne sois pas désagréable. Demande-lui comment il fait pour avoir un physique aussi athlétique, ça te fait au moins un sujet de conversation. Tu ne vois donc pas qu'il n'attend que ça, que tu lui parles ? C'est ton frère, tout de même.

— Qu'il aille se faire foutre... ! Je reste ici avec mon bide et qu'il reste là où il est avec ses muscles et son portable avec appareil photo intégré... C'est bien le seul point sur lequel je puisse le surpasser...

— Le surpasser ? Je ne comprends pas. Comment ça ?

— Parce que moi, j'ai un frère musclé... Alors que lui, il a un frère tout ramollo.

Il me regarde avant d'ajouter :

— Là-dessus, je le bats, non ?

— Envisagé sous cet angle... lui répondis-je en le regardant d'un air triste.

19 mai 2004
Caio Bertotti, infirmier

Caio est resté toute la nuit au chevet de Nonno à fumer des joints, parce que, d'après lui, la fumée le stimule. On a hurlé, mais il s'est pointé avec un prospectus qui explique que la marijuana est un médicament : « Il a fumé toute sa vie alors qu'il était en bonne santé. Et maintenant qu'il est malade et qu'il a le droit de le faire, vous allez l'en priver ? » Il a toujours de bons arguments, le petit salopard.

Le jour, il déjeune et dîne avec lui. Il lui parle sans discontinuer… Il n'arrête pas de lui raconter des trucs. Normalement, on aurait dû engager une infirmière pour s'occuper de Nonno, mais avec Caio c'est inutile car il n'y a pas moyen de le faire sortir de la chambre. Il veille sur lui, lui change ses couches, règle le débit du goutte-à-goutte et lui apporte des vidéos pornos pour qu'il se tienne au courant des nouveautés.

L'après-midi, il « sort le promener », comme il dit. C'est un divertissement thérapeutique qu'il a inventé : il assoit don Américo bien droit sur le lit en lui calant des oreillers dans le dos, il allume le batteur pour le bruit et lui envoie de l'air à la figure avec le sèche-cheveux. Caio prétend que Nonno a ainsi l'impression de rouler en scooter.

Hier, il lui a passé une corde autour des poignets et, à l'aide de deux poulies fixées au plafond, il a joué pendant un bon moment à la marionnette avec lui. Il a invité au spectacle Sofi, Pajabrava, Jésica et le Chilien Calesita, lesquels n'arrêtaient pas d'applaudir et de rigoler comme des bossus.

— Claudio, lui dit Zacarías. Ton grand-père n'est pas un Guignol, arrête tes conneries, il est très affaibli.

— Le médecin a bien dit qu'il fallait lui bouger les extrémités au cas où il se réveillerait, non ? rétorque le petit. Je lui assouplis les articulations. Et si je le fais d'une façon créative, c'est mon problème… Il n'y a aucune raison pour que l'état végétatif soit un état rébarbatif.

J'ignore si c'est grâce à ça ou par un processus naturel, mais, hier soir, Nonno a parlé. On dînait dans la cuisine (tous sauf Caio, fidèle au poste) quand on a entendu un cri :

— Venez voir ! Venez voir ! hurlait Caio. Le macchabée a parlé !

On s'est tous plantés dans l'encadrement de la porte et on a entendu les premiers mots que Nonno a prononcés d'un filet de voix :

— Otto… chento… douéeee…

On n'osait pas parler. Caio a levé la main pour qu'on continue à prêter l'oreille. Au terme d'un effort colossal, Nonno a ajouté :

— Natzio… nale… ala… testa…

Comme s'il comprenait, Jeremías notait tout sur un carnet. Nous, on pataugeait.

— Qu'est-ce qu'il raconte ? ai-je demandé, inquiète.

Caio et Jeremías se sont regardés, la mine sérieuse.

— Qu'on joue le 802 en tête à la prochaine loterie nationale, a traduit Caio, triste et abattu.

— Il est devenu voyant ! a crié Zacarías. Mon père est devenu voyant ! Je vais jouer de ce pas le numéro qu'il vient de donner, des fois qu'on gagnerait de quoi payer son séjour à l'hôpital…

Caio s'est levé, les sourcils froncés, pendant que Jeremías jetait son carnet par terre, découragé.

— Te fatigue pas, le numéro a été tiré hier, a dit Jeremías.

— Comment ça, tonton ? a demandé Sofi.

— Le 802 a été tiré hier à la loterie nationale, a expliqué Jeremías d'un ton las… Le vieux retarde d'un jour. Bon sang, quel manque de bol !

On est tous retournés à la cuisine, déçus. De quelque côté qu'on le prenne, on arrive toujours trop tard pour faire fortune…

Avant de sortir de la chambre de Nonno, on a éteint la lumière pour qu'il puisse se reposer. Caio est resté dans la pénombre pour tenir la main de son grand-père retardataire. Alors qu'on partait, j'ai entendu qu'il lui disait :

— T'inquiète pas, mon petit Nonno, ne te fais pas de bile… Tu vas y arriver… bientôt tu vas y arriver.

21 mai 2004
Sofi réclame cinquante pour cent des gains

D'abord, on n'a pas compris pourquoi tous les copains de Caio allaient voir Nonno dans sa chambre, jusqu'au jour où Sofi, qui dort dans la chambre à côté, est allée tout raconter à son père en pleurant comme une Madeleine. « Papa ! Claudio a fait un trou dans l'armoire de papy et il fait payer ses copains pour qu'ils puissent voir mes seins quand je me déshabille. » Ah, mes chéris, vous n'imaginez pas le foin que ça a fait !

Cela faisait au moins deux semaines que Zacarías n'avait pas poursuivi son fils dans toute la maison pour le tuer. Je le regardais de la cuisine et j'ai remarqué qu'il n'était plus la bête sanguinaire d'autrefois. Il a du mal à enjamber les chaises que Caio interpose en chemin. Il respire par la bouche. Il court en se tenant les reins… Il a du mal à insulter son fils en même temps qu'il lui balance des objets à la figure.

Parallèlement, le gamin est très agile, en ce moment. Et comme il est un peu nabot (le pauvre), il se faufile facilement et connaît des recoins de la maison où cet imbécile de Zacarías n'a jamais mis les pieds. Ils ont tourné comme des dératés pendant quinze bonnes minutes. À un moment, ils ont commencé à tourner autour de la table blanche de la salle à manger et j'ai cru qu'ils allaient me creuser un fossé.

Zacarías aurait fini par se fatiguer assez vite, mais Caio a eu la malchance de glisser sur la queue de Cantinflas et de s'affaler par terre. Saisissant l'occasion, ni une ni deux, son père a plongé en avant et l'a saisi par le cou.

— C'est vrai, ce que dit ta sœur ? criait-il pendant qu'il lui assenait des coups de pied au cul. C'est vrai, ce que dit ta sœur ? C'est vrai ?

Mon mari est totalement incapable de diversifier ses propos pendant qu'il tabasse les enfants. Je ne sais pas pourquoi, mais il répète cent fois la même phrase, alternant coup de pied, phrase, coup de pied, phrase, coup de pied, coup de pied. Quelque chose comme du morse préhistorique.

— Mais oui ! finit par dire Caio. Arrête de me taper, je t'ai déjà répondu !

Alors Zacarías arrête net, reprend son souffle, boit une gorgée d'eau du vase et passe enfin à la phase pédagogique. Parce qu'il dit toujours que, après avoir filé une raclée, il faut en expliquer les raisons, sans quoi ça tourne au vice :

— Écoute-moi bien, graine de maquereau, lui dit-il, encore haletant. Si tu ne donnes pas sur-le-champ la moitié du fric à ta sœur, tu seras en train de commettre un délit, tu m'entends, crapule ?

— La moitié ? se plaint Caio en pleurant et en se prenant la tête à deux mains. La moitié, c'est trop… Ça m'a coûté bonbon, de louer une perceuse pour faire un trou dans le mur. Et puis les flyers qui disaient « Ma sœur pour six pesos », ils se sont pas imprimés tout seuls… J'y ai mis beaucoup de fric.

— Mais moi, j'y ai mis mes seins, abruti ! dit Sofi. Les seins, c'est beaucoup plus important que la perceuse !

— Tu ne comprends donc pas que si tu ne lui donnes pas la moitié de tes gains, c'est un délit ? insiste Zacarías, de plus en plus calme.

— Et si je lui donne la moitié, c'est quoi ? demande Caio.

— Ce n'est plus pareil, dit Zacarías, puis il se tourne vers Sofi : Pourquoi tu pleures ? Parce que les copains de ton frangin ont vu tes seins ou parce qu'ils ont payé pour ?

— Je pleure parce que Caio a de l'argent et pas moi.

— Tu vois, dit Zacarías à son fils. Préviens ta sœur, avant de faire des trucs pareils, nigaud… Ensuite, tu lui donnes la moitié de tes gains pour qu'elle ne fasse pas d'histoires. Sans sa collaboration, tu ne pourrais rien faire.

— Ben oui ! Suis-je bête ! Et si elle me double et qu'elle commence à le faire toute seule ? dit Caio.

— Si elle faisait ça toute seule, elle serait une pute et je la tuerais, explique Zacarías. Vous avez besoin l'un de l'autre, voyons !

— Et si on le fait ensemble, c'est plus un délit ? demande Caio en se massant les fesses, là où son père a frappé le plus fort.

— Exact… Dans ce cas-là, ça devient du bizness, c'est-à-dire un délit dans lequel tout le monde est d'accord, dit le père. Et le bizness, ce n'est ni bien ni mal, tant qu'on ne tue personne.

— Mais alors, ce serait légal ? demande Sofi.

— Plus ou moins. Pour que ça soit légal à proprement parler, vous devriez verser quinze pour cent à l'autorité compétente.

— Autrement dit à toi… devine Sofi, de plus en plus intéressée par la macroéconomie.

— Dans le cas présent, oui. Mais attention ! C'est pas parce que c'est moi. C'est parce que vous êtes sous ma tutelle. Et c'est moi qui devrai réparer le mur que Caio a percé.

Alors, n'y tenant plus, j'explose :

— Zacarías ! lui crié-je depuis la cuisine. J'ai tout entendu ! Qu'est-ce que tu racontes aux enfants, malheureux ?

Ils gardent le silence pendant quelques instants :

— Et maman, elle est quoi, dans l'histoire ? demande Caio.

— Ta mère ? dit Zacarías, résigné. Ta mère est la Conférence épiscopale.

24 mai 2004

Petites taches, du balai !

Ça y est. C'est irréversible. On peut cacher sa ménopause, ses pattes-d'oie, ses varices, ses cheveux blancs, sa myopie, sa peur des voleurs et son envie de pleurer sans raison, on peut cacher ses seins qui tombent et ses vergetures, on peut cacher quasiment tous les signes du vieillissement, sauf un.

Tout à l'heure, à 12 h 11, d'une seconde à l'autre, me sont apparues ces fameuses petites taches sur les mains. Celles qui disent que, dorénavant et jusqu'à la fin, on sera vieille. Je ne comprends pas comment elles ont pu apparaître si vite, je pensais qu'elles s'installaient petit à petit, et puis non. Elles arrivent en masse, comme une manif, se glissent sous la peau, ne respectant ni rides ni rien du tout. Elles vont droit dans les mains, la partie du corps la plus visible.

Je ne sais pas pourquoi j'ai l'habitude de me servir des mains pour tout. Ça doit être culturel. Pour saluer, pour cuisiner, pour donner une tape affectueuse à Sofi, pour dire à Caio « Viens ici, malpoli ! », pour commander un Coca. Pour tout, je dois me servir de ces mains désormais constellées de petits points. Quelle humiliation !

J'ai failli réveiller Zacarías pour le lui raconter, mais j'ai préféré en parler avec quelqu'un de plus sensible.

— Je suis fichue, mon trésor, dis-je à Nacho au téléphone avant même de le saluer.

— Maman ? me dit-il d'une voix rauque. C'est toi ? Il est 2 heures du matin… Il est arrivé quelque chose à Nonno ?

— Pas du tout, Nonno va très bien, mieux que moi, cette fois-ci, lui avoué-je au bord des larmes. C'est à moi, que c'est arrivé.

— Qu'est-ce qui t'est arrivé ?

— J'ai des petites taches.

— Quelles taches ? me demande-t-il, d'une voix ensommeillée.

— À ton avis, nigaud ! Les taches sur les mains, bien sûr. Tout à l'heure, je me suis levée pour boire et j'avais les mains de ma mère.

— Et c'est pour ça que tu m'appelles, maman ?

— Qu'est-ce que je fais, Nacho ?

— Le mieux, c'est que tu te couches et que tu dormes. On en parlera demain…

— Tu vois ? Depuis que j'ai ces taches, tu me parles comme si j'étais une vieille.

— Mais tu te sens en forme ou t'as d'autres signes de vieillissement ?

— D'autres signes ? Comme quoi ?

— Envie de balayer le trottoir aux aurores, par exemple. Ou d'appeler ton fils pour une connerie… Des trucs de ce genre.

— Tu me fais marcher ?

— Mais oui, maman. Allez, va dormir, on se parlera demain. Bisous.

Puis il me raccroche au nez, le saligaud.

Pendant que j'écris cela, j'observe mes mains et j'ai l'impression que c'est une autre dame que moi qui écrit. Serait-ce parce que je vais bientôt être grand-mère ? Serait-ce parce que ma vie a filé à toute allure sans que je m'en rende compte ?

Ce sont des petits points dégoûtants, comme si je m'étais renversé du café sur les mains. Des éclaboussures, voilà ce qu'on dirait. Ce n'est pas grand-chose, mais je ne reconnais plus ces vieilles mains au bout de mes bras.

J'ai peur de regretter ce que j'ai fait, j'ai peur qu'un jour, comme ces petits points, le reste de la vieillesse me rattrape d'un coup. J'ai peur de commencer à aimer les rocking-chairs, les émissions de la chaîne 9. J'ai peur de me mettre au tricot et d'y prendre plaisir. De commencer à lire les pages nécrologiques des journaux pour voir si j'y trouve des noms d'amis décédés. Peur qu'on commence à m'appeler « ma petite dame ». Ou « grand-mère ». Quelle horreur !

Avant, quand j'étais jeune et que je n'avais pas de petits points sur les mains, Nacho acceptait de discuter avec moi à n'importe quelle heure. Depuis que j'ai ces petites fourmis ici, depuis aujourd'hui, donc, depuis que je me sens comme un film qui approche de la fin, il m'envoie dormir comme une vieille. À croire qu'il ignore que nous, les vieilles, nous ne dormons pas !

Dès demain, je m'achète une radio que je me coincerai entre l'oreille et l'oreiller. Quitte à être une vieille, il faut que je m'équipe de tous les accessoires indispensables pour passer des nuits blanches. Je me demande si je sens déjà le pipi de chat sans le savoir. La vie est si brève et si ingrate !

26 mai 2004

Negra Cabeza et Jeremías se tournent autour

Depuis que Jeremías vient souvent à la maison rendre visite à Nonno, Negra Cabeza se pomponne et remue l'arrière-train pendant qu'elle nettoie par terre. « Vous désirez un petit café, don Jere ? » lui dit-elle toutes les cinq minutes, alors que nous, elle ne nous a jamais proposé un foutu maté. Quelle chienne !

J'ai toujours eu l'impression que cette femme était Bertotti-addict. N'importe quel individu de sexe masculin qui porte ce nom béni lui hérisse les tétons et lui donne envie de copuler. Pourtant, je ne pensais pas qu'elle irait jusqu'à souiller notre lit conjugal.

Hier, en rentrant de la pharmacie, je suis allée dans ma chambre pour préparer les injections de Nonno… Ah, mon Dieu, de ma vie je n'avais vu pareilles galipettes ! Et pourtant, je suis moderne. J'ai été prise au dépourvu, la scène m'a frappée et je n'ai donc pu m'empêcher de pousser un cri.

— Viens ici, Zacarías ! crié-je à l'autre imbécile qui passe son temps à lire le magazine *Corsa* plutôt que le Kama-Sutra. Regarde les figures que fait ton frère !

À poil dans notre lit, dans une position incompréhensible, la Paraguayenne et mon beau-frère se sont immobilisés, le visage rouge (je ne sais si c'est de honte ou d'avoir fourni un grand effort pour garder la position) et m'ont regardée.

— Vous, ne bougez plus jusqu'à ce que Zacarías arrive, leur dis-je. Je veux vous étudier un peu, ensuite je vous chasserai de mon lit en toute tranquillité.

— Ça ne t'arrive jamais de frapper avant d'entrer, Mirta ? me demande Jeremías en essayant de ne pas perdre l'équilibre.

— Je te signale que t'es dans ma chambre, espèce de gros fils de pute ! Ça serait plutôt à toi de t'excuser.

— J'étais en train de faire le lit, m'dame Mirta, et, votre beau-frère, il m'a coincée contre mon gré, tente de se défendre la bonne paraguayenne.

— Oui, lui dis-je, tu m'as l'air bien coincée, petite garce.

Arrive Zacarías qui reste à l'arrêt devant les tourtereaux, ouvrant des yeux comme des soucoupes. On dirait une poule qui aurait trouvé une clé à mollette.

— Est-ce que c'est humainement possible de faire ça ou il y a un jeu de miroirs ? s'informe mon mari, cherchant le truc caché.

— Quel miroir, imbécile ? Tu vois bien que j'ai raison et qu'il y a plusieurs façons de se mélanger les poils ? rétorqué-je.

Zacarías acquiesce, résigné.

— M'sieur Zacaría, dit Negra Cabeza. Ce n'est pas moi qui ai voulu me mettre dans cette position, c'est parce que votre frère m'a menacée.

— Oui, dis-je à la traînée. On voit bien qu'il a

braqué son canon sur toi… Mais je ne comprends pas pourquoi tu écartes les jambes pour lui faciliter le tir, petite effrontée.

— Cette situation est humiliante, dit Jeremías. Prenez des photos, tant que vous y êtes ! On dirait des soldats américains en train de faire leur ronde en Irak…

Indifférent aux protestations de son frère, Zacarías touche timidement une jambe qui dépasse de l'enchevêtrement de membres.

— À qui est cette jambe ? dit-il en la pinçant.

— À moi, dit Jeremías.

— Ça alors ! Et ça, c'est quoi ? dit-il en posant la main sur une zone spongieuse.

— Si tu touches un nichon de la Paraguayenne, je t'explose la table de nuit sur la tête, lui dis-je. Sors d'ici, je voulais simplement que tu prennes note, pas que tu te repaisses de l'immondice.

Les amoureux commençaient à avoir froid, alors on les a laissés seuls pour qu'ils se rhabillent sans être intimidés. Quand ils sont sortis de la chambre (la tête basse comme deux chiens qui auraient renversé un pot de fleurs), on leur a demandé à tous deux de ne plus remettre les pieds chez nous. Dehors !

— Vous voulez dire que vous me licenciez ou que vous me répudiez en tant qu'amie, m'dame Mirta ? me dit Negra Cabeza en pleurant.

Cette garce a une tête de sainte-nitouche qui a toujours eu le don de m'attendrir… Elle me regardait d'un œil triste, éminemment paraguayen. J'ai pensé au traité de libre-échange Mercosur, à la solidarité latino-américaine, je me suis demandé qui allait nous faire la cuisine alors je lui ai dit :

— Allez, Negra… Allez laver ces draps, je vous pardonne. Mais enfilez quelque chose, pour l'amour de Dieu ! J'ai besoin d'avoir un tête-à-tête avec mon mari.

Penaude, Negra s'est éloignée en ondulant des hanches et a disparu dans la buanderie. Je suis restée dans la cuisine avec Zacarías, qui me regardait d'un air sérieux et contrit.

— Pourquoi nous n'expérimentons jamais de nouvelles positions, chéri ? Pourquoi fait-on la même chose au lit depuis trente ans ? lui demandé-je, abattue.

— Comment ça, la même chose ?

— Toi soûl et moi endormie, résumé-je pour qu'il comprenne.

— Voyons, ma biche… hasarde-t-il d'une voix mielleuse. Si on les imitait, on serait obligé de nous transporter aux urgences sur une brouette pour nous faire remettre les os en place.

— Je préférerais mille fois être une démantibulée heureuse qu'une insatisfaite en possession d'une ossature en parfait état, lui dis-je au bord des larmes. Tu ne m'as pas donné une seule foulure de cheville en trente ans !

— Allez, prépare-nous un maté, me chuchote-t-il en me caressant le menton. On est trop vieux pour les Jeux olympiques.

— Même pas les Jeux olympiques pour handicapés ? j'insiste, mais il fait non de la tête.

Et moi, trop bête, comme d'habitude, j'ai mis de l'eau à chauffer.

31 mai 2004
À l'année prochaine, Sumcutrule !

Le 30 mai 1999, à l'âge précoce de dix-sept ans (ce qui pour un chien équivaut à peu près à cent), a expiré notre cher Sumcutrule après une brève agonie. Il s'était fait renverser par une Citroën América jaune canard immatriculée B-1384009 et conduite par un putain de salaud qui ne s'est pas arrêté pour lui porter secours. Depuis, tous les 30 mai, le silence règne dans notre maison livrée à la douleur et à la méditation.

Le plus malheureux de tous, même après toutes ces années, c'est Zacarías, qui se lève le premier et va dans le garage chercher la valise où nous conservons les restes de Sumcu. C'est une sorte de cercueil mobile que nous avons fait fabriquer à l'entreprise des pompes funèbres de Borja, assorti d'une inscription sur le devant et de deux roulettes. Zaca prépare alors le petit déjeuner et commence à réveiller toute la famille.

Caio, qu'on ne peut jamais extirper du lit (sauf le dimanche avec un pied-de-biche), se lève sans moufter pour faire cette promenade, car il adorait son chien. Quand Sofi vient boire son lait, elle pleure déjà, très affectée également par la mort de la pauvre bête. Et moi, que voulez-vous, je me traîne, tête basse, car le 30 mai est une journée grise qui ranime d'horribles souvenirs.

On a déjeuné vite fait, sans ouvrir la bouche. De quoi voulez-vous qu'on parle puisqu'on sait déjà tout ? Ensuite, on s'est habillés plus ou moins décemment et on est partis à pied en direction du parc municipal. On s'est relayés toutes les trois rues pour porter la valise, en essayant d'éviter les trottoirs défoncés, en choisissant un parcours lisse pour que l'âme de Sumcutrule ne souffre pas des cahots. De temps en temps, on s'arrêtait devant un arbre pour que la pauvre bête hume la terre mouillée et reconnaisse son territoire.

Quand on est arrivés à l'arrêt de bus qui se trouve de l'autre côté de la voie ferrée, on a pris la 29e Avenue bis, moins fréquentée. Avant on passait par l'avenue República de Chile, mais il y a trop de voitures et les gens nous lancent des commentaires désobligeants : « Voilà la famille Adams ! » nous a-t-on crié il y a quelques années. Un jour, un copain de Caio à bord d'une Ford Taunus a hurlé : « Arrête de droguer tes parents, Caio ! » Des gens sans cœur, on voit bien qu'ils n'ont jamais eu de chien.

La 29 bis est plus calme. Ceux qui savent que tous les 30 mai nous sortons promener la valise du chien se contentent de sortir sur le pas de leur porte pour nous voir passer. Certains même nous saluent : « Au revoiiiiir », sur ce petit ton amène propre aux petites villes. D'autres, conscients de la grande douleur qui déchire notre âme, se signent en silence et nous voient comme ce que nous sommes : un cortège funèbre.

Quand on arrive dans la rue non pavée et qu'on commence à sentir l'odeur de la rivière, qu'il n'y a plus de maisons alentour, on se détend un peu. Une fois seuls, loin des témoins moqueurs, nous commençons à raconter à Sumcutrule les nouvelles de l'année. Je lui explique que Nacho n'a pas pu venir parce qu'il va avoir un bébé et qu'il vit avec Loutchia à Lago Puelo ; Caio lui avoue, la voix remplie de larmes, qu'avec Cantinflas ce n'est pas pareil ; Sofi se baisse et lui chuchote timidement des secrets (sans doute au sujet de ses flirts). Nous n'avons pas voulu lui raconter pour Nonno. À quoi bon ? Nous ne voulons pas lui annoncer de mauvaises nouvelles, pauvre chien. Il a déjà assez de soucis comme ça.

Si par hasard on aperçoit une Citroën au loin, même si elle est garée et que nous ne courons aucun risque, nous tâchons de prendre un autre chemin afin de ne pas contrarier Sumcu. Il les détestait. Il reconnaissait ses maudites autos au bruit du moteur et il partait comme un fou leur mordre les roues. Il avait raison de les haïr, le pauvre, puisqu'il est mort lors d'un combat inégal contre un engin de cette marque, un nouvel épisode de cette guerre interminable au cours de laquelle ont péri tant d'innocents et si peu de véhicules à moteur.

Arrivés au parc, nous avons sorti le petit corps embaumé et nous l'avons lancé dans le fossé pour qu'il s'amuse un peu. Parfois, quand on trouve un chat trouillard, on le lui amène. Quand ils le voient, les chats ne se rendent pas compte qu'il est mort et se hérissent tout pareil. Ça met Sumcu de bonne humeur, car il se sent utile. Après l'avoir fait jouer un moment, nous prenons un taxi pour rentrer afin d'éviter que les gens ne nous apostrophent.

Le 30 mai est une journée bien triste. Mais quand

nous rentrons chez nous et que nous rangeons à nouveau la valise dans la deuxième étagère du garage, puis que nous récitons en chœur un Notre Père et que nous disons « À l'année prochaine, Sumcutrule ! », on se sent mieux. Ce chien a mis de la vie dans notre foyer pendant dix-sept ans et il n'a jamais rien demandé en retour. Il voulait simplement que de temps en temps on l'emmène au parc. Juste ça. Ce n'est pas grand-chose, comparé à tout le bonheur qu'il nous a donné.

Quoi ? Il faudrait cesser de lui faire plaisir au seul motif qu'il est mort ? Je ne pense pas, je crois qu'il mérite ses promenades annuelles et même plus. Cela fait bien longtemps qu'il est dans cette valise, embaumé, sans pouvoir remuer la queue. Et je vous jure, mes chéris, je ne plaisante pas et je ne suis pas folle, chaque jour je me réveille et je sens à mes pieds cette petite chaleur à nulle autre pareille. Comme s'il était sur le lit avec nous. Et quand je m'avise que c'est impossible, que ce n'est qu'un souvenir, je me sens accablée.

2 juin 2004
Et un jour, le grand-père...

Hier, à 9 heures du soir, tandis que nous regardions le journal télévisé dans la salle à manger, nous avons très nettement entendu deux petites cuillers tinter contre un verre. Le rythme nous disait quelque chose, on a baissé le son de la télé pour mieux entendre. Caio fut le premier à comprendre et il a hurlé : « C'est le solo de batterie de Nonno ! » Fous de joie, le cœur en liesse, nous sommes accourus vers la chambre du grand-père.

Il était là, comme s'il ne s'était rien passé. Dès qu'il nous a vus, il a lâché le verre et les petites cuillers pour nous ouvrir grand les bras :

— Sono révénutto di la morte ! nous dit-il en souriant.

Après les embrassades, il nous raconte que, pendant ses jours d'absence, il a visité un lieu merveilleux qui brillait d'une lumière très blanche et où il y avait tout pour être heureux.

— Où qué io régardait, io trouvait des énormés plats de spaghetti au pesto et moltísima ragazza à poil, nous dit-il, le regard perdu dans cet au-delà.

— Le paradis ! devine Caio.

— Ou l'enferne, figlio… doute Nonno. Io me fiché que ça soit l'oune ou l'autre, ma io était heuroso.

— Et ici tu n'es pas heureux, petit grand-père ? minaude Sofi en le couvrant de bisous.

— Cuesta familia é unica, bambina… Et poï é la mienna, elle me piache. Pourquoi tou crois que io sono retornato ?

Zacarías se tait. Il se retient. Dans l'encadrement de la porte, il se mouche discrètement et joue les durs, pour que personne ne se rende compte qu'il est bouleversé. Je le regarde et lui adresse un geste éloquent : « Vas-y, gros nigaud, embrasse-le, tu vois bien que t'en meurs d'envie ! » Mais il reste là, figé sur place, ne sachant que faire de ses émotions et de son passé.

Je tiens la main de Nonno depuis le début, je la lui serre fort, la lui masse, lui transmets de la chaleur pendant que les petits continuent à parler à leur grand-père, lui posant des questions et riant avec lui. Caio a un sourire jusqu'aux oreilles, ses yeux brillent comme deux grands phares sur la route. Je ne l'avais pas vu aussi content depuis qu'on l'a viré de l'école.

— Tou étais avec moi dans cette endroit, bambino, dit Nonno à son petit-fils. Io t'entendais quand tou me parlais la nouite.

Alors Caio nous regarde, l'air de dire « Vous avez vu qu'il m'entendait, bande d'abrutis ! ». Son sourire s'élargit en pensant qu'il lui reste des jours à partager avec son meilleur ami. Zacarías se met dos contre la porte pour qu'on ne le voie pas être heureux.

Sofi est partie comme une flèche téléphoner à Nacho, histoire de partager sa joie avec quelqu'un qui n'est pas encore au courant, ce qui est une manière de revivre le bonheur à travers autrui.

Je la vois d'ici qui rit, je n'entends pas ce qu'elle dit mais son rire ricoche sur les murs et j'imagine Nacho, pauvre chou, pleurant à chaudes larmes à mille kilomètres de la maison, parce que, quand on est loin, les bonnes nouvelles font pleurer, sans qu'on sache pourquoi.

Et c'est alors que je me rends compte que Nonno, ce vieux fou dont je tiens la main comme s'il était en train de me sauver de quelque chose, distribue de la vie à tire-larigot, il donne sans compter.

— Allez ! dis-je en me relevant. Laissons grand-père se reposer parce qu'il revient de très loin. Que voulez-vous pour dîner, don Américo ?

— Oune escalope milanesa et des frites ! dit-il tout de go.

Zacarías et Caio traînent les pieds : ils ne veulent pas partir, mais je les pousse dehors. Allongé sur son lit, don Américo nous regarde, les joues plus roses que jamais, l'œil luisant, reconnaissant et fragile. C'est alors que ça se produit :

— Eh, Mirtitta… me dit-il au moment où on quitte sa chambre.

Je me retourne, le regarde. Au prix d'un effort colossal, il lève une main comme s'il voulait me toucher de loin et me dit :

— Gratzie per tutto… figlia mia.

Je ne sais pas pourquoi, peut-être parce que je le connais depuis si longtemps et qu'il m'appelle enfin sa « fille », ou parce que j'avais besoin qu'il se rende compte que je l'aime tant, ou parce que, sans Nonno, cette maison n'est pas la même ; j'ignore pourquoi, mais le fait est que, quand il me remercie et m'appelle sa fille, tout mon corps tremble, je cours jusqu'à lui et je le serre dans mes bras comme je n'avais jamais osé le faire.

Je m'accroche à lui comme si j'étais une fillette, comme Heidi, comme si j'embrassais mon enfance ou mon propre père qui est parti si jeune, et je lui dis « Merci à vous, papa », puis je craque et je pleure. « Merci à vous, papa », et je me blottis contre sa poitrine (« papa, papa ») ; il me caresse les cheveux avec une tendresse infinie, comme si c'était moi qui étais revenue de la mort pour le voir. Comme s'il m'avait toujours attendue avec son sourire d'Italien et une blague au bord des lèvres.

Il adresse un clin d'œil à Caio et me dit :

— Pas trop croquanté les frité, Mirta, rappellé-toi qué io sors delle coma.

4 juin 2004
L'amour en bouteille d'un demi-litre

Hier après-midi, Caio nous a annoncé la nouvelle en rougissant légèrement, le pauvre : « Papa, maman, ça y est, j'ai une petite amie, et c'est du sérieux, cette fois. » Ah, mes chéris, vous ne pouvez pas savoir comme ça m'a fait plaisir ! Zacarías, qui ne sait pas exprimer ses émotions autrement que de manière brutale, lui a donné une tape si forte dans le dos que Claudio a failli cracher ses poumons. « Et c'est pas tout, nous dit-il après avoir fini de toussoter. Je l'ai invitée à dîner ce soir. »

On avait peu de temps pour tout préparer. Le plus important, dans ces cas-là, est qu'on nous voie comme des gens normaux, alors on s'est mis à ranger la maison, à harceler Nonno pour qu'il se lave (profitant de son coma, il n'était pas passé sous la douche depuis un mois) et à préparer un bon repas pour notre future belle-fille.

Pendant ce temps, l'air de ne pas y toucher, j'essayais de soutirer quelques informations sur la jeune fille à mon fils, de crainte qu'il ne s'acoquine encore avec une vieille, comme à l'époque où il nous avait ramené Negra Cabeza.

— Et tu l'as rencontrée où ? lui demandé-je sur un ton distrait tout en continuant à essuyer un saladier.

— À la sortie de l'université du Salvador, me dit-il d'un ton nonchalant. Elle termine ses études de droit.

— Tu veux dire que ta petite amie est avocate ? m'écrié-je, pleurant presque de bonheur.

— Pas encore, elle n'a pas passé tous ses examens, mais elle est très intelligente, Carmen.

— Et qu'est-ce que tu foutais à El Salvador ? demande Zacarías, toujours à l'affût des détails sans importance.

— Je me plante devant la porte et j'offre des bédos aux étudiants en dernière année, au cas où j'aurais besoin un jour d'un avocat gratis. Donnant donnant, explique-t-il.

En temps normal, Zacarías lui aurait couru après avec la ceinture pour trafic d'influence, mais comme maintenant le gamin a une petite amie, il a laissé filer.

On a tranquillement passé l'après-midi à ranger la maison et à poser des questions au gamin. À la nuit tombée, on savait déjà que la jeune fille a vingt-deux ans (l'âge idéal !) et qu'elle est de Gowland, un petit village rural près de Mercedes. Sa famille ayant un élevage de cochons, ils devaient être à l'aise financièrement.

Maintenant, avec le recul, je me dis que j'aurais dû me douter que quelque chose clochait, qu'une fille de vingt-deux ans, quasiment avocate, fille de producteurs agricoles, ne pouvait pas être amoureuse de Caio, un glandeur qui n'est pas allé au bout du secondaire et qui passe sa vie à fumer des saloperies. Mais, à ce moment-là, l'espoir m'aveuglait…

La sonnerie a retenti à 9 heures tapantes. Carmen était ponctuelle, en plus. Zacarías, en costume, les cheveux gominés en arrière, est allé ouvrir, un grand sourire aux lèvres, puis il a refermé aussitôt, comme s'il avait vu un fantôme. On l'a regardé. Zacarías s'est appuyé contre la porte, décontenancé, et a dardé sur Caio des yeux atterrés.

— Qu'est-ce qu'il y a, chéri ? lui demandé-je, tandis que mes illusions tombent en miettes.

Zacarías montre la porte derrière laquelle la jeune fille devait attendre qu'on lui ouvre à nouveau, et il nous chuchote la mauvaise nouvelle :

— C'est… (Il n'arrive pas à lâcher le mot, il regarde Caio, consterné.) C'est une naine, espèce de pervers !

On a tous regardé le gamin.

— Et alors ? Vous ne vous en rendez plus compte parce que vous me voyez tous les jours, mais moi aussi, je suis nain… Ça fait près de cinq ans que je stagne à un mètre quarante.

— Mon fils, lui dis-je. Toi, tu n'es pas nain, mon amour. Toi, tu es nabot, ce qui n'est pas tout à fait pareil, c'est quand même plus glorieux. Tu peux atteindre sans problème le tiroir des couverts, par exemple… Un nain, c'est différent. Un nain, il a une tête de nain…

Je me tourne vers Zacarías et lui demande en chuchotant :

— Elle a une tête de naine, cette petite, ou une tête de personne ?

— Une horrible tête de naine ! me confirme mon mari en regardant Caio. Pourquoi faut-il que tu nous fasses des coups pareils, espèce d'enfoiré de gosse ? Je regrette, mais je ne peux pas dîner avec une naine, je ne sais pas comment me comporter avec elle, comment lui parler…

— Il suffit que tu lui parles normalement, papa, se fâche Caio. Ne la laisse pas attendre dehors, par exemple, ne lui referme pas la porte au nez, ne parle pas à voix basse… ne la regarde pas comme si c'était un chien… C'est pas compliqué. Et puis, moi je l'aime pour ce qui est en dessous, nous explique-t-il. (Un instant, j'ose espérer qu'il est en train de mûrir.) T'imagines pas les nichons qu'elle a en dessous !

— Papa, arrête de te comporter comme un homme des cavernes, dit Sofi. Ouvre-lui, il fait frais dehors, pauvre naine.

— Elle s'appelle Carmen ! Carmen ! corrige Caio à l'adresse de sa nigaude de sœur.

Finalement, je me dévoue. Je respire un grand coup et je lui ouvre la porte avec un sourire géant aux lèvres. Je la regarde ; elle me regarde. Quelques secondes embarrassantes s'écoulent où je ne sais pas si je dois me baisser pour l'embrasser ou attendre qu'elle saute. Quelle HONTE ! Mais elle me tire d'affaire en me disant avec beaucoup d'aplomb et une très belle voix :

— Vous devez être Mirta. Moi, je suis Carmen Salvatierra, l'amie de Claudio. Je vous admire énormément, madame. Je lis régulièrement votre blog. Vous êtes un exemple pour toutes les femmes argentines, dit-elle en me tendant sa petite main.

Un amour de jeune fille ! Et quel talent pour conquérir le cœur d'une belle-mère… Je lui serre la main et elle entre d'un pied ferme. Elle roule une pelle cinématographique à Caio ; on dirait deux acteurs miniatures. Quelle passion ! Après quoi elle regarde Zaca tout en ôtant elle-même son manteau et en disant :

— Vous devez être don Zacarías. Ravie de faire votre connaissance. Claudio m'a beaucoup parlé de vous… Moi aussi, je suis supporter du Racing.

« Ça y est, elle se l'est mis dans la poche ! » me suis-je dit… En cinq mots elle a réussi à faire oublier à mon mari qu'elle était naine. Je le connais : quand Zacarías hausse les sourcils de cette manière, c'est signe qu'il se sent à l'aise. Il ne voit plus une fille de petite taille, il voit une supporter du Racing et les relations avec elle se détendent.

— Vous êtes fan ? demande Zaca en se baissant pour lui faire la bise.

— Membre n° 9621, précise-t-elle en sortant de son sac sa carte d'adhérent. Avec mes frères et mon père, on a une loge dans la tribune centrale, juste en dessous des cabines de retransmission, côté avenue Pavón.

Il bavait d'émotion, le nigaud. Il regardait la naine et on aurait dit qu'il avait devant lui un écran de télé quatorze pouces retransmettant le but de Chango Cárdenas au ralenti.

Nous avons dîné dans une ambiance chaleureuse et détendue, puis nous sommes restés à table jusqu'à 4 heures du matin. Cela faisait un bail qu'on n'avait pas autant ri. Carmen raconte des histoires de nains hilarantes. Il y en a eu une notamment sur un nain qui s'installe au comptoir pour boire quelque chose, alors le propriétaire du bar demande en hurlant : « Quel est le plaisantin qui a démonté le baby-foot ? »

Quelle crise de rire ! Cette petite est capable de discuter sur n'importe quel sujet. Qui plus est, elle a parlé en italien avec Nonno, ce qui a rendu Caio un peu jaloux, preuve que le gamin est bien accroché.

À la fin, on se sentait tellement à l'aise avec elle qu'on l'a soulevée de terre pour lui faire la bise avant qu'elle parte. Ensuite, on s'est excusés un à un auprès de Caio d'avoir été racistes envers sa petite amie, alors que c'est un amour. Noblesse oblige.

Même Cantinflas, qui n'est pas un chat commode, a sympathisé avec la gamine. Il faut dire aussi que c'était la première fois qu'il voyait un visage humain d'aussi près.

Alors, mes chéris, ce soir je vais au lit le cœur joyeux. Il ne faut pas encore chanter victoire ni s'endormir sur ses lauriers, mais j'ai l'impression qu'il y a une Bertotti de plus dans la famille. Et de celles qui font des études !

7 juin 2004
Conversation intime entre femmes

Hier, les hommes de la maison (y compris Nonno) sont partis à Buenos Aires pour voir le match Argentine-Paraguay. Ils ont emmené avec eux Negra Cabeza, qui est amoureuse du gardien de buts guaraní. Sofi, Carmen et moi en avons donc profité pour avoir une conversation intime entre femmes, mais comme on a parlé de sexe, cela a inévitablement dégénéré.

L'idée était de passer la journée ensemble, alors on s'est préparé du maté et on s'est enfermées dans la cuisine. Les dimanches après-midi sont des moments propices pour ouvrir son cœur, en particulier quand il y a une nouvelle arrivante. On parlait de tout et de rien jusqu'à ce que Sofi commence à devenir lourdingue avec notre invitée :

— Et vous, les naines, vous préférez les grosses ou ça vous est égal ? lui demande cette peau de vache, qui en plus d'être grossière est monothématique.

J'ai eu tellement honte que j'ai failli me cacher sous la table, mais Carmen a rigolé (on voit qu'elle est très moderne), comme si elle n'était pas concernée par la question.

— Ah non, ça ne nous est pas égal, ma chère. Mais toutes les quéquettes nous paraissent énormes. C'est une chance.

— Ça, c'est super, commente ma môme. Le seul avantage d'être nain, ça doit être la perseptive.

— La perspective, la corrige Carmen.

— Ça aussi, oui, dit Sofi.

— Moi, ces conversations impudiques me font tourner les sangs, dis-je. Quand j'étais jeune, jamais je n'aurais osé parler de ces choses-là devant ma mère… (me tournant vers Carmen) et encore moins devant ma belle-mère.

— Voyons, Mirta. Je t'admire justement parce que tu es la femme la plus moderne que je connaisse, me flatte ma future bru…

— Tu ne parlais jamais de sexe avec grand-mère Adela, m'man ? s'informe Sofi.

— Elle m'aurait démonté la tête, chérie ! Un jour, je lui ai raconté que Zacarías et moi, on s'était roulé des patins, et elle a compris qu'on avait roulé en patins, alors elle était toute contente parce qu'elle trouvait que ça nous faisait du bien de faire de l'exercice. Une autre époque.

— Vous étiez très naïfs, dit Carmen.

— Tu m'étonnes ! lui dis-je. On avait Lanusse comme président et la Fiat 600 était considérée comme une belle voiture. On pouvait nous faire gober n'importe quoi, à cette époque. C'est fini, tout est sur Internet, maintenant.

— Moi, Internet, ça me dépasse, dit Carmen.

— Forcément, intervient Sofi. Il faudrait que tu aies une chaise surélevée.

— Non, je veux dire que j'arrive pas à m'y intéresser, ça ne me passionne pas… À la fac, plus personne ne va en bibliothèque, ils cherchent toute leur documentation là-dedans. Le problème, c'est qu'Internet est rempli de menteurs. Il y a beaucoup d'informations fausses.

Le soir tombe sur Mercedes. Hivernal et triste. Les heures filent et on continue à jacasser sans se soucier de rien, ni des hommes qui doivent être sur le retour, ni du dîner. On parle à cœur ouvert.

— Moi, si j'étais comme toi, dit Sofi à notre nouvelle amie pendant qu'elle me tend le maté, je m'inscrirais à un chat et je me ferais passer pour une fille de grande taille.

Nous rions.

— J'ai déjà essayé, avoue Carmen en rosissant légèrement. Je me suis fait passer pour une joueuse de basket.

— Et que s'est-il passé, chérie ? lui demandé-je, émue.

— J'ai eu un rendez-vous avec un paralytique qui s'était fait passer pour un boxeur. Un vrai désastre.

— Ah, c'est trop drôle ! m'écrié-je. Et comment avez-vous fait pour vous reconnaître ?

— Il avait enfilé des gants de boxe, le pauvre. Du coup, il n'arrivait pas à déplacer sa chaise roulante.

— Ses mains glissaient, remarqué-je, amusée.

— Ben oui… J'ai dû le raccompagner chez lui.

— Et vous avez couché ensemble ? demande cette obsédée de Sofi.

— On a essayé, mais c'était très compliqué. J'ai grimpé sur lui, mais on aurait dit un ventriloque avec sa marionnette. Alors on est restés amis.

Cela faisait longtemps qu'il n'y avait pas eu une conversation entre femmes, dans cette maison. « Il faudrait qu'il y ait des éliminatoires de foot plus souvent », me disais-je pendant que les filles continuaient à papoter comme des pipelettes. Et puis, c'est toujours bon qu'il y ait une tierce personne entre une mère et une fille. Une personne neutre. Cela aide la fille à se lâcher. Il est plus difficile d'arracher des infos à Sofi en tête à tête. Alors j'ai profité de l'occasion et, l'air de rien, tout en grignotant un palmier, je me suis renseignée :

— Et toi, Sofi ? Il t'est déjà arrivé d'avoir des rapports sexuels avec un inconnu ?

— Tu me prends pour une abrutie, maman ? Je ne me risque pas là-dedans…

— Jamais ? Tu ne chattes même pas ? demande Carmen.

— Ah ça, oui ! répond la gamine. Je parle d'un autre genre de risque : je ne parle pas de ma vie privée avec ma mère. Pas si bête ! D'abord elle fait sa maligne, elle joue les modernes, et ensuite elle me colle une beigne. Tu ne connais pas ma mère, toi…

Carmen rit :

— Je connais un peu la bête, puisque je lis régulièrement son blog. Si j'aime tant Caio, c'est à cause de ce que Mirta raconte de lui… Je suis amoureuse de l'homme qui se cache à l'intérieur, pas de l'emballage… Je suis tombée amoureuse de Caio avant de faire sa connaissance, parce qu'il était vilain… avoue la naine.

Et là, c'est la cata.

Dans l'encadrement de la porte, le maillot argentin sur le dos, un sourire aux lèvres, sans doute la déception du 0-0 dans la gorge, Caio était sur le point d'entrer dans la cuisine. Mais, en entendant la phrase, il s'est figé : « Je suis tombée amoureuse de Caio parce qu'il était vilain. » Un rude coup pour l'amour-propre du gamin.

Carmen parlait tranquillement, dos à la porte, ignorant l'arrivée de Caio. Sofi et moi avons essayé de la prévenir, mais il n'y a pas eu moyen. Elle a eu le temps d'ajouter autre chose :

— Parce que pour être franche, nous dit-elle sur le ton de la confidence, sans ton journal, Mirta, je n'aurais jamais remarqué Claudio.

Les mots de Carmen ricochaient encore sur les murs quand mon fils a pivoté sur ses talons et s'est éloigné. Je ne sais pas s'il pleurait ou non, ni à quel point il souffrait et se sentait blessé, mais ce dont je suis sûre, c'est qu'il écumait de rage.

Il est tard dans la nuit ; pendant que j'écris ces

lignes, les deux tourtereaux sont encore devant la porte à s'engueuler comme du poisson pourri, à se dire les pires horreurs. Un homme blessé dans son amour-propre est très difficile à dompter, surtout lorsque la dompteuse mesure un mètre vingt-cinq. Je n'aimerais pas être dans les godasses de Carmen en ce moment (surtout qu'elles me serreraient puisqu'elle chausse du 31, la pauvre biquette).

C'est pourquoi je dis toujours qu'il faut être prudente quand on parle entre filles. On peut parfaitement ouvrir son cœur en grand à condition de bien fermer la porte de la cuisine.

Autrement, arrive ce qui est arrivé.

11 juin 2004

Zacarías au club

Pour que son fils ne traîne pas avec des glandeurs, Zacarías n'a rien trouvé de mieux que de l'emmener tous les jours au club Progreso avec lui. Il ne se rend pas compte que, de cette manière, le gamin continue à fréquenter des glandeurs, mais des glandeurs expérimentés. C'est un peu comme s'il lui avait retiré une tumeur pour lui filer un cancer. Zacarías refuse de l'admettre.

— Que Caio entre dans les statistiques en tant que déscolarisé me fait déjà assez honte comme ça, lui ai-je dit hier soir, mais qu'en plus tu l'amènes au Progreso pour en faire un parasite social, c'est la fin des haricots.

— Fais pas chier, poulette. Je le fais pour son bien.

— Pour son bien, mon œil, Zacarías ! m'énervé-je. Ça va mal finir. Je préfère encore qu'il se drogue, plutôt que de le voir jouer aux cartes pour gagner son apéro… Les parasites adolescents courent un risque, au moins ! Vous, en revanche…

Aussi loin qu'il m'en souvienne, Zacarías se rend au club social (qui n'a de sportif que le nom) chaque jour que Dieu fait.

D'après ce qu'on dit, le club Progreso est devenu un repaire de vieux schnocks qui passent leur après-midi à parler du bon vieux temps, de l'époque où le club Progreso était autre chose, tout en jouant au tarot et en descendant tout doucement une bouteille de Ferro Quina Bisleri.

Mon mari a une autre vision de son club. D'après lui, c'est une sorte de « centre culturel » :

— La fréquentation des adultes est instructive pour le petit, m'explique-t-il. À notre table, il y a Rúben Pertossi, le Gros Joresma, le Vache Marchetta, le docteur Inschausti et d'autres personnes très éclairées qui peuvent lui enseigner un tas de trucs.

— Que veux-tu qu'ils lui apprennent, chéri ? lui demandé-je en joignant les mains au ciel. Non mais franchement ! Si on t'avait donné un peso pour chaque heure que tu as passée à glander dans ce club de merde, on aurait eu de quoi se faire construire une piscine… Tu peux me dire ce que vous racontez comme conneries, là-dedans ?

— Des conversations d'hommes… Politique, femmes, voitures. Si tu crois qu'on se limite à jouer aux cartes, ma biche, tu te mets le doigt dans l'œil, me dit-il en se curant les dents du bout de l'ongle.

Ce que Zacarías ne sait pas, cet imbécile, c'est que Caio déteste aller au club avec lui. Il s'y ennuie à mourir et c'est bien compréhensible :

— J'ai plus honte de papa au club qu'à la maison, maman, m'avouait-il cet après-midi. C'est dire ! Tu n'imagines pas comment il se comporte là-bas.

— Arrête, tu me fais peur ! Raconte !

— Il n'est plus le même. Il parle ! me dit Caio.

— Comment ça, il parle ? Depuis quand il parle, ton père ? Et de quoi il parle ?

— Aujourd'hui, il expliquait à tout le monde ce qu'est le communisme. Il a parlé pendant près de six minutes d'affilée.

— Six minutes ? je m'exclame. Alors que la dernière fois qu'il a parlé plus d'une minute, à la maison, c'est quand il a reçu l'armoire sur la jambe !

Je m'en doutais depuis longtemps, depuis que le boucher Pertossi a prononcé cette phrase énigmatique : « Quel bavard, ce Zacarías ! » Bavard ? À la maison, il est sourd et muet comme une carpe ! Il ne dit jamais rien ! Or, visiblement, quand il est entre hommes, à jouer aux cartes au club, il se transforme en moulin à paroles.

C'est pourquoi je dis toujours que les hommes, à la maison, ça ressemble aux saint-bernard : ils traînent leur derrière, ils ont des têtes d'idiots et des babines qui pendouillent, ils n'ont pas le courage d'aboyer. Mais dès qu'ils rencontrent d'autres chiens, ils se transforment mystérieusement en Rintintin. Personne ne sait pourquoi : c'est un mystère canin.

J'aimerais être une mouche pour me glisser à l'improviste au club Progreso sans que personne ne me voie. J'aimerais savoir de quoi parle mon mari, en quoi il se transforme après avoir bu un verre d'anisette. Peut-être que si je l'attrape à temps, on pourrait même se mélanger les poils dans les toilettes pour dames…

Heureusement, Caio s'est infiltré dans cette société secrète et me raconte des choses. Mais je sais qu'un jour le gamin deviendra un homme de club doté d'une double personnalité comme eux, qui ne racontera rien aux femmes de chez lui. Ce jour-là, mes chéris, Sofi et moi serons définitivement coupées de leur monde.

Ah, Nacho, mon fils ! Que Dieu conserve le pédé que tu portes en toi ! Comme Loutchia doit être heureuse avec un mari qui n'a jamais de sa vie assisté aux réunions du club social…

15 juin 2004

On ne peut pas vivre sans télévision câblée

C'est la Bérézina, la fin de la famille Bertotti. Schafetti, le voisin de derrière, a perdu son travail et s'est donc désabonné de DirecTV, de sorte que nous voilà privés de télévision câblée. Quelle poisse ! Nous avons été connectés au monde civilisé pendant trois mois, les mois les plus heureux de notre vie. Les émissions des chaînes nationales nous guettent, tapies dans le récepteur.

Hier soir, tout le monde faisait la tête à la maison. Zacarías et Nonno avaient noté sur une feuille punaisée au tableau en liège toutes les dates de la coupe d'Europe. Jeudi, Sofi attendait le début de la quatrième saison d'une série de dessins animés super poilants où on entend des gros mots à la pelle. Caio regardait la rediffusion d'une émission de variétés, et moi j'étais accro aux documentaires sur le sexe de *Cosmopolitan*. Toute notre vie était bien orchestrée !

Au lieu de quoi, nous sommes tous les cinq à table, le nez dans la soupe, ne sachant quelle tête faire.

— Maman, t'as pris un coup de vieux, me dit Sofi.

— Pas du tout ! Seulement, ça faisait longtemps que tu ne m'avais pas regardée attentivement, chérie. Je n'ai pas changé. Et vous, Nonno, pourquoi est-ce que vous ne mangez pas ?

— L'Italia est en train de jouare in questo momento, me dit-il, un œil sur sa montre et l'autre qui louche vers le téléviseur éteint, au cas où surviendrait un miracle.

— Et on ne pourrait pas se brancher sur le voisin de gauche, p'pa ? demande Caio, au bord des larmes.

— De qui ? dis-je. De la vieille Monforte ? Elle passe son temps à regarder des films de Mirtha Legrand… Cette folle n'a pas le câble, Claudio…

— Tout ça à cause de cet enfoiré de Schafetti, hurle mon mari, frappant un grand coup sur la table pour exprimer son impuissance. Fallait qu'il perde son boulot maintenant, le con !

J'interviens :

— Pauvre homme, Zacarías. C'est la faute à la situation du pays, pas à Schafetti. J'espère que ce brave homme retrouvera bientôt du travail et que tout rentrera dans l'ordre… Parce qu'on ne tiendra pas longtemps à dialoguer comme ça entre nous.

Soudain, le visage de Zacarías s'illumine.

— Et si j'appelais Schafetti et qu'on lui proposait du travail à la pizzeria ?

— Pour faire quoi ? lui demandé-je.

— J'en sais rien. Les livraisons, les pizzas. Si Caio y travaille, n'importe qui peut y travailler.

— Et ça nous avancera à quoi ?

— Si Schafetti a du boulot, conjecture mon mari, il se réabonnera à DirecTV et on pourra se raccorder à nouveau à son antenne.

On l'a tous regardé un petit moment, le temps de vérifier s'il se rendait compte par lui-même de l'ânerie grosse comme une maison qu'il venait de proférer. Mais il ne s'apercevait de rien : il nous regardait comme Einstein a dû regarder sa femme le jour où il lui a exposé sa théorie de la relativité.

— Quoi ? fait-il. Qu'est-ce que vous avez à me regarder ? C'est une bonne idée, non ?

Sofi intervient timidement :

— Et combien on paierait Schafetti pour travailler à la pizzeria ?

— Je sais pas, moi, répond Zacarías. Cinq cents pesos.

— Et combien nous coûterait un abonnement à DirecTV ? sourit Sofía, ravie de coincer son père sur une erreur de logique. Soixante pesos ?

Zacarías fronce les sourcils et devient rouge bordeaux. Quand il prend conscience de ses propres conneries et qu'il est en colère contre lui-même, cette teinte lie-de-vin lui monte toujours du cou jusqu'au sommet du crâne.

— Va dans ta chambre ! dit-il à Sofi. Sale petite

morveuse ! Je t'interdis de me parler sur ce ton ! Tu me respectes !

— Mais chéri, lui dis-je. La petite essaie simplement de te faire comprendre que t'es à côté de la plaque…

— Une merdeuse de quinze ans n'a rien à me faire comprendre ! Au lit privée de télé !

On a regardé une nouvelle fois la télé, tristement éteinte.

— Va falloir chercher une autre punition, dit Caio. Ou alors vous faire à l'idée de perdre le peu d'autorité qui vous reste.

Alors là, oui, mes jambes ont commencé à trembler. On venait de découvrir que non seulement nous n'avions plus le câble, mais aussi plus de punition pour les enfants. Ça, c'est grave. Parce que si Caio et Sofi n'ont plus de punition, c'est la porte ouverte à l'anarchie, à la pagaille.

— Chéri, dis-je. Vas-y, appelle Schafetti… Dis-lui qu'il commence lundi.

Zacarías sort de la cuisine pour aller chercher le téléphone, tout content.

— Et qu'est-ce qu'on fait d'ici lundi ? demande Sofi, désespérée.

La décision n'a pas été facile à prendre, mais il fallait bien que quelqu'un se dévoue. Je me suis donc levée, j'ai pris une grande bouffée d'air et j'ai mis l'émission de Sofovich. Nous avons dîné en silence, les yeux rivés sur un écran de téléviseur allumé, identique à celui des années 70.

— Ça alora ! a dit Nonno, surpris. Adesso Tévédoué s'appelle América.

Comme c'est déprimant de retomber dans la classe moyenne inférieure !

18 juin 2004
Le fantôme du régiment et autres légendes

Grâce à Dieu, Nacho n'a pas fait son service militaire vu que, juste cette année-là, Menem l'a supprimé. Zacarías dit toujours que, s'il l'avait fait, il aurait été moins pédé, mais moi je crois plutôt que si on m'avait enfermé Nacho pendant un an avec plein de petits soldats, aujourd'hui, il ne serait pas futur père mais travesti.

Le vrai problème de la conscription, c'était ce bruit qui a toujours couru ici, à Mercedes, et qui me fichait une trouille bleue : on raconte que quand les appelés du 6e régiment (celui qui se trouve à la sortie de la ville, sur la nationale) faisaient des simulations de combat la nuit, en plein hiver, ils voyaient la Mère-morte-qui-avait-perdu-son-fils-dans-un-puits-sans-fond.

Cette femme vivait là du temps où tout n'était que champs. Un soir, son fils est tombé dans le puits et elle, la pauvre sainte, elle s'est suicidée juste après. Depuis, son fantôme rôde la nuit autour de la gendarmerie, pile à l'heure où les soldats montent la garde. Il paraît qu'elle leur dit des choses épouvantables.

Beaucoup d'appelés de Mercedes l'ont vue, certains sont même morts d'infarctus tellement cette femme, en plus d'être un fantôme, est laide comme un pou.

Il existe aussi des légendes tout près de chez nous : on raconte bien des histoires dans le quartier à propos de la vieille Monforte. Par exemple, qu'elle a une meute de chats voleurs (commandée par Fainá, un horrible félin qui dévisage parfois Cantinflas d'un air assassin de l'autre côté du muret).

La légende la plus truculente suggère que la vieille Monforte serait une des triplettes Legrand, la moins connue des trois. Aussi loin que je me souvienne, on a toujours raconté cette histoire qui terrifie Sofi car elle s'imagine que le mot triplette fait référence à une créature à trois têtes.

Les gens des autres quartiers – pure jalousie – prétendent que c'est faux et que les Legrand ne sont que deux. Comme nous adorons avoir des gens célèbres, même à leur insu, nous précisons que la vieille est la « moins connue » des trois.

Ce qui est sûr, c'est que tous les jours, à midi, la vieille met la table pour plusieurs et déjeune avec sa sœur et d'autres invités en regardant fixement la télé et en intervenant par moments dans la conversation. À une époque, Caio montait jusqu'à la lucarne et passait des après-midi entiers à regarder ce spectacle plutôt sinistre à mon goût.

D'après Nonno, qui est dans le quartier depuis plus longtemps que nous, la famille Legrand l'a abandonnée quand elle était petite parce qu'elle avait la peau plus mate que ses sœurs. Il est trop tard pour interroger la vioque, sous peine qu'elle nous crache dessus. (Sur ce point, elle ne ressemble pas tellement à ses sœurs.)

La légende la plus récente est effrayante. Il se trouve qu'on n'a jamais, ô grand jamais, croisé Borjamari à la boucherie, ni à l'épicerie, ni au supermarché ni dans aucun endroit où l'on vend des denrées alimentaires. Cette observation, associée au fait que c'est un gros porc, est à l'origine du bruit qui court dans tout Mercedes comme quoi le croque-mort se nourrirait uniquement de chair humaine.

Même les gens qui vivent tout près des pompes funèbres ne sont pas en mesure de fournir des informations plus sûres : ils racontent qu'il mange des gros morceaux, surtout des cuisses et des doubles mentons, et qu'ensuite il enfile aux cadavres des maillots de corps pour que la famille ne remarque pas qu'il en manque un bout. On dit aussi qu'il a des recettes très recherchées et qu'il met beaucoup de basilic dans tous ses plats. Mais là, c'est tomber dans la médisance.

Nacho, qui a été son petit ami, jure ses grands dieux que Borja mange certes beaucoup, mais seulement de la nourriture normale. Le problème, c'est qu'on préfère toujours croire ceux qui racontent les trucs les plus biscornus. Nacho est un amour, mais il est très peu fantasque sur le plan du commérage de quartier.

Moi, quand je mourrai (Dieu m'en préserve), je veux être incinérée. Je ne voudrais pas finir dans le gosier de ce garçon. Comme tant d'autres macchabées.

22 juin 2004
Arrête avec tes problèmes à la noix, Claudio

Il arrive de temps en temps que Zacarías et Caio discutent. Ce sont des conversations entre hommes, secrètes, qui exigent qu'ils descendent au garage pour être tranquilles. Sofi, Nonno et moi, nous nous faufilons immédiatement dans la pièce d'à côté, munis de trois verres pour mieux les entendre. Il semblerait que Caio soit jaloux des amis de Carmen :

— Tu ne t'es jamais dit que tu ne suffisais pas à maman, qu'elle méritait mieux ? lui dit le môme, tellement mignon.

— Arrête avec tes problèmes à la noix, Claudio, lui dit son père. Mais, si tu veux qu'on discute de tes affaires, parlons de tes affaires.

Zacarías s'installe sur le petit banc habituel. Généralement, Caio, qui est très petit, empile les boîtes du jeu de magie et de chimie et s'assied dessus.

— À la fac, Carmen a un petit groupe d'amis. Des gens qui rentrent leur chemise dans leur pantalon et ont tous une Renault à eux, tu vois un peu le tableau ?

— Des pédés, résume Zacarías.

— Oui, c'est ce que je dis à Carmen, mais elle me soutient que non, qu'ils sont sympas, et elle me traite de métrograde ou un truc dans le genre.

— Métronome, le corrige son père. C'est les gens qui n'ont pas le sens du rythme.

— Peu importe. Ce que je vois, c'est qu'elle les défend. Et si elle les défend, c'est qu'un jour elle va finir par s'en taper un et qu'elle me laissera tomber comme une vieille chaussette.

— Ça, c'est tout vu.

— Alors qu'est-ce que je fais, papa ? pleurniche mon fils en se prenant la tête à deux mains, impuissant.

S'ensuit un silence absolu où l'on devine Zacarías en train de cogiter sa réponse.

— T'as essayé de rentrer ta chemise dans ton pantalon et de l'accompagner quand elle est avec ces gens-là pour la surveiller ?

— Deux fois. Mais ça me rend dingue, parce qu'ils parlent en langage codé. Ils se racontent des blagues d'avocats et rigolent entre eux. Je me sens exclu.

Zacarías rit :

— Tu dis n'importe quoi, Caio ! Les blagues d'avocats, ça n'existe pas.

— Eux, ils sont persuadés que si. Hier soir, un des fils à papa dit aux autres : « Il fait tellement froid, cet hiver, que j'ai surpris un avocat avec les mains dans ses propres poches. »

Le môme se tait.

— Et puis ? C'est quoi, la chute ? demande Zacarías au bout d'un moment.

— D'après eux, ça se finit là, s'étonne Caio, ébaubi. Tu vois que c'est tous des pédés !

— Mais tu leur as raconté celle de la bonne sœur qui suce la pine d'un cheval grippé ? Elle marche à tous les coups, celle-là.

— Mais non, ils m'écoutent pas. L'autre jour ils parlaient de leurs hobbies : le Scrabble, les timbres… Quand ils m'ont demandé le mien, je leur ai dit que je faisais du crotting. Et maintenant Carmen ne veut plus que je vienne avec elle, se lamente Caio.

— Alors c'est clair : il faut que t'agisses vite, avant qu'ils la sautent tous.

— C'est pour ça que je te demandais comment t'as fait, parce que maman aussi est mille fois mieux que toi et t'as quand même réussi à la retenir. Elle n'avait pas des copains quand vous avez commencé à sortir ensemble ?

— Bien sûr qu'elle en avait, se souvient Zacarías en serrant les poings. Les tapettes de l'atelier littéraire ! Ils se retrouvaient au Padrino pour mater les seins de ta mère, qui était persuadée qu'ils y allaient pour lire des vers…

— Tu fais de drôles d'yeux, papa, fais gaffe à ton ulcère…

— C'est que je les ai encore en travers de la gorge, tous ces babas… Ils se promenaient avec leurs petits livres de poèmes ; ils étaient couverts de boutons et de cernes, parce que, comme ils voulaient sauter ta mère, ils passaient leur temps à se branler…

— Et ils devaient dire du mal de toi devant elle.

— Pis que pendre ! Ils lui disaient que je ne l'aimais pas, alors que j'étais raide dingue de Mirta, dit mon héros en serrant un poing et en l'attrapant de l'autre main (j'ai l'impression de le voir).

— C'est exactement ce qui m'arrive, papa ! se réjouit Caio. Et t'as fait quoi, toi ?

Zacarías parle alors d'une voix qui oscille entre le professeur et le troglodyte :

— Dans ces cas-là, il faut choisir entre lui filer une rouste à elle ou aux pédés. Il faut bien réfléchir.

Mais il faut absolument que quelqu'un prenne, autrement c'est toi qui te fais avoir.

— Ben oui.

— Personnellement, j'ai choisi les pédés parce qu'ils étaient un peu tubards, on aurait dit Adrian Brody. Alors que ta mère, quand elle était jeune, elle était déjà bien costaude.

— Tu leur as foutu une dérouillée, aux babas ?

— Non. Je leur ai envoyé la police, dit Zacarías. C'était facile, à l'époque. Tu appelais le commissariat et tu disais qu'il y avait des chevelus en train de lire des livres dans telle rue. Peu après, les flics débarquaient. On avait une police avec enlèvement à domicile, à l'époque.

— Mais ça s'appelle être une balance, non ?

— Deux ans plus tard, oui, dit Zacarías, mais en 74, les flics se contentaient de leur foutre la trouille. Ils leur cassaient un bras, brûlaient leurs livres… Ça n'allait jamais plus loin, mais c'était suffisant pour que les babas de mes deux quittent Mercedes. Pile ce que je voulais.

— C'est de la folie…

— C'est fini, maintenant. Maintenant, il faut remplir des paperasses à n'en plus finir, aller de tribunal en tribunal… De nos jours, la justice ne comprend rien à l'amour.

— C'est chiant, la démocratie ! se plaint Caio. Faut tout faire soi-même, maintenant. Et puis les pédés ne sont plus ce qu'ils étaient. Maintenant ils mangent des céréales aux fruits, ils jouent au rugby… C'est des armoires à glace, les enfoirés !

— C'est pour ça qu'il faut bien choisir à qui tu

files la dérouillée, Claudio… Heureusement, Dieu t'a donné une petite amie naine. Il faut en tenir compte, ça n'arrive pas tous les jours.

— Ça serait une espèce de signe…

— Ben oui. La nature est sage… Carmen est peut-être très progressiste et cultivée, mais si tu lui colles une petite mornifle, même légère, elle ne t'emmerdera plus avec son féminisme… Elle ne lira plus jamais *Cosmopolitan* de sa vie.

— Ça aussi, c'est vrai.

Ils se taisent quelques secondes, comme s'ils savouraient leur moment d'échange. Ensuite on entend un bruit de meubles déplacés.

— Eh oui, mon quiqui ! dit Zacarías en claquant les mains sur ses genoux et en se levant. Montons, la Formule 1 va bientôt commencer.

— Attends… (Caio retient timidement son père.) Je sais que c'est un peu un truc de pédé de dire ça, mais, bonne fête, papa !

Silence gêné. Je crois même qu'on a entendu Zacarías avaler sa salive.

— Arrête tes bêtises, lâche-t-il enfin, ému.

— Je t'ai pas acheté de cadeau ni rien…

— Pas besoin, souffle le père, et on entend le rapide claquement d'une accolade gênée. Faire des cadeaux, c'est bon pour les pédés.

— On est d'accord, hein ?

— Ben oui, confirme le père en s'éclaircissant la voix. C'est pas pour rien qu'on y met des tas de petits rubans et des papiers de couleur.

Ils montent en se tenant enlacés, l'air sérieux, mais ils se relâchent dès qu'ils nous voient dans les parages, comme d'habitude. Ensuite ils s'assoient ensemble sur le canapé, allument la course et ne se parlent plus jusqu'à l'été.

25 juin 2004
Thérapie de groupe avec le docteur Mastretta

Le docteur Mastretta a déclaré que Caio était guéri. Quelle joie immense ! Il n'était pas fou, mais simplement révolté. On a donc invité le docteur à dîner pour le remercier d'avoir rendu la raison au gamin au prix d'immenses efforts. Sans s'en rendre compte, on a fini par faire de la thérapie de groupe !

Mon beau-père a lancé le sujet involontairement, profitant qu'il avait un psychologue sous la main pour lui poser une question qui le taraudait :

— Io rêvo touyoure qu'oune soucoupé volanté m'aspira, confesse Nonno. É gravé, dottore ?

On a tous regardé le docteur, qui s'est essuyé la bouche et a renchéri par une autre question, selon la bonne vieille méthode de ces gens-là :

— Et que vous arrive-t-il à l'intérieur de la soucoupe, grand-père ?

— Io trouvo mon épousa déguisatta en estraterrestre et elle me diche : « Mascalzone, ivrogne, figlio di putana. »

— Mais, dans la vie réelle, est-il arrivé que votre épouse vous dise des choses pareilles ?

— No, yamais à l'intériore d'oune soucoupé.

— Vous avez un problème de culpabilité, grand-père. Il est possible que vous n'ayez pas résolu certains conflits au sein de votre couple.

— Et vous pouvez mé guériré ? Perque questo rêvo m'empêche di dormire.

Rapide comme les pompiers, le docteur Mastretta a donné rendez-vous à Nonno pour lundi. Voilà bien les psychologues : ils vous réparent un fils, et aussitôt après ils pointent une défectuosité chez votre beau-père. Ils sont capables de n'importe quoi pour vous soutirer de l'argent.

Le dîner se déroulait à merveille. Après le dessert, on s'est tous mis à parler de nos rêves récurrents car c'est un sujet passionnant, surtout quand on apparaît soi-même dans le rêve d'un autre.

Sofi a raconté au docteur qu'elle rêvait qu'elle volait nue, et Zacarías s'est mis à l'arrêt, comme s'il s'apprêtait à la tabasser.

— Calmez-vous, calmez-vous, l'a raisonné Mastretta. Il s'agit d'un rêve virginal assez classique qui ne comporte aucune connotation sexuelle.

Après l'explication du docteur, Zacarías s'est calmé.

— Je peux raconter mon rêve à ma famille, Mastrix ? demande Caio, qui se sent visiblement très en confiance avec Mastretta.

— Il se peut que tes parents ne le comprennent pas, Claudio, a dit le docteur.

— Mais si, puisque c'est une chanson de leur époque !

Je m'émerveille :

— Tu rêves d'une chanson, chéri ? Que tu es sensible !

— Quoi qu'il en soit, il vaut mieux que tu ne nous racontes pas ton rêve, Claudio, a insisté le docteur. C'est un secret de confessionnal.

Caio a ravalé son envie de raconter son rêve et Mastretta a regardé Zacarías d'un air intrigué :

— Et vous, monsieur Bertotti ?

— Ça va. On fait aller… Je cultive ma petite bedaine, voyez-vous.

— Je parlais des rêves. De quoi rêvez-vous ?

Tous les yeux se sont tournés vers Zacarías. Le fait est qu'il ne nous a jamais raconté un de ses rêves, de sorte qu'on était doublement attentifs à ce qu'il dirait.

— Rêver, c'est un truc de pédés, a-t-il dit en essayant de ne pas offenser notre visiteur. Je ne rêve pas. Je dors. Comme un homme, un vrai. Je ferme les yeux et je dors.

— Tout le monde rêve, lui explique le docteur, qui est d'un calme olympien. Ce sont des images qu'on a dans la tête. De plus, rêver nous aide à nous reposer.

— C'est peut-être pour ça que je me réveille tout crispé, dit mon mari. Parce que je ne rêve jamais.

— À force, tu vas te faire un ulcère. Il faudrait que tu rêves au moins une fois par semaine, lui dis-je. Dites, docteur, il n'y aurait pas des cachets à donner à cet homme pour qu'il fasse un cauchemar de temps en temps ou quelque chose ? C'est peut-être à cause de ça qu'il fait tout le temps la tête.

— Caio a oune pilloule por revare, dit Nonno. Il l'a cachée dans lé boufeto !

— Cafteur ! se fâche Caio.

— Dernièrement, Nacho, mon fils aîné, a rêvé de géants, dis-je au docteur. Il me l'a raconté l'autre jour sur Messenger. C'est bon signe ou pas ?

— C'est un rêve très courant qui n'a pas de signification particulière, dit le docteur.

— Et toi, maman ? me demande Sofi.

— Je fais des rêves très bêtes… lui dis-je. Je rêve par exemple de maisonnettes entourées d'arbres, de nuages et de petits oiseaux…

— Cette représentation onirique doit signifier quelque chose, Mirta, me prévient le docteur.

— Oui, ça doit vouloir dire que je n'ai aucune imagination… Une dame de mon âge qui rêve de maisonnettes ! Non mais, franchement !

Ce que je ne leur ai pas dit, c'est que ce rêve, je ne le fais pas seulement en dormant, mais aussi à l'état de veille. Je n'aime pas trop parler de moi avec Mastretta parce que ces gens-là ont la manie de chercher la petite bête. Ce que cet homme ne sait pas, c'est que ça ne coûte rien de rêver, c'est pour cela qu'il demande cent vingt pesos la consultation.

29 juin 2004

Zacarías découvre Zacarías

J'en ai encore les guiboles qui tremblent… Une chose est de savoir que Nacho va être papa, une autre de voir l'échographie du bébé, son profil, ses petites mains. Surtout en sachant ce que je viens d'apprendre… C'est un garçon, mes chéris ! On a enfin vu son zizi. Il en a un tout petit parce qu'on le voit à peine : c'est donc bien un Bertotti, pas de doute là-dessus.

Quand j'ai vu la pièce jointe, j'ai failli tomber dans les pommes. J'ai d'abord pensé : « Il ressemble à Caio », à cause de la taille. Mais ensuite j'ai parcouru son profil du bout du doigt et il ressemble comme deux gouttes d'eau à mon père. J'ai ressenti une drôle d'émotion, comme une joie projetée dans le futur, et surtout l'envie d'embrasser mon fils, ce sentiment d'impuissance qui me reste en travers du gosier.

« Tu vas être grand-mère, tu saisis ? Tu vas être grand-mère », me chuchotai-je à moi-même, le cœur battant la chamade alors que je lisais et relisais chaque mot du mail. Quelle nigaude : je le sais depuis quatre mois, mais de voir mon petit-fils là, comme sur un négatif mais bien net, et savoir son prénom et son nom, j'ai l'impression d'entendre la nouvelle pour la première fois : grand-mère. Je vais entendre ce mot jusqu'à ma mort, prononcé par lui et, contrairement à ce que j'avais toujours cru, cela me réconfortera.

Caio et Sofi regardaient la télé. Zacarías buvait du maté sous la galerie en regardant la coupe d'Europe tout seul (Nonno a cessé de la regarder du jour où l'Italie a été éliminée). Je ne savais pas quoi leur dire, par quoi commencer…

J'ai imprimé l'échographie (c'est fou ce que ça boit comme encre, une échographie, il faudrait inventer un système pour qu'elles soient moins foncées !) et je suis allée la leur montrer. Pour qu'ils sachent qui va venir dans ce monde d'ici deux mois et demi.

— C'est quoi, ce machin ? me dit Caio en voyant la feuille. On dirait un bombardement nocturne.

— Ton neveu, lui dis-je en souriant.

Sofi s'approche, fronce le nez.

— Quel neveu ? demande-t-elle.

— Le fils de Nacho, espèce de gourde. Qui veux-tu que ça soit ? Là, c'est son profil, tu vois ? Et là, ses mains. Vous voyez ses menottes, ses petits doigts ?

Ils sont médusés. Sofi commence à renifler et le gamin fait son malin, mais on voit bien qu'il est secoué intérieurement.

— Il mesure combien ? demande Caio.

— Comme ça, dis-je en montrant avec les mains.

— Et moi, je mesurais combien, au même âge ?

— Toi ? Beaucoup moins ! Toi, l'appareil n'a pu te détecter qu'au huitième mois de grossesse. Pour te dire, on a d'abord cru que tu étais une tumeur. On a même failli t'extirper.

— T'es quand même un peu une tumeur par ta malignité, le provoque Sofi, mais Caio laisse filer.

— Heureusement, l'appareil capte ce bébé-là : il sera normal ! se réjouit tonton Caio qui est marqué au fer rouge par son problème de taille.

J'ai laissé les petits devant l'ordi pour qu'ils puissent admirer la première photo du petit Berto avec plus de netteté, et je suis partie rejoindre Zacarías sous la pergola. Il était énervé parce qu'il n'aime pas les matchs nuls.

— T'es occupé ? lui dis-je.

— Malheureusement non ! Ce match est chiant comme la pluie. Qu'est-ce qu'ils sont mauvais, ces Européens, quand ils jouent entre eux. Il leur manque des Brésiliens et des Argentins pour créer du spectacle, bon sang de bonsoir !

— Regarde, lui demandé-je en lui mettant l'échographie sous le nez.

— Oui, oui, je sais. Cette imprimante date de Mathusalem. Hier, j'ai voulu imprimer la photo d'une dame en train de baiser avec un chien, mais elle était toute floue. Il faudrait en acheter une autre, plus tard, quand on sera moins fauchés.

— Mais non, abruti. Regarde bien, lui dis-je en lui tendant ses lunettes. C'est une échographie.

Il chausse ses lunettes sur la pointe du nez, comme les employés de banque, et il scrute la feuille.

— C'est ton petit-fils, lui dis-je avec un grand sourire, guettant sa réaction.

— Ça alors ! C'est Nacho qui te l'a envoyée ?

— Oui. Tu vois son profil et ses petites mains ?

— C'est quand même un peu flou, me dit-il sans enthousiasme, un œil sur le match. On ne voit pas grand-chose.

— T'as du sang dans les veines ou on t'a rempli de sable ? C'est ton petit-fils ! La première photo de ton petit-fils !

— Fais pas chier, Mirta. On voit que dalle. Bien sûr que je suis content, mais je vais pas sauter au plafond en regardant une tache d'encre. Tu veux un vrai mari ou une tapette ? Quoi ? Tu voudrais que je chiale ? Pas de problème, je chialerai, mais après les tirs aux buts.

Je le regarde un moment en silence. Par moments j'ai envie de le tuer. Mais je choisis de rester calme et de lui lâcher plus d'infos dans l'espoir que ça le réveille.

— Zacarías.

— Quoi ?

— Non, rien, je dis juste le nom de ton petit-fils à voix haute : Zacarías. (Je marque une pause, mes yeux s'emplissent de larmes.) Zacarías Bertotti.

Comme par magie, les yeux de Zaca font le point sur la vie réelle et il me regarde. Il me regarde, bouche bée.

— Nacho a choisi le prénom : Zacarías, je souligne en lui montrant l'échographie à nouveau. Tu vois ? C'est lui. Là, on le voit de profil. Et là on lui voit les menottes. Tu vois ses doigts ?

Sa lèvre inférieure commence à trembler. Il attrape l'échographie des deux mains comme si c'était un objet fragile qui risquait de tomber et de se briser. Il la regarde encore. Il ne veut pas pleurer, « c'est un truc de lopette », comme il dit tout le temps.

— Il l'a appelé comme moi ? me dit-il d'une voix chevrotante.

— Zacarías Bertotti.

Cette fois, tous les machos qu'il abrite sous sa carapace sont au bord des larmes. Rien ne peut l'en empêcher. Zacarías Bertotti regarde la photo de Zacarías Bertotti et pleure. Il me regarde et pleure. Il regarde encore la feuille et pleure. Il touche d'un doigt tremblant le profil de son petit-fils et c'est fini. Un torrent silencieux, le couillon : c'est un homme sensible. Heureux de ses larmes, il ne les cache plus. Il me les montre, comme il se doit.

Pendant ce temps, sur l'écran de la télé privée de

spectateur, les Grecs éliminent les Français. Mais, occupé à pleurer, Zacarías Bertotti (l'aîné de ceux qui portent ce nom) ne le saura jamais.

2 juillet 2004
Jeremías introduit la mondialisation à la maison

C'était tout vu que Jeremías ne tarderait pas longtemps à se lancer dans un quelconque bizness. Nous n'aurions pourtant pas imaginé qu'il se consacrerait au tourisme. Et encore moins qu'il s'occuperait d'échanges culturels avec la Chine. « Mais en quoi Mercedes pourrait intéresser les Chinois ? » lui avons-nous demandé hier, et il nous a fourni la réponse.

Le problème n'est pas qu'il ait amené un contingent d'Orientaux à la maison, mais plutôt qu'il ne nous ait pas demandé notre avis avant. Qu'est-ce que ça lui coûtait de nous demander notre autorisation ? De dire par exemple à Zacarías : « Dis, demain je vais montrer les us et coutumes des Argentins à un groupe de touristes, et les Argentins, c'est vous. » Est-ce si difficile de prévenir ?

Ils ont débarqué d'un coup, nous prenant de court. Quand on a compris ce qui se passait, ils étaient déjà tous entassés dans la maison en train de prendre des photos. Il y avait environ trente Chinois, mais on les aurait dits plus nombreux parce que c'est une race compacte. Zacarías et moi sommes restés raides comme des piquets, terrifiés. Mais Caio, visiblement au courant des micmacs de son oncle, avait déjà préparé sa petite boutique.

Je me demande comment il fait pour vendre son artisanat à n'importe quel étranger. Et, abstraction faite du caractère dégoûtant du matériau, il faut reconnaître que le petit tient de sa mère côté imagination. Parce qu'il leur avait fabriqué des bouddhas si minutieux, si étonnamment ressemblants, que les Chinois se fichaient qu'ils soient faits en crotte.

— Deeemandez les bouddhas en merde ! proposait Caio sur un ton de marchand de glaces. Dix dollars le bouddha, mesdames et messieurs, dix dollars le bouddha en merde !

Nonno, en revanche, a été surpris par le contingent asiatique en plein milieu de sa sieste, et, quand il a levé les yeux, il n'y croyait pas de voir tant de petites Chinoises en minijupe autour de son lit.

— Qué cosa sonno couesta ragazza, bambino ? demandait-il à Caio. Chinesse o giapanesse ?

Caio lui a répondu à la va-vite, accaparé par ses ventes, et Nonno a finalement vérifié par lui-même en pelotant une fille pour voir sa réaction. (Don Américo a une théorie selon laquelle les Japonaises ne se laissent pas toucher le cul, parce qu'elles sont aigries, tandis que les Chinoises si, parce qu'elles sont communistes.) Vu la réaction des filles, il semblerait que le grand-père ait raison.

Zacarías n'était pas d'humeur à faire de la sociologie et l'aspect commercial ne l'intéressait guère. Il écumait de rage : il a saisi son frère par le bras et l'a traîné jusqu'à notre chambre pour lui chauffer les oreilles. Je ne savais pas si je devais intervenir pour les empêcher de se foutre sur la gueule ou rester dans la salle à manger pour éviter que la cohue ne me casse tout.

— Pourquoi est-ce qu'il n'y a que des filles, chéri ? demandé-je à Caio.

— Mais non, me dit-il tandis que les touristes lui arrachent les bouddhas des mains. Seulement les hommes sont tous dans la cuisine avec Sofi.

Sainte Vierge ! Parfois on a l'impression d'être un pompier face à une multitude de foyers d'incendie et on ne sait plus où donner de la tête. Mais mon instinct maternel me disait que Sofi avait des ennuis. Je suis partie comme une flèche vers la cuisine, m'attendant à tomber sur un spectacle qui, quoi qu'il arrive, allait me faire rougir. (Dernièrement, c'est comme ça avec Sofi parce qu'elle est à l'âge où elle veut tout expérimenter.)

La petite était sur la table, entourée d'un tas de Chinois qui la prenaient en photo et lui hurlaient des insanités. Elle, naïve, essayait d'enseigner des pas de tangos à l'un d'eux.

— Mon petit trésor, descends de là avant qu'il t'étrangle, lui crié-je en essayant en même temps de paraître bien élevée.

— Il est mignon, hein, m'man ? me dit-elle en me désignant le Chinois. Il veut danser le tango, c'est un amour.

Autour d'elle, ils criaient tous en chœur :

— Tal-co… tal-co ! Tal-co… tal-co !

— Sofía Mirta, lui dis-je, dans tous mes états, ils veulent un talco, ma chérie. Un talco, c'est autre chose. Viens avec maman, tu verras, il ne va rien t'arriver.

Quand je l'ai descendue de la table, les Chinois m'ont fusillée du regard, alors on est vite parties rejoindre des Occidentaux, fût-ce seulement Caio et Nonno. Ce ne sont peut-être pas des casques bleus, mais au moins ils parlent une langue qui s'écrit avec des lettres.

C'est alors que, traversant le couloir, j'ai vu ce que j'ai vu. J'en suis restée médusée : mon mari et Jeremías, qui jusque-là n'avaient jamais échangé plus de trois mots, s'embrassaient comme des frères.

Si Nonno n'avait pas été en train d'essayer de coincer une Chinoise contre le mur de la salle à manger, j'aurais cru qu'ils venaient de perdre leur père et qu'ils pleuraient pour ça, rapprochés et réconciliés dans la douleur. Mais pas du tout. Alors je suis entrée tout doucement voir ce qui se passait.

— Regarde, ma poule, me dit Zacarías en me montrant un chèque. Un cadeau de Jeremías.

Un chèque libellé au nom de Zacarías Bertotti pour une somme comprenant un tas de zéros.

— C'est tout ce que j'ai gagné avec le tour des Chinois, m'explique Jeremías. C'est pas énorme, mais bon.

— Tout ça pour toi, Zacarías ? lui dis-je, émue par le geste de mon beau-frère ou par le montant ou par les deux.

— Non, me corrige mon mari. C'est pour le petit Zacarías. Un cadeau du tonton pour le bébé.

— Pour qu'il fasse des études, sourit Jeremías.

C'est seulement alors que j'ai compris toute la

noblesse du geste de mon beau-frère. J'ai aussi compris que les deux frères avaient pleuré allègrement, parce qu'ils avaient les yeux rougis, même s'ils essayaient de le cacher.

Quand la cohue est partie, je ne savais pas si je devais me réjouir de la réconciliation des deux frères après tant d'années de guerre froide ou si je devais pleurer à cause de l'état dans lequel les Jaunes avaient laissé ma maison.

— Né t'inquiété pas, Mirtitta, me dit Nonno, en prenant par la taille une Chinoise qui n'avait pas plus de quinze ans. Xian Ling, ma petite amie, va toute nettoyer. Elle va vivere avec nous. Que Negra Cabeza aille se fairre foutrre ! Les bonnes Chinèses sont meillorres que les Parraguayenné.

Xian Ling me regardait avec un sourire grand comme le soleil levant.

— Suis-moi, chérie, je vais te montrer où se trouvent les balais, lui dis-je.

Le président Kirchner a bien raison, avec son histoire de relations bilatérales avec les Chinois ! Une journée d'échange avec l'Extrême-Orient et nous avons une nouvelle bonne. On se rapproche de plus en plus des classes aisées.

6 juillet 2004
Nonno est comme un chien fou

L'amour n'a ni âge ni couleur, mais l'histoire entre mon beau-père et la petite Chinoise est un peu trop jaune sur les bords. Ils ont soixante-cinq ans d'écart, aucun des deux ne parle correctement aucune langue et le peu qu'ils communiquent, c'est pour discuter sur les pâtes : invention des Chinois ou des Italiens ? Hier soir, j'ai demandé à don Américo ce qu'il lui trouve, à cette Chinetoque, et sa franchise m'a sidérée : « Sechuellement é oune Kawasaki », m'a-t-il dit en haussant les sourcils.

La vie à la maison est très compliquée, depuis l'arrivée de Ling. D'un côté, il y a Caio qui se sent intimidé par les gens de couleur. C'est ainsi depuis qu'un jour, pendant le carnaval, quand il était petit, un travesti déguisé en Japonaise lui a cassé la figure. Mais le fin mot de l'histoire, c'est qu'il est jaloux parce que, depuis que la Chinoise a débarqué à la maison, Nonno ne s'occupe plus de lui.

— On va fumer un joint sur le trottoir, grand-père ?

— Non posso, bambino. Io dois baiser dans oune demi-hore.

— T'as déjà baisé tout à l'heure ! se plaint Caio. Avec Carmen, on baise une fois par jour, seulement.

— Oune naine é oune Chinèse non é comparabilé, lui explique Nonno. Pas bésoin de trop l'arrosare, la naine, perque de touté façonné, non grandira.

Zacarías en a marre aussi que Nonno s'entête à vouloir qu'il traite la Chinoise comme un membre de la famille à part entière :

— Je ne comprends pas ce que tu lui trouves, à cette Chinoise à la noix, papa, lui dit-il.

— Ne pas lui dire « Chinèse à la noix », se fâche Nonno. Lui dire « Mamma à la noix ».

Et Sofi, qui jusqu'ici était la seule à prendre la chose avec sérénité, est sortie de ses gonds hier :

— M'man, t'as pas vu les petits chaussons que je suis en train de tricoter au petit Zacarías ? me demande-t-elle en entrant dans la cuisine.

Je n'ai pas eu besoin de lui répondre car elle a vu la petite Chinoise en train de manger une assiette de riz à l'aide de ses aiguilles à tricoter. Cela a mis le feu aux poudres.

Le pire, c'est que Nonno est tout ému de constater que sa petite amie porte un masque, elle aussi. Il pense que c'est un signe du destin. Nous lui avons expliqué que, dans ces pays-là, il y a une épidémie d'une maladie respiratoire, mais il ne nous croit pas :

— Non é à cause de la peste, prétend-il. É perque elle admire Miquele Jackson, commé io.

— Mais enfin, Nonno, demande-lui, tu vas voir, lui dis-je. Mais il n'y a rien à faire : le grand-père et l'Orientale communiquent par gestes, et chacun interprète les gestes de l'autre comme ça l'arrange.

Ils passent leurs journées au lit, nus, et hurlent pour réclamer le petit déjeuner et la télécommande. J'ai trop de travail à la maison pour les servir. Je l'ai prévenu :

— Pardonnez-moi, don Américo, mais Yoko Ono était censée faire le ménage dans cette maison et non pas se faire servir… Alors dites-lui de se rhabiller, il y a un tas de linge à laver.

Mais le grand-père ne veut pas en démordre. Il dit qu'à son arrivée Ling était peut-être la bonne, mais que maintenant c'est sa femme. Il assure qu'ils vont se marier et avoir plein de petits Chinois.

— Voyons, papa ! Tu auras quatre-vingts ans la semaine prochaine ! s'énerve Zacarías, qui ne veut pour rien au monde avoir d'autres frères et sœurs.

— Et Menem, alora ? argumente Nonno. Ou le papa de Julio Iglesias ? Et Charlot ? Ils ont benne eu des bambines quand ils étaient vieux, alora pourquoi pas moi ? Toute façonné, io ai conservé dou sperrme dans le congélatoré il y a longtemps.

— Comment ça, vous avez du sperme dans le congélateur ? lui demandé-je, écœurée. Où ça ?

— Dans la porrte, dit Nonno. L'an dernière, j'ai congélé oune branlette, au cas où.

— Vous auriez pu prévenir, Américo ! Imaginez qu'en allant pour prendre des glaçons, on se trompe !

— Impossibile. J'y ai mis oune étiquette : « Nonne é glaçonne, é bébé. »

Je le regarde, sans savoir s'il parle sérieusement ou s'il me fait marcher. On ne sait jamais, avec Nonno.

— ㄹ ㅠ ㅏ ㅅ ㄷ ㅍ ㄱ ㅎ, me dit la Chinoise alors que je m'apprête à sortir.

— Que dit votre petite amie, Nonno ?

— De non mangiare la rate qui est dans le congélatore, parcé que c'est pourr domani.

Parfois, on se demande si c'est un effet de l'artériosclérose ou une nouvelle forme de sénilité. Quoi qu'il en soit, j'aurais adoré avoir un beau-père normal, comme dans toutes les familles.

9 juillet 2004
Un adieu en guarani

Juste au moment où j'avais trouvé le courage d'affronter Negra Cabeza pour lui dire qu'elle était renvoyée, bon vent, on n'a plus besoin de vos services, elle m'annonce qu'elle rentre à Asunción, qu'il ne faudra plus compter sur elle. Elle m'aura eue jusqu'au trognon, la vache ! Je n'aurai même pas la satisfaction de la foutre à la porte avec un coup de pied au cul.

— Comment ça, tu pars, Negra ? m'écrié-je, entortillant mon tablier autour de mes mains. Tu pars où ?

— Au Paraguay, me répond-elle, le front haut.

— Et tu penses qu'en Amérique du Sud tu seras mieux qu'ici ? Tu ne peux pas me faire ça. Tu ne peux pas partir comme ça, sans faire ton mois de préavis. C'est illégal…

— Je suis moi-même illégale, me rétorque-t-elle, offensée. Vous m'avez embauchée avec des papiers, vous ? Vous m'avez déjà payé des étrennes, des congés payés ? Vous m'avez déjà donné un jour de repos hebdomadaire ? Je m'en vais parce que ce pays crache sur les immigrés, m'dame.

— Mais Negra, voyons, lui dis-je. Ce pays est comme la vieille Monforte : il nous crache tous dessus… Il ne fait pas de distinctions. En ça, l'Argentine est très égalitaire.

— Essayez pas de m'entortiller, m'dame. J'ai passé de très bons moments dans cette maison. À part vous, tout le monde m'a traitée comme un membre de la famille.

— Comment ça, à part moi ? m'indigné-je. Je suis quand même la seule personne de cette famille à ne pas t'avoir pelotée, espèce de petite mijaurée ! La seule à t'avoir traitée comme un être humain…

— Vous ? Vous êtes la seule qui ne m'ait jamais accueillie chaleureusement, qui ne se soit jamais souciée de ma santé… Voilà qui vous êtes. Une femme sans cœur qui me ridiculise dans son petit journal pour faire rire la terre entière à mes dépens.

Negra Cabeza n'avait jamais pleuré devant moi. C'était la première fois… Qu'elle est vilaine, la vache, quand elle pleure ! Je comprends pourquoi les Paraguayens sont si secs… En fait, quand ils pleurent, ils se transforment en Boliviens. C'est grâce à ça qu'ils se supportent eux-mêmes.

— Me fais pas cette tête, on dirait Chavela Vargas quand elle chante *La Llorona*. Va chercher un mouchoir et, puisque tu vas dans la cuisine, profites-en pour m'apporter un verre d'eau. C'est le dernier jour que je peux te donner des ordres, alors je vais pas m'en priver.

— Demandez à la petite Chinoise, puisque c'est devenu la reine de cette maison, me dit-elle, blessée. Elle fait tout bien, la petite Chinoise.

— Il n'y a pas de comparaison entre une bonne paraguayenne et une bonne orientale, c'est vrai, lui dis-je, un peu pour la provoquer.

— Vous verrez bien, me dit Negra. Vous verrez quand elle va se révéler, la sainte-nitouche. Nous, les Paraguayens, on est inoffensifs. Mais un jour les Chinois se réveilleront et on sera leurs larbins. Souvenez-vous-en.

— Ahh, je vois ! lui dis-je en pointant un doigt sur elle. Ton problème, c'est que t'es jalouse.

— Non, m'dame. Je l'ai lu dans le *Reader Digest*. Le jour où les Chinois se mettront tous d'accord pour sauter en même temps, il y aura un tremblement de terre, ici, en Argentine, m'avertit-elle tout en commençant à fourrer ses affaires dans sa vieille valise.

— Alors tu pars pour de bon ? lui dis-je.

— Je prends le 57 dans une heure. Je n'aime pas les adieux, alors vous leur direz au revoir de ma part quand ils se réveilleront. Surtout à Caio, qui est un si gentil petit, et puis à don Américo, qui a été si bon pour moi.

Elle m'a fait la bise pour la forme. Sans même me réclamer son salaire de la semaine, elle est partie par la porte par laquelle Caio l'avait fait entrer il y a exactement huit mois. Je l'ai vue s'éloigner sur la 17e Avenue, tortillant du cul comme d'habitude. Elle ne s'est pas retournée une seule fois.

Je suis rentrée dans la maison avec une drôle de sensation. La Chinoise Ling était debout sur le seuil de la porte et me regardait de son air serviable, comme d'habitude. J'ai fait un effort pour dissimuler ma tristesse et reprendre le cours de ma vie comme si de rien n'était.

— Apporte-moi de l'eau, s'il te plaît, ma chérie.

Elle s'est éloignée en faisant oui de la tête, puis elle est revenue au bout de cinq minutes avec une assiette de riz. Elle me l'a tendue et a exécuté une révérence.

— Du liz ! m'a-t-elle dit avec un grand sourire.

— De l'eau, chérie, je t'ai demandé de l'eau, ai-je

dit en gémissant. Elle a acquiescé, sans cesser de sourire :

— Du liz !

J'ai regardé par la fenêtre dans l'intention de crier à la Paraguayenne de revenir, de réfléchir, parce que je lui pardonnais tous ses écarts, que j'avais besoin de quelqu'un qui comprenne notre culture, mais Negra Cabeza – que Dieu la bénisse ! – avait déjà été avalée par le coin de la rue.

16 juillet 2004

Les vieilles lettres d'amour

Je viens de descendre le coffre rempli de vêtements de Nacho et de Caio quand ils étaient bébés pour voir si je trouve des affaires qui pourraient servir à mon petit-fils. Vous voyez ce qui arrive quand on commence à fouiller dans les vieux coffres… On retombe sur son passé. Et, ce qui est pire encore, sur les lettres d'amour de Zacarías.

Quand j'ai trouvé la première, j'ai failli tomber à la renverse. C'était il y a trente-quatre ans, une belle lettre, mensongère jusque dans l'écriture, le misérable !

11 juin 1970

Chère mademoiselle Mirta : Avant-hier, quand je vous ai vu sortire de La Favorita, vous étiez toujours aussi belle. Si vous saviez comme mon cœur bat fort à chaque fois sur votre passage. Vous étiez avec votre amie Carmen, qu'on connaît bien dans le quartier Unión où j'habite. J'ai pris la liberté de lui demandé votre prénom et votre adresse pour vous envoyé cette lettre. Je voulais savoire si vous voudriez bien m'accompagné au cinéma samedi, on passe Viva la vida, *avec Ramón Ortega, c'est un film romantique comme je les aime. Je suis un garçon travailleur qui gagne sa vie dans le garage situé en allant vers la route 5, vous m'avez peut-être déjà aperçu. J'espère ne pas vous avoir importunée.*

Zacarías E. Bertotti.

Je me rappelle comme si c'était hier le jour où j'ai reçu cette enveloppe. À l'époque, j'étais en plein chagrin d'amour, si bien que cette lettre m'est allée droit au cœur. Quelle conne ! Maintenant, avec le recul, je me rends compte que c'était du baratin ! Je me souviens qu'à ce moment-là, j'ai rangé la lettre dans une petite boîte à musique et je la lisais et la relisais sans arrêt… en même temps que je tâchais de me souvenir de la tête de tous les employés du garage de carrosserie situé en face de la caserne.

Ensuite, j'ai appelé Carmen, qui était une cousine au second degré, et je lui ai demandé des détails sur ce garçon. Elle m'a dit seulement deux choses : qu'il était beau gosse (« Il ressemble un peu à Robert Redford en brun et couvert de graisse de moteur », m'a-t-elle menti), puis elle m'a dit de ne pas être nigaude, d'accepter l'invitation au cinéma et d'arrêter de souffrir et de soupirer pour Alberto, le garçon dont j'étais amoureuse. Alors j'ai suivi ses conseils.

La deuxième lettre que j'ai trouvée dans le coffre datait d'environ un an plus tard et déjà le ton était bien différent. L'écriture du saligaud ressemblait déjà plus à la vraie (sans doute parce qu'il avait réussi à coucher avec moi une semaine plus tôt), mais il paraissait malgré tout amoureux et triste de ne pouvoir me voir puisqu'il sillonnait la province pour participer à des rallyes.

7 mai 1971

Mon ange : Bragado ressemble à Mercedes mais en plus laid vu que tu n'y es pas. Je compte les heures avant mon retour, tellement j'ai hâte de te revoir et que tu m'appelles Zacrérire, comme tu me disais dimanche dernier. Je pense sans arrêt à ce dimanche, le jour le plus beau de ma vie. Je pourrais écrire les vers les plus tristes, cette nuit, mais je suis crevé alors je vais aller pioncer. Un bisou là et un autre là-bas pour que tu n'oublies pas que tu es à moi. Je t'aime. Ton Séisme.

P.-S. : Je rentre le 9. On a fait un tonneau à Ayacucho et on a coulé une bielle.

Il m'appelait « mon ange » et je l'appelais « Séisme ». Qu'est-ce qu'on pouvait être niais ! On a été fiancés pendant trois ans. On s'est mariés à la va-vite, le 10 octobre 74 (je crois que je vous l'ai déjà raconté). Après la naissance de Nacho, Zacarías ne m'a plus écrit une seule lettre. Cela dit, il n'y avait aucune raison pour qu'il le fasse vu qu'on vivait sous le même toit.

Mais j'adorais ces lettres du début, bourrées de fautes d'orthographe, ce ton un peu brut et cette écriture horrible. Des lettres d'un temps où nous étions différents, même si nous portions les mêmes noms qu'aujourd'hui.

Est-ce à cause de la sensation que ça m'a laissée ou du souvenir de cette époque, toujours est-il que j'ai arrêté de fouiller dans le coffre et de chercher de la layette pour le petit, puis je suis allée le retrouver dans la salle à manger, me fichant qu'il soit en train de regarder la coupe América.

— Ça se termine dans combien de temps ? lui demandé-je.

— Bientôt. Deux minutes, m'informe-t-il. C'est vraiment génial de niquer les Uruguayens. C'est une sensation ici, dans le bas-ventre…

— Et après ça, tu ne voudrais pas qu'on aille un peu au lit, mon petit Séisme ? lui proposé-je en le regardant dans les yeux, de la voix la plus suave dont je suis capable.

L'imbécile se retourne pour voir s'il n'y a personne derrière moi.

— Tu parles à qui ? dit-il.

— À toi. Zacrérire…

Il me regarde de l'air le plus effrayé que je ne lui aie jamais vu, je vous assure. Par la suite, il m'a avoué qu'il m'avait crue atteinte d'artériosclérose comme Nonno le mois dernier. Il m'a avoué qu'il avait vraiment eu peur que je sois devenue barjo, que ce n'était pas de la rigolade.

Mais quand il s'est rappelé (et il lui a fallu un bon bout de temps) ces surnoms d'antan, tout lui est revenu d'un coup. Je ne sais pas si le 4 à 2 contre l'Uruguay a joué ou si les petits noms qu'on utilisait à l'époque l'ont vraiment excité, mais ça faisait longtemps qu'on ne s'était pas mélangé les poils avec une telle fougue. Pourvu que Bielsa continue sur sa lancée, me disais-je tandis que mon héros mouillait son maillot.

Mais, à présent, vous le savez : le bonheur ne dure jamais longtemps, avec Zacarías. Quand on a fini de se mélanger les poils, il est devenu sérieux, pensif, il a allumé une Galaxy, m'a regardée et m'a dit :

— Tu te rends compte, ma poule, que la prochaine fois qu'on fera ça on sera deux grands-parents en train de baiser ? La vie des gens pauvres est un peu triste, non ?

Je suis restée pelotonnée dans le lit, les yeux ouverts, me disant que, oui, il l'avait dit de manière abrupte comme à son habitude, mais qu'il avait raison, l'insensible. Deux grands-parents en train de se mélanger les poils : voilà ce qu'on serait… C'était peu ragoûtant.

23 juillet 2004
Et puis, le bonheur

Je n'ai pas encore réalisé, mais sachez que, aujourd'hui, c'est une grand-mère qui vous parle. Par moments je suis prise de panique, la minute d'après je suis aux anges. J'ai un petit-fils ! Je le regarde, il est si petit, si vulnérable, et je me demande si j'ai contribué d'une quelconque manière à ce que ce monde qui est maintenant le sien soit moins moche.

— Regarde, maman ! m'interrompt Sofi. Il a ouvert un œil !

Difficile d'écrire avec tant de gens à la maison. Nacho me fait des bisous sans arrêt, me cajole, me montre son bébé pour la millionième fois, le prend en photo. Moi, j'ai un nœud dans la gorge depuis hier, je suis à la fois emplie de peur et d'espoir, comme si la vie recommençait, comme si tout renaissait. Dommage qu'on se traîne toujours la même vieille carcasse.

— Tu vas écrire aujourd'hui aussi, ma biche ? me reproche Zacarías avec son petit-fils dans les bras. Qu'est-ce que tu lui trouves, à Internet ? C'est sucré ?

Je le répète. Mon post d'aujourd'hui va être très bizarre. Je suis aux cent coups à l'idée de vous dire adieu, mes chéris, de savoir que vendredi prochain je mettrai un terme à mes échanges avec vous. En même temps, je suis contente de savoir que quand j'éteindrai l'ordinateur et que je me retournerai, j'aurai un tout-petit à embrasser, à élever et à gâter. Tout pêle-mêle.

— Paaaardon, je peux entrer ?

Manquait plus que ça : la vieille Monforte qui nous déteste vient de se pointer chez nous avec des petits chaussons.

— Regardez, Mirta, regardez. C'est moi qui les ai tricotés avec le peu de vue qui me reste.

Je me lève de la console et je m'approche d'elle craintivement (et si c'était un piège pour me cracher dessus ?), mais la vieille vient en paix. Je l'emmène voir le petit et je reviens, mes chéris. Tous les voisins sont venus et j'arborais devant eux le sourire épuisé de quelqu'un qui a passé une nuit blanche.

— Maman ? me demande Nacho, mon ange, qui ne cesse de sourire. C'est normal que Loutchia ait si mal ?

— Quand tu es né, j'avais encore plus mal, lui ai-je dit. Qu'elle ne se plaigne pas. Ta grand-mère m'a eue dans son lit et ce sont des employés de la compagnie d'électricité qui l'ont aidée à accoucher. Les jeunes d'aujourd'hui appellent douleur le moindre petit picotement.

Quand j'ai commencé ce carnet, on était au chômage, vous vous souvenez ? J'ai l'impression qu'un siècle s'est écoulé depuis, alors que ça fait à peine un an. On habitait dans l'autre maison et on n'avait rien à se mettre sous la dent. Tout à coup, sans qu'on l'ait prévu, pendant que je vous racontais notre vie, la situation a commencé à s'arranger. C'est comme si Dieu voulait qu'il reste une trace écrite de nos efforts. Peut-être que ce carnet n'est que ça : le témoignage qu'il n'y a pas de puits dont on ne puisse sortir quand on a une famille à ses côtés.

— Maman ! me crie Caio de la salle à manger. Il a un zizi plus grand que le mien, c'est pas juste.

Je ne m'occupe de personne. Aujourd'hui, c'est quasiment notre dernier jour et je veux être avec vous. On vient dans cette maison comme au bal (les Pertossi sont venus, ils sont trois mais on dirait qu'ils sont quarante). Pourtant, c'est avec vous que je veux être.

Ce n'est pas la première fois que mes yeux s'embuent en vous écrivant. Les lettres deviennent floues mais les doigts continuent à danser sur le clavier comme si j'étais une dactylo. Les mots sortent tout seuls. Comme si le cœur se déplaçait vers les doigts. Cela dure quelques secondes, mais cela m'arrive relativement souvent. En ce moment, par exemple, parce que je ne sais pas dire adieu.

— Mirtitta, le bambino picolino a mon nazo ! me secoue Nonno avec le petit dans les bras.

— Quelle idée de laisser grand-père prendre le petit, bande d'inconscients ! crié-je aux autres, trop occupés à déboucher le cidre. Vous avez oublié que cet homme a été dans le coma, ou quoi ?

Non. Il est clair qu'ils ne me laisseront pas écrire. Je prends le petit des bras de Nonno et je le serre contre moi tout en écrivant. J'écris moins vite, seulement de la main droite. Et le petit nouveau me regarde.

— Bonjour, mon petit cœur, lui dis-je. Je suis ta grand-mère.

Je ne sais pas si c'est moi qui suis bigleuse, mais j'ai l'impression qu'il a eu un petit sourire. Alors je lui fais une petite caresse de la main gauche, restée libre, et je continue à écrire.

Et lui, qui n'est arrivé au monde que depuis une semaine, lève sa petite main, m'attrape un doigt, celui que j'utilise pour écrire, et le porte à sa bouche.

— Pas ce doigt, Zaca Junior, lui dis-je, parce que ta grand-mère ne pourra plus discuter avec ses amis.

Mais il ne le lâche pas. Il ne le lâche pas. Il le garde. Et quand un petit-fils t'attrape un doigt, on sait que c'est pour la vie. Dans ce cas, quel besoin aurait-on d'écrire ? À quoi bon, puisque tout a déjà été inventé.

Composition réalisée par PCA

Achevé d'imprimer en février 2011, en France sur Presse Offset par
Maury-Imprimeur - 45330 Malesherbes
N° d'imprimeur : 162546
Dépôt légal 1re publication : mars 2011
LIBRAIRIE GÉNÉRALE FRANÇAISE - 31, rue de Fleurus - 75278 Paris Cedex 06

31/2991/3